韩成武文集

卷六 诗文创作

韩成武 著

河北出版传媒集团
河北教育出版社

目 录

旧体诗词

支农二首 ··· 3
谒遵化县烈士陵园 ··· 3
至内邱县 ··· 4
谢朱家驰老师二首 ··· 4
村风一瞥 ··· 5
野营拉练即事四首 ··· 5
望狼牙山 ··· 6
登狼牙山棋盘坨 ··· 7
潮白河渡口送别友人二首 ··· 7
大明湖二首 ·· 8
青岛 ··· 9
夜乘火车过剑门山 ·· 9
大理县长途汽车站即事 ··· 10
深山樵歌 ··· 10
晨渡瞿塘峡 ·· 10
武昌桥头迎客松 ··· 11
江边古柳 ··· 11
大境门送张志民赴烟台 ·· 12
观拜年者 ··· 12

听王振汉老师讲唐诗因赋二首 ………………………………… 13
水调歌头·河北省第四次文代会召开 ……………………… 13
有赠 ……………………………………………………………… 14
丝瓜冬日尚绿有作 ……………………………………………… 14
学步桥 …………………………………………………………… 15
送毕业生离校二首 ……………………………………………… 15
村居秋暝 ………………………………………………………… 16
夜读 ……………………………………………………………… 16
乡间避暑 ………………………………………………………… 17
秋雨 ……………………………………………………………… 17
自勉 ……………………………………………………………… 18
赠韩文佑先生 …………………………………………………… 18
燕赵诗词协会成立贺诗 ………………………………………… 19
东坡槐 …………………………………………………………… 19
与诸子泛舟淀上 ………………………………………………… 20
淀上抒怀 ………………………………………………………… 20
九日抱阳山登高 ………………………………………………… 21
秋日与诸君登抱阳山 …………………………………………… 21
滴水堂 …………………………………………………………… 22
古城元夕观灯 …………………………………………………… 22
酬主人携游湖 …………………………………………………… 23
白洋淀春晓 ……………………………………………………… 23
回津偶书三首 …………………………………………………… 24
种菜 ……………………………………………………………… 24
小院晨景 ………………………………………………………… 25
晨起书怀 ………………………………………………………… 25
水村秋歌 ………………………………………………………… 26
太行秋色 ………………………………………………………… 26
夜宿野三坡溶洞 ………………………………………………… 27

登山海关城楼	27
封龙山诗会	28
冬日与诸学子谒刘伶墓	28
涞水塔	29
应征诗三首	29
世界纪录大笔挥毫	30
冉庄地道	31
月下槐城四首	31
古莲池盛夏即兴	32
访友人山居	33
莲池仲春二首	33
酷暑二首	34
叹世	34
午夜听胡琴	35
立秋日莲池即兴二首	35
雅闻一亩泉公园将成贺诗四首	36
乡思四首	37
打蝇歌	38
白洋淀风光绝句十五首	38
题白家湾宾馆临湖亭	40
参观定窑遗址	41
定窑行	41
游聚龙洞	42
王快水库即兴	43
远达度假村中秋赏月	43
街头即事	44
译杜告成志民兄携酒来访	44
雷石榆先生逝世周年感怀	45
秦州四首	45

赠林家英教授……46
定瓷重阳笔会……47
题王快水库疗养院……47
沁园春·天津海关东湖宾馆……48
王快水库即兴三首……48
悼念魏际昌先生……49
赠陈文增先生二首……50
赠和焕女士二首……50
赠蔺占献先生……51
临湖亭留别曲阳诗友……51
雨中同景春兄游襄阳……52
保定邮政百年贺诗……52
陈贻焮先生追悼会口占一绝……53
大树之歌四首……53
重返中学母校……54
赠李秀连君……55
赠葛兴旺君……55
题牛庆臻所画牡丹图……56
赠曹庆华先生二首……56
赠李璐庆先生……57
赠董福东先生……57
咏雪……58
除夕作……58
春夜桃园雅集……59
娲皇宫三首……59
立秋……60
秋日谒平江县杜甫遗阡……60
登岳阳楼吟杜诗……61
登株洲山亭临湘咏怀……61

怀念詹锳先生	61
龙潭湖夏日三首	62
九日黄山雅集	63
《定窑研究》问世	63
和焕女士荣获世界工艺美术大师称号	64
草木精英	64
律诗四扇屏	65
早春	66
与诸子谒张说读书堂	66
仰读屠侨题壁诗即兴三首	67
花甲抒怀	68
夏日游大石峪三首	68
青藏铁路开通喜赋三首	69
朦胧颂	
——河北大学85周年华诞献诗	70
咏物三首	70
满城县柿子沟三首	71
吴淑玲博士赴京求学，欣其有成	72
楼林叹	72
顺平县桃花节二首	73
感念母恩	74
哀悼	75
秋游四首	75
蔡亚琳君赠云雾茶口占一绝	76
蓟门五首	76
桂林山水图赞	77
对雪哀悼	78
石门大雪	78
戏题十二生肖	79

元日	80
听小提琴协奏曲《梁祝》	81
咏物二首	81
题山西老陈醋二首	82
夏日白洋淀荷花大观园三首	82
南非足球世界杯每日一绝	83
暑热二首	86
题长城摄影	87
秋夜独酌	87
保定风物十咏	88
贺雪二首	89
感时	90
李娜法网进入决赛	90
送平晓涛毕业归邯郸	90
瞻仰五勇士纪念塔	91
金秋野望	91
为保定大水系工程献诗十首	92
冬夜听雪	93
为左汉林所摄保定古莲池雪景题二绝句	94
临江仙·酬张志民	94
张旭石砚歌	95
保定植物园二十咏	95
杨花	98
山村	99
述怀	99
潼关	100
蝶恋花·保定东湖建成，填词二首	100
咏物二首	101
池塘	101

无名小花	102
白牡丹	102
听西河大鼓即兴三绝句	103
七夕感怀	103
记梦	104
岁暮感怀	104
题画二首	105
题绿萝盆景	105
题山石盆景	106
咏物二首	106
暴雨二首	107
戏题二首	107
雪夜临屏	108
致驴友	108
浮戏山中秋夜宴歌，呈杜宏图董事长	109
蔡君赠自制月饼喜赋一绝	110
李军先生赠红木双刀喜赋一绝	110
蒜瓣抽芽寸许喜赋一绝	111
赞启功先生《学书八法》	111
岁末感怀	111
八声甘州·酬邯郸志民兄	112
春雨	112
有网友名艾月者，求余书法，答以名茶。有作	113
看喜鹊筑巢	113
送孙微博士赴山东大学任职	114
网上题图：渔舟暮归	114
网上题图：闺人吹箫	115
盐山览胜二首	115
沁园春·宏润重工礼赞	116

题吴萱君所摄《背影》……………………………………116
巴西奥运会中国女排夺冠…………………………………117
重阳节怀友人………………………………………………117
贺喜…………………………………………………………118
题盆栽水仙…………………………………………………118
丙申抒怀（步周拥军诗韵）………………………………119
刘峰先生手串歌……………………………………………119
题赠诗词方舟………………………………………………120
卜算子·谈心………………………………………………120
田园绝句十七首……………………………………………121
紫园四时绝句二十二首……………………………………123
沧州郊野……………………………………………………126
铁狮子………………………………………………………127
题刘玲娣所摄春日荷塘组图………………………………127
题种竞梅所摄鹊巢群图……………………………………128
崖柏笔架……………………………………………………128
壬寅正月十四日大雪………………………………………129
壬寅中秋弟子周金标惠寄阳澄湖大闸蟹有作……………129
疫情中弟子孙微托奉节友人张君昌龙惠赠
　　脐橙龙占明先生亦有惠赠一并致谢…………………130
疫情中弟子孙江南自重庆惠寄鲜橙………………………130
除夕家宴饮豫酒大醉书赠弟子万君德凯…………………131
再品遵化酸梨酬弟子赵君林涛……………………………131
夜眺古城……………………………………………………132
故乡记忆……………………………………………………132
忆旧：寒假夜归……………………………………………133
书坛…………………………………………………………133
题涞源白石山………………………………………………133
柿子沟………………………………………………………134

西湖春	134
校园林木吟咏九题	135
宏润九歌	137

新诗

白洋淀放鸭女	144
夜潜白洋淀	145
淀边抒怀	146
淀边织网歌	148
拉网歌	150
月下织席	151
英雄舟	152
淀上荷花	154
采菱	155
归航	156
淀上售货船	157
蟹灯闪烁	159
淀上秋思	160
藕	161
白洋淀的春天二首	162
白洋淀抒怀	163
潴泷河晨曲	165
太行铁拳	167
走地道	168
送电塔之歌	170
打字机旁	171
校园短歌二首	172
写在高考评卷的日子里（二首）	174

年集剪影 ··· 175
一户村 ··· 176
海河渔歌三首 ··· 178
道钉礼赞 ··· 181
写在詹天佑铜像前 ·· 182
杜甫草堂留句二首 ·· 183
碑 ··· 185
我愿 ··· 187
江上行二首 ··· 188
车中记事 ··· 189
上班图 ·· 190
山中情思 ··· 191
皱纹 ··· 192
耕 ··· 193
冀中行吟三首 ·· 194
山谷秋色 ··· 195
中年之歌 ··· 196
一个字 ·· 197
写在第一个教师节 ·· 198
大叶杨 ·· 199
给追悼者 ··· 200
秋思 ··· 201
父亲（歌词）··· 202
橘子洲头抒怀 ·· 203
时光啊时光（歌词）··· 204
春夜辅导 ··· 205
奥运之歌 ··· 207
地球，人类的母亲
　　——写在第41个地球日 ··· 208

散文·杂文

儿时的年味	213
祭灶	215
"扫盲"回忆	217
金色的大草帽	219
我的三位语文老师	222
感谢母校没开外语课	225
鸡眼	227
与猪争食的岁月	229
漫话"吃了吗"	231
难忘龙山	233
年味与年俗	235
我家的"老黄"和"小黑"	238
奇联召祸	
——故乡人物之一	240
瘸五叔和他的皮影戏	
——故乡人物之二	243
赵白扔其人其事	
——故乡人物之三	246
黑色的蝴蝶	249
大理印象	252
想起了猫和老虎的故事	254
农事琐记	256
大学时期的伙食	258
秋天的太阳	260
屋梁上的那对燕子	261
大地的儿女	263
紫园中的翠喜鹊	265

吕老师和他的爱犬……………………………………266
八达岭上的情思……………………………………268
成县杜少陵祠………………………………………270
洞庭湖畔的思绪……………………………………272
好长的一条冬尾巴…………………………………274
汲取无名泉…………………………………………276
去山野感受真淳……………………………………278
杜甫饭馆……………………………………………280
情满西大洋…………………………………………282
天桥游记……………………………………………284
颇具神秘感的五公村………………………………287
不"教改"了，行不行………………………………289
听于连军乐师吹埙…………………………………291
毓秀园中风景殊……………………………………292
儿时的月亮…………………………………………294
张鷟及其《朝野佥载》……………………………296
唐代的几种"夫君脸谱"……………………………298
写诗可以退贼………………………………………301
从李百药说到宋祁…………………………………303
令人喷饭的许彦周…………………………………305
我国最早的征婚广告诗……………………………307
古代的吝啬鬼………………………………………309
武则天的嗜好………………………………………311
古代诗人与毛驴……………………………………313
猫儿、狗子助诗名…………………………………316
老槐留下苏轼影……………………………………318
嗜好改名的武则天…………………………………320
打喷嚏也能杀虎……………………………………322
唐人过冬……………………………………………324

唐人避暑	326
杨玉环的"诃子"	328
王子们的丑行	330
品尿、耍鸟与摇舌	332
二月曲江的乐与悲	334
冯梦龙的失误	336
唐代的神童们	338
李世民的胸襟	340
王安石的二三细事	342
古代的"起居注"	344
君主的包袱	346
大诗人给孩子取名	348
酒瓶上的笑料	350
"玉糁羹"和"槐叶冷淘"	352
萧琛投栗击君主	354
唐代人喜欢胡人的服饰	356
古代书画家的艺术痴情	358
李林甫的奸臣伎俩	360
有感于"寒士"之辩	362
王翰张贴"大字报"	364
谁给杜甫封的圣	367
"诗仙"的由来	370
也谈李白的故里	373
"文赤壁"与"武赤壁"	376
苏轼的性格和宿命	379
雪花的联想	381
唐宋诗人吟诗赞读书	383
象外有象,弦外有音	387
一首精雕细刻的小诗	391

在悖理中达情……………………………………………………393
从郑板桥的一副对联说起………………………………………397
为文切忌想当然…………………………………………………399
文章不必如其人…………………………………………………402
定州崔湜是五律定型的大功臣…………………………………404
"春蚕""蜡炬"何以成为千古绝唱……………………………407
唐诗中的"太阳黑子"…………………………………………410
春秋二季何以入诗多……………………………………………412
横下心,做一回女人
　——昭君出塞之我见………………………………………416

旧体诗词

支农二首

一

三夏支农去，津南一小庄。挥镰割垄麦，薅草壮粳秧。
六月阳光酷，三餐稻米香。齿间遗米粒，回味甚悠长。

二

罗新真猛士，倾力以支农。镰舞一钩月，担摇两座峰。
飞腾下山虎，游弋过江龙。我辈农家子，耕耘兴味浓。

【题记及简注】1968年夏，我们河北大学中文系64级的全体学生赴天津南郊西右营村，支援"三夏"。"三夏"者，夏收、夏种、夏管也，为一年中最繁忙之季节。该村盛产"小站稻"，味道香爽。

谒遵化县烈士陵园

战士音容不复还，陵园松柏气森然。
有情杨叶犹追悼，飒飒随风散纸钱。

【题记及简注】1968年秋季，尚未毕业，受命在遵化县印刷厂校对

《革命歌曲》。遵化县烈士陵园，在县城西部五里处，黎河西岸。

至内邱县

朝辞海河水，暮至内邱城。积雪郊原白，寒风草木鸣。
晚餐红薯块，夜宿学童凳。文庙松柏古，虬枝云外横。

【题记及简注】1979 年 11 月 5 日，河北大学中文系 64 级学生及部分教师，乘火车至邢台内邱县，帮助当地农村搞"斗批改"。

谢朱家驰老师二首

一

内邱风雪拥孤村，聚首红炉絮语温。
最是三更修病稿，油灯一豆见师恩。

二

西阳庙会读君诗，此是初亲翰藻时。
大路红旗开目瞖，凤凰飞鸽引文思。

【题记及简注】余至内邱县后，与朱家驰老师及几位同学被派入李田村，劳动之余，习作诗词，常得朱老师教诲。西阳，内邱县镇名，设有集日，称"庙会"。朱老师作《西阳庙会》诗，有"凤凰飞鸽赶红旗"之句，以车多写赶集人多，妙思也。

村风一瞥

三餐在街上，端碗靠墙蹲。老幼中青壮，张王李赵孙。
无非疙瘩面，或是蔓菁根。彼此通家事，民风古朴存。

【题记及简注】1969 年冬，作于内邱农村。疙瘩面，用棒子面做的疙瘩面汤。

野营拉练即事四首

夜宿徐水山庄
灯火憧憧近小庄，家家人影晚炊香。
饥肠辘辘正轮转，寒气萧萧已指僵。
一碗芋羹乡意暖，三锅烟草话情长。
明晨风雪上征路，别意今宵不可量。

深夜独往川角送信
子夜忽来新课题，令余传信上云蹊。
寒星作眼脚深浅，暗谷吞身心惑迷。

草动直疑豺虎现，风鸣每恐鬼神嘶。
山高路远夜无际，何处雄鸡为我啼？

房　东

石舍三间傍陡坡，农家冬境事如何？
窗间风过无完纸，灶上烟腾有漏锅。
曾是当年堡垒户，绝非今日懒馋婆。
唏嘘听罢出门去，满目云山涌怨波。

翻越青虚山

青虚绝顶入云端，上有雷霆隐隐传。
山路如丝悬万众，汗浆作雨落千泉。
手中木杖亦惊色，怀里心音欲断弦。
始信人生存险路，沉歌一曲唱临渊。

【题记及简注】1970年冬，河北大学师生响应毛主席对军队提出的"野营拉练"号召，走出校门，在冀中平原和太行山区行走一个月。川角，村名，在易县深山中。青虚山，在唐县境内，山峰陡峭如箭头，直刺云天。

望狼牙山

勇士身亡志未残，诸峰攒耸剑锋寒。
长云浩浩留魂魄，峭壁铮铮镌肺肝。
崖柏有情雕影健，杜鹃着意颂心丹。
青山凝铸英雄史，长使后生钦敬看。

【题记及简注】拉练途中作。狼牙山,在河北易县境内,群峰耸立,高插云天,五勇士抗击日军、以身殉国之处。

登狼牙山棋盘坨

信步棋盘坨上游,霜天红叶似丹流。
胸前雾海千重浪,云上山丘数点舟。
浩气一碑临万仞,高风五士著千秋。
狼山易水相呼唤,华夏悲歌自古稠。

【题记及简注】拉练途中作。棋盘坨,狼牙山主峰,五勇士跳崖之处。登临北望,可见易水一线,蜿蜒而流。战国时期,燕国义士荆轲受太子丹之托,西行刺秦,在易水河边告别亲故,慷慨悲歌:"风萧萧兮易水寒,壮士一去兮不复还。"

潮白河渡口送别友人二首

一

黄叶萧萧荻港秋,篙工解缆启孤舟。

迎风挥手道珍重,水浪芦花亦白头。

二

云帆一片系离愁,目送征鸿天尽头。
渡口唯余孤客影,芦边宿鸟自啾啾。

【题记及简注】潮白河,流经北京、河北,在天津入海河。

大明湖二首

一

湖水如晶味若兰,云山雾树影舒安。
轻雷乍作潇潇雨,十万珍珠落玉盘。

二

满湖荷瓣若瑶琼,对客摇姿似有情。
我欲因之歌一曲,清风伴韵满泉城。

【题记及简注】1972年秋,公差至济南。

青 岛

征途寂寞难成梦,独自登楼临夜空。
断续腥风传海呓,连绵灯火入天宫。
良师益友乾坤里,海角天涯明月中。
思绪翩翩行渐远,当头飞过一秋鸿。

【题记及简注】1972年秋,公差至青岛,夜不成寐。

夜乘火车过剑门山

银汉微茫月一痕,险峰森列荡心魂。
此身不是骑驴客,午夜飞车过剑门。

【题记及简注】1973年冬,公差前往云南,途中乘火车翻越剑门,因思陆游《剑门道中遇微雨》诗,遂步其韵。陆游原作云:"衣上征尘杂酒痕,远游无处不消魂。此身合是诗人未,细雨骑驴入剑门。"

大理县长途汽车站即事

苍山云掩千秋雪,洱海波摇万点船。
脉脉山川无限意,流于白族紫金弦。

【题记及简注】1973年冬,自昆明乘长途汽车至大理县,在车站听白族老妇弹琴。

深山樵歌

林木满冈雾满沟,平明何处动歌喉?
初疑灵鸟来河谷,复见樵夫下嶂头。
竹扁轻摇丘两座,腰镰款动月双钩。
峰回路转人何处?红叶飘飘溪水流。

【题记及简注】1973年冬,云南楚雄途中作。

晨渡瞿塘峡

江风剪剪夜开帘,汽笛三声入急湍。
大浪高捶千古壁,巨轮缓渡九危滩。

标灯摇曳江床窄，残月微茫鹳唳寒。
旅客今晨多兴致，仰观神女共凭栏。

【题记及简注】1973年冬，自云南归来途中，于重庆乘船东下，至万县，天已暮，停泊一夜，平明起锚，船行未久，即入瞿塘。

武昌桥头迎客松

根饮一江澄碧水，枝摇三楚劲雄风。
九天桥外开屏雀，五色云中奋翅鸿。
送却征歌南复北，迎来捷报西还东。
栉风沐雨青尤盛，待看中华不世功。

【题记及简注】1973年冬，乘船至武汉，迎客松下作。

江边古柳

童童一树临江浒，俯视沧波三百秋。
色入青冥含雨露，气通幽壑拥龙虬。
长条每报春来讯，密叶还供鸟放喉。
舟舸无忧浪花俏，航标不老叹风流。

【题记简注】1973 年,作于长江岸边。

大境门送张志民赴烟台

萍路别君逢落花,莫须咫尺怨天涯。
纵无秀句酬折柳,尚有亲情堪护槎。
休向酸风垂泪眼,且凭甜忆伴年华。
人生有待唯知己,共望蟾光亦自嘉。

【题记及简注】大境门,在张家口市北,长城关隘之一。1979 年夏,赴张家口参加高考阅卷,与大学同窗志民兄相遇。

观拜年者

高拱长驱贺岁新,邻家院落美辞频。
春风款款临门暖,柳色欣欣向客亲。
解怨全凭三寸舌,联恩须趁一年春。
书生懒作人情事,转入蜗居读所珍。

【题记及简注】1979 年春节作。

听王振汉老师讲唐诗因赋二首

一

满堂声韵奏铿锵,引我心魂入大唐。
诗艺凭师播妙种,青苗一束向阳光。

二

一颦一笑总能诚,李杜音容惊复生。
受益今知此为上,化人心者是真情。

【题记及简注】王振汉老师,河北大学中文系教授,在唐诗艺术研究上造诣颇深。

水调歌头·河北省第四次文代会召开

燕赵多奇士,衮衮会石门。正值归鸿展翼,桃李闹芳春。舞乐诗文书画,红绿黄橙蓝紫,扑面嗅香馨。霜雪徒为虐,反沃一园新。

旌旗奋,羽书急,号声频。四项原则如炬,烈烈照三军。老将金刀重挂,小将青锋初试,慷慨志凌云。千古悲歌地,文运不沉沦。

【题记及简注】1980年春,河北省第四次文代会在石家庄召开,余出席,填词记盛,用今声今韵。

有　赠

小鹰拍翅一飞高,戛戛临空弄羽毛。
欲览人间山水胜,英姿一点入青霄。

【题记及简注】1982年夏,参加中文系毕业班联欢,即兴作。合用"豪""萧"二韵,违规操作,不忍割爱也。

丝瓜冬日尚绿有作

杨叶纷纷逐雪飞,菊花昨夜亦愁眉。
丝瓜知我情犹暖,相伴窗前将绿垂。

【题记及简注】1982年初冬作。余窗外种植丝瓜数棵。

学 步 桥

学步未成失本步,邯郸自古笑声嚓。
国人岂可轻华夏,遗训千秋此一桥。

【题记及简注】1983年春,应志民之邀赴邯郸,始见学步桥面貌,桥身由巨石砌成,河水刷痕深重,真古迹也。

送毕业生离校二首

一

幽燕峻岭风云画,赵国清漳雪浪诗。
我愿征鸿击健羽,长空奏凯莫违时。

二

黉宫小径觅诗苦,墙外青山韵正雄。
紫毫蘸罢三江水,佳句联成七色虹。

【题记及简注】1983年夏,中文系毕业生离校在即,有学生请余题诗留念,作此。

村居秋暝

岭上依依红日落,孤村袅袅晚烟青。
牛羊入梦槽头静,燕雀归巢茅宇宁。
庭树清风传梵语,纸窗凉月画秋屏。
场间谷粒归仓已,小坐遥观云外星。

【题记及简注】1983年秋,家属在故居承包土地,时届秋收,回乡参与农事。

夜 读

黄卷青灯伴月星,古人哭笑纸边生。
江郎才尽垂悲泪,高祖乡还逞巨荣。
武库从来多利器,文坛自古少怡情。
千秋憾史难终读,掩卷听鸡叫五更。

【题记及简注】1983年秋,故乡作。

乡间避暑

席地浓荫下,天风透叶来。蝉声疏欲断,诗句困还裁。
故土情颇盛,城居事可哀。宜追陶令步,提笔赋归来。

【题记及简注】1984年夏日,故乡作。

秋 雨

轻打梧桐又报秋,声声如泣令人愁。
残花憔悴含清泪,落叶飘零归故丘。
客里梦魂乡路湿,灯前思绪烛烟浮。
欲效陶潜辞五斗,东篱香气正悠悠。

【题记及简注】1984年秋,保定寓所。

自 勉

立身苗圃更何求,布袜青衫未肯羞。
但使三餐能果腹,何妨一笑至黄头。
清廉供职非迂阔,富贵于文是寇仇。
韩愈无须进学解,师心不在稻粱谋。

【题记及简注】1985年9月10日,中国第一个教师节作。陶潜《桃花源记》中有"黄发垂髫,并怡然自乐",人老头发由白变黄。韩愈任国子博士时,作《进学解》,抱怨教师清贫。此诗获河北省第三届文艺振兴奖。

赠韩文佑先生

卅年苗圃苦耕耘,两袖清风两鬓尘。
赤血一腔付桃李,银丝千缕记劳辛。
笔端蘸绿五湖水,烛影摇红几代人。
闻道年来诗兴好,华章何日惠余身?

【题记及简注】作于第一个教师节。韩文佑先生,通州人,河北大学中文系教授,学识渊博,精心传授,而轻于著述。

燕赵诗词协会成立贺诗

高适浑豪贾岛工,风骚燕赵古来雄。
英宗岂可无贤嗣?治世应须唱大风。
墨气应催四化雨,诗心欲架五洲虹。
今朝喜作石门会,我祝园林花木丰。

【题记及简注】1987年11月,河北省燕赵诗词协会在石家庄召开成立大会,推举河北大学魏际昌教授为会长。余赴会,并即兴作此诗。

东 坡 槐

斯人已作千秋逝,此处犹存一树凉。
老干折腰还俯首,似教黎庶插粳秧。

【题记及简注】东坡槐,在定州城内,今定州博物馆院中,此院即当年苏轼知定州时的公署。院内有古槐一株,相传苏轼所栽。1987年冬末,余授课定州,遂前往观瞻,但见老树主干已弯曲作弧形,头部垂地,而根部所生新枝茂盛有加。史料记载,苏轼知定州,曾教百姓种植水稻,且能身入水田,做插秧示范。今观老树主干俯首之姿,是为其历史瞬间定格乎?遂有此作。

与诸子泛舟淀上

五年诗笔未从容,水国今朝待客隆。
双桨心开千朵浪,一帆情快九霄风。
泱泱碧水藏诗佛,郁郁青芦待孟公。
大淀为君铺稿纸,荷花几簇插图红。

【题记及简注】1988年夏季多雨,干涸五年之久的白洋淀重见水光,遂与中文系作家班同学前往畅游。诗佛、孟公,指唐代田园山水诗人王维、孟浩然。

淀上抒怀

国策天心抚物情,白洋秀目喜重明。
千丛枯苇抽新叶,万点飞舟起壮声。
渔网家家织锦梦,鸭群片片画升平。
铁牛肉马终沉寂,卧看风帆过眼轻。

【题记及简注】铁牛,民间对拖拉机的称呼。

九日抱阳山登高

入眼秋光喜欲痴,红橙黄紫各争时。
群山高咏登天赋,众水长吟下海诗。
寥廓青霄鹰击早,苍茫大地菊香迟。
人生四十情方好,歌罢临风倾酒卮。

【题记及简注】抱阳山,在保定西,为太行余脉。1988年重阳节,葛兴旺君邀余前往登临。同行者,大学同窗阎树君兄。

秋日与诸君登抱阳山

秋色缤纷日,驱车至抱阳。阳山舒两臂,抱客上青苍。
山路何缥缈,迤逦九回肠。秋叶迎人赤,菊花夹路黄。
林静鸟鸣脆,风清果气香。朋辈情弥盛,笑语溅山梁。
枕臂一亩石,谈心百步廊。览胜托天树,掬音滴水堂。
长啸青云表,纵目阅八方。阡陌萦如梦,大野势轩昂。
村场隆谷稻,院落起笙簧。囷群挥巨笔,就天写诗行。
四化峥嵘象,伟业何辉煌。生为华夏子,对此意飞扬。
草丛开野宴,谈笑引杯长。一杯庆国立,二杯贺民康,
三杯怀往梦,四杯忆故乡。莫辞酒量小,须知世事忙。

欢会能几日？鬓发各已霜。千杯人未醉，放眼雁南翔。

【题记及简注】抱阳山有三峰，主峰居中，若人之头颅，左右二峰，若人之两肩，两山脉向前伸出，若人之两臂。一亩石、百步廊、托天树、滴水堂，皆此山景点。

滴 水 堂

出身岩缝困山扉，貌不惊人声亦微。
穿透时空君志猛，珠心含蕴太阳晖。

【题记及简注】滴水堂，在抱阳山中，滴水成塘，久旱不枯。

古城元夕观灯

一入莲池客已惊，流光溢彩百灯呈。
鱼龙鳞闪珍珠夜，孔雀屏开翡翠城。
几处清歌逐巧笑，千家妙手绘衷情。
心花每共灯花放，十里长街月正明。

【题记及简注】1989 年元宵节，保定市民在古莲池内举办大型灯展，余受邀前往参观,得"鱼龙、孔雀"一联,归后足篇。

酬主人携游湖

星疏月淡夜初天,东丽湖边暂并肩。
红叶灯前秋梦好,黄花月下暗香传。
苍生自古悠闲少,世事而今诚信湮。
拙笔哪堪酬厚意,别君搔首赋诗篇。

【题记及简注】东丽湖,在天津东郊。

白洋淀春晓

东风一夜柳条青,水畔桃枝初绽英。
残雪犹留南岸影,归鸿已放北湄声。
蒙蒙野淀春腥动,隐隐烟村晓梦轻。
几处儿童夸巧手,紫芦尖上起花筝。

【题记及简注】1990 年早春,作于白洋淀边。

回津偶书三首

一

海畔重来触目新，城郊巨厦若连岑。
津门亲故知多少，散入云间无处寻。

二

一塔巍巍若蜡台，烛花艳艳九霄开。
海河儿女多高致，燃起天灯照未来。

三

访友投亲意若何？旧时文采半消磨。
人生若有真情在，归路无须泪注河。

【题记及简注】故乡在天津武清，暑假回乡，路过天津。天津电视塔颇高耸，据说亚洲第一，塔尖红色，又如蜡烛光焰。

种 菜

菜价年来似放筝，小园蔬事最关情。
丝瓜满架绿云起，隔断街头叫卖声。

【题记及简注】1990年夏日作。余住楼房，尚有一处平房，院内种菜，颇有收成。

小院晨景

琴声一夜雨,小院俏晨妆。豆蕊擎红短,丝瓜垂绿长。
诗情逐蔓翠,秋果借辞香。物我能相爱,行藏一举觞。

【题记及简注】1990年初秋作。

晨起书怀

秋窗微曙色,晨起不劳钟。踏露寻清句,登坡望远峰。
人心宜简豁,诗意喜芃茸。仰望南飞雁,寒云越几重?

【题记及简注】1990年中秋作。

水村秋歌

九月天高云影深,荻花飘玉苇摇金。
遮空鸭阵盘秋淀,卧水莲蓬含玉琛。
蟹篓饱装千户梦,菱舟重载万元心。
渔家儿女暮归后,小曲隔芦求好音。

【题记及简注】1990年秋,作于白洋淀赵北口。

太行秋色

昨夜西风入太行,绿凝红涨看辉煌。
千山重抹胭脂色,万壑轻流梨枣香。
剪破清溪注酒瓮,撞开云障垒粮仓。
山家喜事秋来密,几处笙歌绕洞房。

【题记及简注】1990年秋,作于易县川角村。

夜宿野三坡溶洞

溶洞幽幽亦可居,烛光身影两依依。
千寻谷暗霜风劲,一线天长星斗稀。
闹市纷纭声渐远,深林窸窣语轻飞。
余心此刻得宁静,万类何时能忘机?

【题记及简注】 1990年秋,作于野三坡。野三坡,在河北省涞水县境内,为旅游风景区。

登山海关城楼

城上危楼连海山,高秋大气满襟前。
云横西北金龙远,浪蹴东南雪豹旋。
圣土已辞姜女泪,长风犹唱魏王篇。
笔山墨海催诗兴,欲揽青天作素笺。

【题记及简注】 1990年秋,作于山海关。山海关附近有孟姜女庙。西望,则是魏王曹操临碣石、观沧海之处。

封龙山诗会

九日龙山会，诗朋各忘年。
青山排健笔，白水展华笺。
酒浊何辞醉，诗佳自可传。
黄花夹归路，簪向鬓间鲜。

【题记及简注】1990年重阳节，河北省燕赵诗词协会在封龙山举行笔会。封龙山，在石家庄南元氏县境内，多古木怪石，为旅游风景区。

冬日与诸学子谒刘伶墓

徐水西郊外，张华酒窖旁。
残碑犹述志，野草欲喷香。
日月双酬璧，春秋独颂章。
同游须缄默，莫扰醉乡长。

【题记及简注】刘伶墓，在徐水县城西20里，张华酒厂附近。1991年冬，在该县搞"社教"，得与诸学子前往拜谒。刘伶作《酒德颂》，称扬酒之功用。

涞 水 塔

涞水城西王母东，兀然一柱入苍穹。
塔尖应蘸银河水，户牖遥吞紫塞风。
匠者精工仍伟岸，缙绅题字已朦胧。
可知风雨亦公正，不洗神工洗篆虫。

【题记及简注】1992年春，公事过涞水县，得瞻此塔。王母，太行山别名。紫塞，北方边塞之泛称。崔豹《古今注》："秦筑长城，土色皆紫，汉塞亦然，故称紫塞焉。"篆虫，即篆书，形容篆书形体屈曲如虫，此指缙绅题名。

应征诗三首

酒乡春意
古道又东风，遂城瑞气中。
醉阳垂万户，佳曲助千盅。
国势春草绿，民生梅萼红。
传知天下客，杯酒意无穷。

春节家宴即兴
釜里一支歌，阳光入室多。
春风吹语软，酒力动颜酡。

美味亲相劝，奇诗我自磨。
声声鞭炮里，宏愿满山河。

除 夕

古节今宵是，遂心酒入唇。
醉歌常失调，妙语每无伦。
酒惧遂城倒，诗忧才力贫。
无忧且无惧，双节复双春。

【题记及简注】河北省徐水县素有"酒乡"之称，境内遂城是酒厂聚集之地。1992年岁末，保定日报文艺部与徐水古遂醉酒厂联合举办征诗、征联活动，要求在诗中嵌入"古遂醉"或"釜阳春"三字，且句首八字连读成句。余作三首。此年春节与立春同日。

世界纪录大笔挥毫

大笔如椽云上挥，青龙鳞闪欲腾飞。
淋漓墨气山河壮，磅礴文心天地微。
敢向书坛标异帜，欣从世界振华威。
遥凭此曲歌君健，一字光生两岸辉。

【题记及简注】1992年年末，台湾石翁艺术馆向世界华人征集诗歌，以赞扬书法家刘武雄之事迹。刘武雄为台湾书法大师，创制巨大毛笔，平铺云笺，健步挥毫。事迹已入吉尼斯世界纪录。诗题"世界纪录大笔挥毫"由举办方拟定，要求应征者每人作七律一首，用平水韵。余收到来自台湾的邀请函，以此诗参评，获金牌奖。

冉庄地道

烟冲怒气火烧仇,往事依稀若梦游。
百里平川潜异阵,八方神矢射凶酋。
古槐虽死身犹立,暗洞仍存事未休。
莫谓冉庄地道窄,人间大路此中抽。

【题记及简注】冉庄,在保定市清苑县境内,抗日战争期间以地道战闻名于世。地道今尚存。1993年夏,余陪客到此参观。

月下槐城四首

一

三春评柳未从容,五月槐花动客衷。
最是温馨三五夜,满城香雪月朦胧。

二

远观疑是雪山倾,仰视犹猜银汉凝。
十里槐城花满巷,重重叠叠若云蒸。

三

串串槐花串串琼，香魂人影两盈盈。
街头漫步拾情语，总是流珠滚玉声。

四

小研春墨颂槐城，午夜灯前不了情。
欲遣清思上纸面，香风送韵到轩楹。

【题记及简注】保定槐花颇盛，老槐尤多，素有"槐城"之称。1970年，余随河北大学迁于此地。

古莲池盛夏即兴

好是莲池六月时，神功栽就冷香姿。
九天爽气归蓁叶，数点芳心出净池。
偶过荷风消溽暑，频来燕语逗清思。
亭中久坐尘心静，漫剪涟漪入小诗。

【题记及简注】古莲池，在保定市内，为清代书院。园内莲花盛艳，为"上谷八景"之一。

访友人山居

越涧穿林二月初，寻幽涉远到山庐。
岩间积雪风声厉，门外屯云草色疏。
宴客开樽食野果，并肩玩月立阶除。
家无长物不防盗，室内唯存两架书。

【题记及简注】友人故居在易县山中。

莲池仲春二首

一

古柳春来垂碧丝，新梅受雨弄芳姿。
池中未见春消息，自是仙葩笑语迟。

二

池中枯梗尚参差，似忆人间霜雪时。
要待天公鸣战鼓，芳心一绽满湖诗。

【题记及简注】1994 年仲春，余得闲游莲池，惟时游人稀少，园内清净，凭栏小伫，竟得以回思往事。

酷暑二首

一

炎炎六月中,天地大蒸笼。万物皆欲熟,一阳仍示雄。
低眉思雨卒,翘首唤雷公。何处敲天鼓,邀来北极风。

二

瓜摊价不落,饭馆客无踪。宇宙蓝烟罩,人间赤汗浓。
田家针刺背,工地火燎胸。我亦诗思槁,满园蝉唤凶。

【题记及简注】1994 年夏,久旱不雨。万物奄奄,以诗记之。

叹 世

青萍荡铜子,皓月挂银圆。世态今如此,时歌已改弦。

午夜听胡琴

谁家柔指诉衷肠,一缕琴声出院墙。
逝水悠悠云逐月,落花瑟瑟露含香。
银河两岸星眸炯,残月半轮秋夜长。
心浸不知衣浸露,四更天气欲飞霜。

【题记及简注】秋夜无寐,有琴声传来,婉转缠绵,遂携坐具至院中。聂至兴君擅长二胡,此曲当为其所出。

立秋日莲池即兴二首

一

莲蓬结子已心甜,花瓣喷张红欲燃。
更有娇苞初戴露,微含笑口待明天。

二

涌绿飞红尚满池,秋风无处写愁思。
豪情未共年华老,每向奇观觅小诗。

【题记及简注】1994年立秋日,得暇游莲池。

雅闻一亩泉公园将成贺诗四首

一

一亩神泉涌玉珠，人间忽现小蓬壶。
清波洗却红尘虑，尽把苍生入绣图。

二

明眸尘暗已千秋，泪水只从心底流。
倩影今朝出世界，琼花万朵绘新猷。

三

美酒充湖凭性酣，香花簇岸任君怜。
陶潜居此应无憾，李琎何须封酒泉？

四

云影天光一镜开，小亭临水似妆台。
古城今日多风韵，倩女如云照影来。

【题记及简注】1994年冬，闻讯而作。一亩泉，在保定西郊，据《畿辅安澜志》载：因"泉涌出，其阔一亩"而得名，水质甘甜。年久，水位下沉，泉影消失。今开辟积壅，使名泉再现风采，真盛事也。保定酒业取用一亩泉酿酒，酒味香醇。陶潜，晋代诗人，性嗜酒。李琎，唐汝阳王，性嗜酒，杜甫《饮中八仙歌》中有"汝阳三斗始朝天，道逢麹车口流涎，恨不移封向酒泉"，酒泉，郡名，即今甘肃省酒泉市，相传城下有泉，其味如酒。

乡思四首

一

青山邈邈水柔柔,黄叶无声下素秋。
一片白云身共远,天涯客子久凝眸。

二

萍叶芦花几度秋,人生聚散总悠悠。
乡心日夜随流水,梦在津门渤海头。

三

诗情须赖一生贫,游子未忘乡土恩。
我寄冰心与秋月,清清桂魄照津门。

四

墙子河边忆旧游,青春气溢柳梢头。
至今月色当依旧,三十年间人已秋。

【题记及简注】1995年冬季作。余之故乡天津武清,小学中学大学读书在天津,1970年冬随学校迁居保定,已25年矣。墙子河,在天津南开区,从原河北大学门口流过,流经海光寺、墙子根等地。

打 蝇 歌

也曾惜君命,未忍下绝情。只愿同一室,我活君亦生。
岂知心愿违,君心大不公。日日午间觉,扰我梦难成。
睡眼方欲闭,耳边即嗡营。索索挖鼻孔,咂咂舔眼睛。
一动辄飞去,稍安复来攻。反侧不成寐,坐起望君踪。
或攀天花板,或骑晾衣绳。紫眼朝我觑,似笑又无声。
"有德君不报,何以反欺凌?劝君宜自重,彼此享太平!"
言罢侧身卧,耳边又嗡营。怒从心头起,恨向手边生。
翻身抡大板,狂飙伴雷霆。此辈不堪击,抱头窜西东。
三下五除二,扫地室安宁。因思天下事,善恶难相融。
小诗留意绪,讲与后人听。

【题记及简注】1996 年夏,雨后多蝇。

白洋淀风光绝句十五首

早 春

雁叫三声淀转青,东风一夜小桃醒。
芦尖挺起千支笔,乱抹春光成花屏。

晨 曲

星落白洋将晓天,芦丛深处起炊烟。
鸡鸣犬吠人何处?歌在席帆渔港边。

渔 汛
雨打桃花淀水香,熏风三月桨篙忙。
桅灯一盏船头亮,半夜鲤鱼跳入舱。

撒 网
应叹渔家眼似针,鱼藏深处亦能寻。
凌空一网翩然落,捞起晴阳万点金。

晨 钓
肩背鱼篓面迎风,细理纶丝坐淀东。
我效渔家争寸日,波中钓起一轮红。

织 网
清明时节雨蒙蒙,芦笋喷青杏吐红。
姑嫂抽丝织锦梦,情丝更比雨丝丰。

荷 塘
荷塘五亩水间花,谁挽青天一片霞?
巧手春妮人尽爱,不知莲子落谁家。

潜 伏
衣羞荷叶面羞莲,芦荡深藏兵上千。
手表跳针声细细,蜻蜓憩在步枪栓。

采 莲
轻拽荷茎荡小船,藕风菱露染衣裹。
莲蓬采罢香凝指,省却情哥买粉钱。

采 菱
白露清风入水国,轻舟荡起采菱歌。
红衣处处沉霜腕,紫燕行行出碧波。

暮 归

十里烟波夕照明,桨摇金翅唱归情。
芦花湾外笛声起,知有童孙篱畔迎。

恋 歌

青荻传情韵味长,红莲寄爱自芬芳。
风熏一晌花期好,露下三秋苇叶黄。

晚 餐

紫蟹红虾鸡腿葱,黄姜白酒夜荷风。
公婆儿媳皆豪饮,三岁童孙亦举盅。

捉 蟹

芦边灯火似流萤,远近人声夜未宁。
把把抓来都是笑,满天风露正三更。

北 斗

七星银斗淀边垂,疑是神仙做夜炊。
舀起渔家一勺梦,满天星月醉开眉。

【题记及简注】1997年,多次往来于保定、安新,于白洋淀渔民生活略有所知。

题白家湾宾馆临湖亭

远对青山近对湖,朋来不使小亭孤。
蛙歌喜有诗人译,蓼梦何时入画图?

【题记及简注】白家湾宾馆,在河北省曲阳县城郊,临湖而建,风景秀丽。1996年8月,保定诗词楹联学会在此举行笔会,由河北定瓷有限公司总经理陈文增承办,陈文增曾为此宾馆题写对联,语曰:"情窥山水间,最难得夜译蛙歌日听蝉语;怡寓芳菲里,原不知春归梅雪夏转荷风。"该公司工艺美术师和焕女士,画艺高超。盖湖中蓼花正好,求其将之入画也。

参观定窑遗址

丘上云瑛片片新,千年风雨未沉沦。
文增事业颇慷慨,无使今人愧古人。

【题记及简注】定窑遗址,在河北曲阳县涧磁村附近山野间,瓷片云集,光泽青润亮丽。陈文增,复兴定瓷工艺专家。

定 窑 行

北岳嵯峨云影低,中山人物古来奇。
孟良河水鸣琼玉,伴我歌声传四夷。
我唱陈公人俊美,贫寒立志多奇伟。

京都惆怅答角荣,定窑遗址青烟起。
瓷艺失传已千年,光扬国粹岂等闲?
铁鞋踏遍羊肠路,壮志何忧荆棘缠!
一肩霜雪一肩雨,左手拈泥右执笔。
炉火熊熊汗如浆,繁星点点裁心曲。
和焕蔺公感挚情,征途携手三人行。
瘦影摇曳红尘外,雄心搏动青泥中。
风雨敲瓷二十载,鬓毛已衰情未改。
一炉烧出天公泪,九州斯日添光彩。
君今已令美瓷传,四海名流竞趋颜。
中外商贾风云会,始觉曲阳街不宽。
我知君事恨不早,未为君炉添把草。
仅将青眼向珍奇,惊呼复古艺佳巧。
满堂素蕊应秋时,瘦燕肥环各雪姿。
火气尽消凝冷玉,凭兹裁定数行诗。

【题记及简注】定窑,在河北省曲阳县南关。

游聚龙洞

簪霞披雾此莲花,中有宏官龙作家。
物化年深余健影,犹留浩气壮中华。

【题记及简注】聚龙洞,在河北曲阳县莲花山下,洞穴幽曲,岩石皆呈龙状。

王快水库即兴

乘车上坝入高秋,飒飒金风壮此游。
万顷波涛一壶酒,随风滚滚注心头。

【题记及简注】王快水库,在太行山中部,曲阳县与阜平县交界处,因该处原有村,名王快,故称之。此处水光山影,清幽如画,为疗养之所。

远达度假村中秋赏月

暮色苍山如涌澜,澜间飞起玉婵娟。
娟娟仪态皎皎色,深情一笑向人寰。
度假村主开夜宴,香瓜清酒堆满案。
宣纸如云墨如湖,欲令诗心得一粲。
诗人自古少怡情,况复离多少相逢。
当此良宵对佳主,长歌短吟声不停。
中秋赏月俗已古,古之佳篇难计数。
望月思人情意长,情圣李白和杜甫。
难同情圣赏月明,更与姐妹隔山重。

愿借清辉寄清泪，洒向亲人望眼中。
苍天今夏施狂雨，万亩农田遭劫洗。
已捐财物向灾区，不知今夜情何许。

【题记及简注】远达度假村，在河北省满城县境内，山水清幽。1996年中秋节，村主邀请保定诗词楹联学会来此举办笔会。这年夏季，南方数省遭遇洪灾。

街头即事

曾向陶公篱畔栽，高风千古入诗材。
芳魂今日无归处，小贩车中寂寞开。

译杜告成志民兄携酒来访

邯郸佳客至，上谷绽红梅。夜饮丛台酒，频倾寒士杯。
千年诗意白，六载鬓毛灰。相顾虽衰老，音声还似雷。

【题记及简注】1990年初春，与张志民分头翻译杜诗，至1996年秋方脱稿。冬日，志民来寒舍叙谈。保定旧称"上谷"。

雷石榆先生逝世周年感怀

昨夜霜风入校园,中天凉月照无眠。
先生去后诗思尽,清泪数行淋素笺。

【题记及简注】雷石榆先生,左联作家,河北大学中文系教授,论著颇丰,工诗词,性坦直、旷达。1996年病逝于保定。

秦州四首

一

秋风秋雨动愁思,想见先生客陇时。
群岭至今犹愧色,未留圣哲更题诗。

二

岭上牛羊似旧时,城中楼阁已新姿。
西枝村与东柯谷,企盼先生来结茨。

三

先生已自秦州去,学子追来怅恨迟。
九月关云供忆想,一川塞水乱牵思。

四

远追诗圣入秦州,旧迹沉埋不可求。
后世民声谁续记,吟坛应是有真喉。

【题记及简注】1996年9月,中国杜甫研究会第二届年会在甘肃天水召开,余赴此会。天水,唐诗称秦州。唐肃宗乾元二年(759)秋,杜甫辞掉官职,举家至此,客居三个月,终因衣食无着而离去。杜甫客居秦州时,曾去西枝村、东柯谷选择安身之所,未果。杜甫《秦州杂诗》有"烟火军中幕,牛羊岭上村"句,《寓目》有"关云常带雨,塞水不成河"句。

赠林家英教授

江南才女客兰州,大漠雄关性转遒。
毕竟乡情难舍却,吟诗细啭闽莺喉。

【题记及简注】林家英,兰州大学中文系教授。天水会议期间,林教授用家乡闽地方言吟诗,因以赠之。

定瓷重阳笔会

聚散人生不自由,菊黄又是一年秋。
陈公业进开新举,北岳情深招旧游。
诗句健从瓷彩出,丹青丽赖友情稠。
孟良河水流佳韵,日夜心声唱未休。

【题记及简注】1998年重阳节,定瓷有限公司举办笔会。此次笔会,除了保定诗词楹联学会会员,还有来自北京、保定的画家。同场献艺,其乐融融。

题王快水库疗养院

幽廊雅舍净无尘,花木深笼满院阴。
碧水有情摇客枕,青山无语护童心。

【题记及简注】1998年秋,应王快水库领导之邀,与诸诗友前往观览、赋诗。

沁园春·天津海关东湖宾馆

北倚燕峦,南临渤澥,馆曰东湖。有烟波一派,蓬莱不远;琼楼五座,玄圃何殊?嘉树飞香,流莺衔瑞,紫气盈盈颂丽都。钟秀地,聚国门卫士,习展宏图。　津关伟业堪书,砺长剑连云数万株。与北疆南粤,同琴奏凯;西昆东浦,一线情呼。法眼当关,秋毫无匿,护我中华骨与肤。望寰宇,向海天长陆,开辟金途。

【题记及简注】天津海关建立全国海关从业人员培训中心,名曰东湖宾馆,在武清县境内。1998年冬,海关吴处长来寒舍,请余为此作词,要求为宾馆五座大楼命名,将楼名嵌入词中。天津武清乃余之故乡,遂欣然前往参观,作此词。词中"蓬莱""玄圃""飞香""衔瑞""丽都",为余所命之楼名。玄圃,神话传说在昆仑山巅,神仙所居之楼阁。丽都,义为华丽、华贵,《战国策·齐策》中有"妻子衣服丽都"。

王快水库即兴三首

一

铁骨撑成一坝高,英魂化作浪滔滔。
飞流奔注家乡土,便是肥田致富膏。

二

千尺黑崖如铁铸,下临幽眇一深渊。
此中应有老龙住,水面无端时起涟。

三

库水如薰堪作酒,山云似练可题诗。
千年此处后来者,谁忆登临啸傲痴?

【题记及简注】据王快水库负责人讲,水库始建于1958年,施工条件差,不少民工献出生命。拦洪大坝高数十米,由数亿块巨石砌成,巍巍然横亘于南北两山之间。

悼念魏际昌先生

哀乐催悲泪,天人共悼时。吟坛失巨擘,健笔忆先师。
引路音容在,报恩行迹迟。苍茫无所往,吾道竟何之?

【题记及简注】魏际昌先生,河北大学中文系教授,曾任中国屈原学会副会长,河北省燕赵诗词协会会长。1999年病逝于保定。

赠陈文增先生二首

一

曾于春夜赏清诗,今对秋阳敲丽瓷。
华彩真如天上取,人间应有几相知。

二

诗含美韵笔含姿,一手虬龙一手瓷。
北岳烟霞今更好,中山人物古来奇。

【题记及简注】1999年秋,保定诗词楹联学会笔会在定瓷有限公司举办。公司总经理陈文增通诗艺,所作律诗曾获河北文艺振兴奖,兼工书法。曾获得"瓷、诗、书"三联艺术吉尼斯世界之最。定瓷所在之曲阳县,古属中山国。

赠和焕女士二首

一

风雨敲瓷二十年,青春暗换火炉前。
新诗数首吟清健,慷慨宜催壮士弦。

二

纤手操刀夸自由，娇颜婉转付瓶瓯。
心花一朵长光艳，直使诗情不入秋。

【题记及简注】和焕女士，定瓷有限公司副总经理，工艺美术师，擅长陶坯花卉，兼工诗词。

赠蔺占献先生

缄默如泥土，炽情催火炉。人生炳事业，五尺亦雄夫。

【题记及简注】蔺占献先生，定瓷有限公司副总工程师。

临湖亭留别曲阳诗友

青山一轴迎春画，碧水千章送客诗。
有限人生无限意，小亭风雨记相思。

雨中同景春兄游襄阳

襄阳秋雨好,爽气助朋游。汉水烟波净,岘山林木幽。
痴心米公馆,夺魄仲宣楼。不见孟夫子,垂纶何处舟?

【题记及简注】1999 年 10 月,中国杜甫研究会在襄阳学院召开第三届年会,期间与葛景春游览襄阳古迹。城内有宋代书法家米芾的故居——米公馆,馆内碑刻林立,米公之书法精神,随处可见。城墙一角有仲宣楼,为王粲登楼作赋之处,楼三层,凌空耸立,俯视汉水,气象雄浑。孟夫子,唐代山水田园诗人孟浩然,襄阳人,隐居故土,未入仕途。

保定邮政百年贺诗

驿路鞭声已锁尘,百年邮政著新闻。
微机调裹龙游海,电子分函风卷云。
万里山川成咫尺,一双妙手播芳芬。
绿衣天使情何盛,玉宇飞鸿立硕勋。

【题记及简注】1999 年为保定邮政开办一百周年,受该局邀请,保定诗词楹联学会举办笔会。

陈贻焮先生追悼会口占一绝

人皆有此日,此日来何骤。
泪眼送恩师,天低日惨瘦。

【题记及简注】陈贻焮先生,北京大学中文系教授,中国古代文学著名学者,所著《杜甫评传》等影响深远。余与张志民合著《杜甫诗全译》,曾得先生支持和勉励,有赠诗云:"百万余言译杜功,少陵精粹在其中。要知二子多辛苦,字句之间见血红。"2000年冬,先生病逝于北京。余前往悼念。

大树之歌四首

一

一树苍苍苍且雄,浑然浩气接天风。
三河沃野增奇韵,喜看苍生绿意蒙。

二

扎根后土志坚道,叶茂花鲜几十秋。
仆仆风容恳恳意,年年金果满枝头。

三

平生未解步青云,愿与苍生为善邻。
泥土护根根护土,人间真性此中申。

四

荫绿三河一片丘,招来百鸟啭歌喉。
殷勤不觉身将老,要送清辉遍九州。

【题记及简注】组诗赞美作家浩然。浩然同志不恋京华,1986年携家属到河北省三河县落户,创办《苍生文学》,培养农村业余作者,数十年如一日,成绩卓著。

重返中学母校

往梦依稀四十年,校园无复旧容颜。
恩师远去声犹在,学子归来鬓已斑。
童趣未随尘世老,歌声欲忆昔时艰。
同窗笑语飞何处,独立秋原不忍还。

【题记及简注】母校为天津北郊朱唐庄中学,1964年毕业于此。

赠李秀连君

记得春风美少年,羞颜每每现人前。
浮云不定音容杳,流水多情捷报传。
民意无欺眼似秤,公心执法志如弦。
长风万里碧空净,雁翅牵思到武安。

【题记及简注】 李秀连君,河北大学中文系1977届毕业生,曾任河北省武安市检察院检察长,为官清正,曾获河北省五一劳动奖章。

赠葛兴旺君

不种鲜花种铁花,花开灿若九天霞。
风雷震荡尤争艳,雨雪飘潇未谢葩。
已喜铁花凝铁果,更将英气铸英华。
校园情采长相忆,二十年间已大家。

【题记及简注】 葛兴旺君,河北大学中文系1977届毕业生,曾于河北省满城经营铸铁厂,艰苦创业,成就辉煌。

题牛庆臻所画牡丹图

体态精神出素笺,凭君妙笔会仙颜。
花仙此夜足心曲,富贵明朝满世间。

【题记及简注】牛庆臻,河北大学纪检处干部,退休后,习绘画,工花鸟,尤擅牡丹。

赠曹庆华先生二首

一

囊裹仙丹亦裹诗,杏林文苑两奇姿。
晚生有幸逢巨擘,儒雅德才皆我师。

二

仙方医病赋医心,君是祇园境里人。
坎坷人生倔强步,花开又是一年春。

【题记及简注】曹庆华先生,河北职工医学院教授,精医术,工诗词,性宽厚。祇园,全称"祇树给孤独园",印度佛教圣地之一,相传释迦牟尼在此宣扬佛教达20余年。曹先生已退休,家庭负担重,以年迈之躯外出行医,而诗情不减。

赠李璐庆先生

书坛独辟一方天,未肯因循步圣贤。
倒笔浑如龙出穴,奇思真若虎蹲巅。

【题记及简注】李璐庆先生,书法家,自创逆行运笔一格,笔力遒劲。

赠董福东先生

军中泥土演平仄,衙里官阶过目烟。
每对邪风睁虎眼,雄诗处处闪威鞭。

【题记及简注】董福东先生,军人出身,枪法高超。在军营中偷习诗词格律,泥土为纸,演画平仄。首长不识,每有呵斥,而未尝废止,终有所成。诗风豪健,多愤世之语。曾任保定诗词楹联学会副会长兼秘书长。

咏 雪

野雪为花岂有香,芳园争秀未思量。
天生一幅禾苗被,不与梅花论短长。

【题记及简注】2000 年冬日作。

除 夕 作

沃雪降春野,礼花腾夜空。年糕千户异,欢乐九州同。
事业杯堪把,儿孙喜亦隆。举家欣侧耳,世纪大钟喻。

【题记及简注】2000 年除夕,办家宴,庆祝新世纪来临。是年 6 月,喜得佳孙,取名家琪,颇可爱也。

春夜桃园雅集

璀璨桃英沾满肩,诗朋夜宴动歌弦。
朦胧月色笼香圃,婉转箫声入野烟。
独酌一壶怜李白,群吟三影步张先。
和风送韵添情致,摘取春星上彩笺。

【题记及简注】2001年春,与诗友会于保定东郊桃园。

娲皇宫三首

一

众木葱茏拥圣宫,云间钟鼓报清宁。
吾侪千里瞻灵母,一炷香烟万古情。

二

上补苍天下造人,为儿驱散虎狼尘。
端庄圣像留慈爱,听取云孙唤祖亲。

三

补天巨石今犹在,炼铁高炉火正红。
神话说来还有据,中华自古盛天工。

【题记及简注】2001年夏日,张志民兄携余参谒娲皇宫,宫在河北省涉县山壁间,相传为女娲炼石补天处。其附近,为天津钢铁公司工地。

立 秋

雨后初停蝉噪声,淡云擦拭月轮明。
秋虫唧唧忽盈耳,觉有清风两腋生。

【题记及简注】2001 年立秋日作。

秋日谒平江县杜甫遗阡

遍岭秋茶戴素蕤,松枝竹叶亦低垂。
呼声到此方终结,遗韵至今仍鼓吹。
万里山河拱一墓,千秋日月近孤碑。
游人驻足吟诗句,后叙民情知有谁?

【题记及简注】2002 年 11 月,中国杜甫研究会在长沙举办年会,期间参观平江县杜甫遗阡、岳阳楼、株洲山亭。

登岳阳楼吟杜诗

行蚁骚人登此楼,歌声谁似少陵喉?
数茎白发风尘客,万顷惊涛家国忧。
太白观湖唯酒念,襄阳壮句为身谋。
江西迁客最堪笑,远望湘娥销旅愁。

登株洲山亭临湘咏怀

诗圣残帆无处寻,湘江流水动悲音。
凭栏莫洒追怀泪,自古文章值几金?

怀念詹锳先生

当年负笈入津门,始识先生儒意醇。
学贯东西心理著,文通今古治龙真。
秋灯寒舍耕耘苦,春雨小楼桃李新。
更有恩私未曾报,老来愧疚忆思频。

【题记及简注】詹锳先生为我国学界导师,早年在哥伦比亚大学获得心理学博士,归国后来河北大学任教,在李白研究、龙学研究上著述不朽。1979年春,河北大学中文系组织青年教师去天津补课,我与詹福瑞、刘玉凯、刘淑学等受教于詹锳先生、韩文佑先生门下,从此步入正轨。1998年冬,詹锳先生病逝于天津。

龙潭湖夏日三首

一

百顷龙潭上,群峰照影明。
琉璃入玄圃,幽壑隐蛟精。
舟子歌烂漫,诗人情赤诚。
红尘今一别,心迹始双清。

二

移步皆清景,游心逐路长。
云峰传犬吠,空谷应禽吭。
民俗千家朴,山风六月凉。
何时结茅宇,归老碧云庄。

三

望山山意远,临水水情深。
我亦红尘客,今来省此心。
澄明一湖水,荡涤百年襟。
范蠡舟长在,江湖路可循。

【题记及简注】龙潭湖,在河北省顺平县深山中。2003年夏日,保定诗词楹联学会来此采风。

九日黄山雅集

秋山一望客心飞,迤逦诗朋入翠微。
野菊簪头形貌丑,石泉当酒欲情肥。
登高惝恍吾歌哑,踏险逡巡凤愿违。
幸有青年能及顶,诗坛后秀喜芳菲。

【题记及简注】黄山,指河北曲阳境内之黄山。2003年重阳节,定瓷有限公司举办笔会,期间登临黄山。

《定窑研究》问世

一代风流君写定,三联艺术世称奇。
宏文可补千秋白,伟业新增万世基。
才女能徕海拉尔,精瓷欲震洛杉矶。
重阳雅会多诗酒,举盏宁辞华发滋?

【题记及简注】《定窑研究》,陈文增著,2003年出版。王莹女士,海拉尔人,前来定瓷有限公司工作。定瓷将赴洛杉矶展览。

和焕女士荣获世界工艺美术大师称号

君本孟良清水质,天生妙手绘天姿。
雕刀宛转春风起,仙蕊从容雅韵持。
胸有云霞付高士,笔无尘垢写清诗。
桐花万里鸣雏凤,老凤声嘶唱大师。

【题记及简注】和焕女士,定瓷有限公司副总经理,工艺美术师。

草木精英

浑元之气但存真,草木精英亦有神。
梅萼独声吟傲岸,荷花联袂唱清纯。
春兰居谷书幽趣,秋菊迎霜颂洁身。
四季花魂勤省示,我宜时刻洗污尘。

【题记及简注】2004年冬日,保定寓所。

律诗四扇屏

庭院迎春
岂能冰雪损青芽，又绽迎春满院花。
漫引长条遮陋径，纷呈细蕊护贫家。
忧生厚赠千金串，守道无求一盏茶。
岁岁劳君相戏谑，三餐粗粝未曾嗟。

荷塘夏夜
三更天气渐知凉，几点残灯熄水旁。
月下谁人摇白羽，风来何处起清香？
圆荷滴露传声润，玉宇流星投影长。
此刻方知人世好，流连不入黑甜乡。

秋江渔火
寂静沙滩隐宿鸥，宛然渔火在中流。
蓑衣须禁秋风冷，斗笠应遮夜露稠。
抛网成圈圆好梦，提纲数节卜良筹。
更深才见炊烟起，总为儿孙柴米谋。

冬夜编荆
古语冬闲农未闲，无边风雪锁山川。
烧成热炕三更暖，剥就荆条满眼鲜。
粗手编来筐叶细，尖刀刻得篓花圆。
郊原隐隐春来步，换取耕资好种田。

【题记及简注】2004 年冬日，保定寓所。

早 春

阳气生平野,春风拂面柔。长天来远雁,大地少耕牛。
草色遥观有,花香偶嗅浮。冰消溪水醒,雪逝柳芽抽。
粉蝶尚无影,黄莺初试喉。衔泥春燕碌,孵卵雀儿羞。
几处风筝起,谁家童稚讴。农夫早春事,田垄闪犁头。
播种乘新雨,丰收托旧畴。心歌催布谷,汗水溅黄丘。
衣食得温饱,身家无侈求。古来农事重,粮乏众生忧。
犁系国家命,农为百业尤。奈何耕作苦,总为困贫愁?
背井打工去,弃田无意留。妻儿遗北里,父母望南州。
土地多荒废,稻粱常绝收。玄宗避叛贼,金锭换窝头。
元宝岂能吃?国途须远谋。匹夫感春事,惆怅未能休。

【题记及简注】2005年初春,紫园寓所作。

与诸子谒张说读书堂

岩洞为堂远世情,烛光月影伴心宁。
林间已失徘徊迹,案上犹传诵读声。

凛列霜风催志立，崔巍壁垒助功成。
堂前留影心深许，无使先贤轻后生。

【题记及简注】 2005年初夏，受满城县张影之邀，与诸弟子游抱阳山，得见张说读书堂、屠侨题壁诗。张说，唐代诗人，官至宰相，传说其年少时曾隐居抱阳山，其山洞称"读书堂"。

仰读屠侨题壁诗即兴三首

一

屠侨足迹已茫然，诗句犹然峭壁镌。
乐后忧先英烈绪，山云遥接洞庭烟。

二

日映华章字字金，忧农祷雨见君心。
临风追想挥毫处，山鸟山花相与吟。

三

莫孤太守重忧先，风雨千秋不忍捐。
造化有心传圣训，人间谁续此公篇？

【题记及简注】 抱阳山石壁间，有屠侨题壁诗，诗云："省耕来陟抱阳颠，望见吾民尽种田。为祷山灵时雨日，莫孤太守重忧先。"盖用范仲淹《岳阳楼记》所云"先天下之忧而忧"意也。屠侨，字安卿，号东洲，浙江鄞县人，明朝正德六年（1511）进士，历任监察御史、左都御史、保定府知府等职。直言敢谏，有政绩。

花甲抒怀

六十年间非与是，是非非是意多颓。
天生一本糊涂账，赢得苍颜两鬓灰。

【题记及简注】经历复杂，感受混乱，不知该说些什么。

夏日游大石峪三首

一

雄关逼马倒，石峪诱人行。峭壁神工削，深潭鬼斧成。
烟霞疑凤舞，风雨起龙鸣。王孟足未至，诗篇今始呈。

二

溯流入幽谷，登巘沐风清。瀑挂珍珠幕，山罗翡翠城。
野花频系目，俊鸟不知名。一捧甘泉冽，泠然醒此生。

三

野宴清溪畔，村风古意融。山蔬兼众味，枣酒劝千盅。
婉转泉鸣曲，联翩鸟颂功。一樽心已醉，两腋觉生风。

【题记及简注】 2006 年夏,保定诗词楹联学会赴大石峪采风。大石峪,山谷名,在河北唐县境内,附近是倒马关,倒马关是长城内三关之一,山势险峻。

青藏铁路开通喜赋三首

一

远望高原日影红,青龙游弋彩霞明。
张鳞奋鬣腾云表,吐气长鸣作啸声。
雪岭欣然捧哈达,冰川着意献瑶琼。
羚羊翘首牧民喜,我作诗章颂泰平。

二

屯云积雪三千里,凿洞铺桥十万兵。
莫道高寒薄氧气,须凭坎坷见衷情。
穿行冻土行车稳,设计高端筑路精。
天路已成惊世界,中华儿女独其荣。

三

此路曾留公主踪,餐风宿露赴毡城。
文明异域结新果,赞普长安称外甥。
汉藏亲缘青史在,今朝盛世紫云生。
奔腾一线通南北,达赖徒劳螳臂横。

【题记及简注】 报载,青藏铁路于 2006 年 7 月全线通车。

艨艟颂
——河北大学85周年华诞献诗

日朗天高海面新，艨艟百尺若云屯。
舰旗高映霓虹影，将士多为龙虎身。
万里风涛留壮曲，无穷岛屿待观珍。
老夫喜作新水手，破浪犹能擒一鳞。

【题记及简注】2006年10月18日，河北大学庆祝85周年华诞。余奉命赋诗，登台吟诵。

咏物三首

红豆

应是鲜血染，晶莹明素秋。
泪丸光点点，心果意悠悠。
炯示亲朋爱，分明牛女愁。
王维诗意在，摘采与君留。

征 雁

夜向寒芦宿，朝临云表翔。
迎风舒羽翼，结队振喉吭。
人字书天宇，歌声寄众苍。
物微情不浅，感慨意浑茫。

菊 花

陶令归何处，东篱又满枝。
秋风香冉冉，夜露影离离。
工部双开泪，易安独叹姿。
娟娟一束爱，千古入清诗。

【题记及简注】2006年秋，紫园寓所作。

满城县柿子沟三首

一

幽深柿子谷，独步恐迷途。云笼千年树，风生万顷株。
遒枝龙虎影，阔叶凤鸾图。太息郑虔去，无由来此书。

二

秋阳飞亮羽，翠盖满山阿。路隘官车少，林深俊鸟多。
清风入涩果，玉露酿甜窠。待到白霜降，红灯照我歌。

三

盛也神星柿，美名传磨盘。岂只形容大，更兼心地甜。
不经培育苦，哪得吮餐酣？一树一民子，吾歌殊未安。

【题记及简注】柿子沟,在河北省满城县西北深山中,生产"磨盘柿"。2007年深秋,保定诗词楹联学会到此采风。郑虔,唐诗人,画家,书法家。官卑家贫,无力购纸,收集长安柿叶三屋,以叶代纸,练习书法。

吴淑玲博士赴京求学,欣其有成

仇注攻坚壁垒成,京师负笈树新旌。
千函黄卷开尘锁,数载青灯映玉衡。
驿路传诗经纬审,文章构厦柱梁宏。
颇欣老眼开新视,不畏前贤畏后生。

【题记及简注】吴淑玲入门攻读杜学,2005年获博士学位,随即赴京,入首都师大博士后工作站,随邓小军教授研究唐诗传播学,成绩优异。

楼 林 叹

吊车起重入云中,又竖高楼十九层。
华夏人民重居室,不辞腹内装北风。
居五十平想百米,有一处庐思两穹。
已替儿男谋丽舍,更为孙子苦经营。

苦经营兮经营苦,节衣缩食空皮骨。
三餐汤水欺肠胃,一件衣裳对寒暑。
百年积攒皆兜尽,箱底硬币亦搜捕。
又道思想须新潮,银行贷款势如虎。
势如虎,楼如林,眼观心乐笑吟吟。
忍看良田成焦土,不种庄稼种钢筋。
年年征地天天建,城郊巨厦若云屯。
中华人口十三亿,势将无地可耕耘。
民食为天古至理,此理今人弃如屣。
但求眼前广厦居,谁思身后绝粮粒。
粮粒断绝守空楼,钢筋砖瓦吃不得。
我辈深怀畎亩忧,怅望楼林空叹息。

【题记及简注】2007年冬,紫园寓所作。

顺平县桃花节二首

一

一路群蜂引,春游圣地兴。九天霞坠落,五瓣锦悬腾。
仿佛生潘岳,分明至武陵。中华气脉永,盛事有丕承。

二

唐尧遗爱处,遍岭盛桃花。璀璨三千顷,芳菲十万家。
岂止香诗草,犹堪逞物华。少陵有佳句,流韵正无涯。

【题记及简注】河北顺平县桃林盛大,每年桃花盛开之时举办赏游活动。此地有伊祁山，相传为尧之故里。2008年春，保定诗词楹联学会到此采风。潘岳，西晋文学家，任河阳县令时，在境内遍栽桃树。武陵，陶潜《桃花源记》云，桃花源在武陵。少陵，杜甫自称"少陵野老"，《题桃树》诗云："高秋总馈贫人食，来岁还舒满眼花。"

感念母恩

夜深人静路灯昏，细雨飘飘湿路尘。
白发老人街道转，目光如帚扫地匀。
人过八十多忘事，遗失钥匙难回门。
难回门，夜渐深，衣裳着雨水淋淋。
春风料峭增寒意，寂静街头不见人。
儿子楼居百米内，敲门即可获温馨。
担心惊扰香甜梦，宁受风寒苦此身。
此刻儿孙床榻暖，焉知楼外有慈亲。
孟郊慈母手中线，缝下几多深厚恩！
儿子难知慈母意，常将母爱视浮云。
三春暖意辉寸草，寸草难酬一片心。
我读新闻已叹息，回思往事心如焚。
如山母爱我未报，悔恨交织泪染襟。
寄语当今儿女辈，应珍天下父母恩。

【题记及简注】2008年5月10日，网易网站转载《大河报》新闻：郑州一位八旬老母晚上散步丢失了钥匙，儿子手里有备用的，且其住宅近在百米。老母怕惊扰儿子睡眠，独自在街头找了一夜。读罢新闻，心绪不宁，聊赋此诗。

哀 悼

屏间字字血，催我潸潸泪。不忍细细读，我心已破碎。
举目望苍天，顿足问厚地：既令万民生，煎之何太急！
耳畔婴呼母，砾下人抽泣。呜呼唤同胞，泪洒南国雨。
且罢盘中食，且休手中笔。垂老一颗心，凄凄飞蜀地。

【题记及简注】2008 年 5 月 12 日，汶川发生 8 级地震，共造成 69227 人遇难，374643 人受伤，17923 人失踪，是唐山大地震后伤亡最严重的一次地震。

秋游四首

抱阳山采菊
石罅生秋卉，重阳登抱阳。花冠织远意，且付鬓间香。

柿子坡小憩
满眼红金柿，压枝向地悬。醒来喉嗓渴，蜜饯荡唇边。

枣林开禁
枣林不见枣,树树红玛瑙。点点主人心,未尝先醉了。

梨园赏游
陷身金果阵,杀出须猫腰。不敢挺胸走,恐加头上包。

【题记及简注】2008年秋多游览,有满城县抱阳山、神星柿子沟、沧州果园等处,小诗记感。

蔡亚琳君赠云雾茶口占一绝

妙手摘来云雾茶,禅心催绽碧霄花。
人生得此真滋味,胜却侯封万户家。

【题记及简注】蔡亚琳君,保定晚报编辑,通茶道,好诗词,为人朴厚。2008年冬,紫园寓所作。

蓟门五首

夜宿蓟门旅店
朝辞保定府,暮入蓟门关。小酌渔阳酒,遥思安禄山。
山川存肃穆,民俗尚强蛮。雷雨中宵动,书生有汗颜。

盘 山

磅礴塞天宇，京东第一山。虹霓散复聚，风雨动还闲。
石罅生幽雾，松针带冷颜。钟声湿漉漉，古刹在云间。

挂月峰仰望

忆昔曾登顶，临风顾视雄。仰观天宇小，深信羽毛丰。
咏岳崇工部，攻书爱米翁。老来知世味，兴叹正无穷。

独乐寺名质疑

黎民糠菜窄，独乐不为高。我问题名者，禅宗记未牢？
心灯航夜海，香火即民膏。已忘民生事，诵经徒费劳。

翠 屏 湖

驻步燕山麓，名湖眺望初。烟波何浩渺，舟楫亦踌躇。
幽邃龙蛇穴，堂皇水伯庐。庖厨献锦鲤，辞谢问园蔬。

【题记及简注】2009年夏，与诸子赴蓟县。该县地处燕山南麓，唐时称渔阳，为安禄山之辖区，白居易所云"渔阳鼙鼓动地来"是也。

桂林山水图赞

造化钟情此一乡，风光旖旎韵何长。
水呈绿醴邀仙客，山立青簪待女郎。
绘者恨无王宰手，诗家愧少孟公肠。
天生一段蓬莱景，移到人间作画廊。

【题记及简注】屏间有人出示桂林山水图，颇精妙，平生未能得见实景，有此足矣。王宰，盛唐山水画家。杜甫有《戏题王宰画山水图歌》。孟公，指盛唐山水诗人孟浩然。

对雪哀悼

飞雪深秋岂偶然，京华昨日失英贤。
天公亦有怜才意，痛撒琼花作纸钱。

【题记及简注】2009年10月31日，钱学森去世，天降大雪。

石门大雪

寒风吹冻云，大雪压石门。上房除积雪，雪深高过人。
道路稀车辆，跋涉有逡巡。树木多偃倒，百年空苦辛。
吁嗟乎苍天，问尔何居心。何以逞淫威，居高践我民！
侧眼寒窗外，鹅毛仍纷纷。忧思如乱雪，愁绪若屯云。

【题记及简注】2009年11月11日，石家庄大雪。

戏题十二生肖

老 鼠
人将尔为敌,尔固傍人存。穿凿千家壁,繁生万代孙。
天心不可晓,俗理亦难论。所幸猫儿懒,逢今应感恩。

耕 牛
立身耕畎亩,自幼显基因。草料何曾弃,生涯不畏贫。
农夫诚可伴,童子总能亲。已尽尘中力,鞭声莫太频。

猛 虎
山谷为王久,而今园内囚。因风怀旧迹,凭雨洒新愁。
斗室捐雄骨,长原送望眸。临栏一长啸,猛志未曾休。

野 兔
耳长音讯密,行速众生惊。多智营三窟,清心饮一泓。
存身唯啃草,安命不争荣。鹰犬与弓箭,休来扰太平。

神 龙
云隙现鳞爪,神龙躯体长。游天临万国,降雨泽千乡。
身显白垩纪,图腾黄帝堂。雄浑一脉久,华夏祚无疆。

灵 蛇
隐匿山林内,灵芝常作邻。日精一入体,元气百年身。
让伞清明雨,痴情白素贞。许仙乃俗子,虚掷一生春。

骏 马
老杜写真后,声名天下闻。霜蹄开沃雪,风骨掣长云。
龙种犹传世,虎符频著勋。殷勤劝伯乐,选秀莫驴群。

山 羊

幸与吉祥近，人间作意浓。乱山心不惑，险径步从容。
啮草声连夏，献袍人过冬。铮铮双角竖，敢向野狼冲。

顽 猴

人祖由来瘦，何曾为胖愁？栖山行隐隐，悬树乐悠悠。
野果无污染，清泉未断流。闲来观后裔，惆怅每摇头。

雄 鸡

花冠锦绣翎，高视气充盈。勇镇毒虫胆，廉承义士名。
司晨恒守信，护幼亦维诚。祖逖中宵舞，青锋应壮声。

良 犬

忠悃人之友，依家不厌贫。三更犹警觉，万里可归循。
彼腹岂常饱，唯心不改真。人伦若能此，天下自长春。

肥 猪

六畜安恬最，平生力致肥。肩臀不瘦弱，环堵有光辉。
但取槽中是，焉忧墙外非。高楼与矮舍，殊遇亦同归。

【题记及简注】2009年冬，紫园寓所作。

元 日

除夜春风起，乾坤瑞气中。田园萌小绿，联语上新红。
虽乏椒花颂，颇招柏酒攻。醺然开老眼，走笔贺年丰。

【题记及简注】2010年元日，紫园寓所作。

听小提琴协奏曲《梁祝》

一双蝴蝶出坟茔,交舞翩翩美愿成。
草木飞香随倩影,山河吐秀伴芳情。
人间不许结连理,天道犹能赞赤诚。
点化英魂传后世,长教人子记山盟。

【题记及简注】2010 年春日,紫园寓所作。

咏物二首

旧 车
骑驶亦颇久,与君成厚缘。风晨连雨夕,少壮入衰年。
铃毁闸犹警,皮残骨尚坚。人生坎坷路,一往正无前。

秃 笔
毛锥已脱落,我鬓亦飞蓬。心血凭君耗,诗文自尔工。
狂歌陪健舞,痛泣佐悲风。相看两相爱,秃毫伴朽翁。

【题记及简注】2010 年春日,紫园寓所作。

题山西老陈醋二首

一

精华五谷起良图，三晋风流在一壶。
佳酿深藏彭祖术，令人神貌总如雏。

二

味向酸甜之外寻，餐中无酒亦香醇。
平生唯此长相守，自是桃源境里人。

【题记及简注】2010 年春日，紫园寓所作。

夏日白洋淀荷花大观园三首

一

迥立虹桥上，名园触目妍。娇花明照水，翠盖远擎天。
风送清香至，情随雅韵迁。遥思杨万里，续写净慈篇。

二

红尘方酷暑，此界已清凉。心向荷花静，身随莲子香。
依稀佛现影，迤逦路生光。欲借湖边树，垂荫晚景长。

三

陈公名振久,厨艺共荷芳。水淀根基固,鱼王特色扬。
烹虾脆红嫩,煮蟹软黄香。闻有全鱼宴,何时得品尝?

【题记及简注】荷花大观园,白洋淀景点之一,有荷花数十种。2010年夏日,保定诗词楹联学会到此采风。陈公,白洋淀厨师。

南非足球世界杯每日一绝

6.11　开幕式　蜣螂倒推粪球
创意新鲜奥且幽,妙将粪蛋喻皮球。
蜣螂倒走推球准,忍使英豪面带羞。

6.12　韩国2∶0希腊
红魔风入四蹄轻,传带雷驰四海惊。
希腊英雄真老矣,难将流誉续新声。

6.13　阿根廷1∶0尼日利亚
非洲劲旅绿毛隼,叫啸冲腾搏素秋。
老马织成蓝格网,稳将胜算掌中收。

6.14　德国4∶0澳大利亚
悬殊兵力入球多,袋鼠岂能阻战车?
体弱偏逢吸血鬼,焉能无泪唱蹉跎?

6.15　呜呜吱啦号
呜呜吱啦呜呜啦,地要吹崩天要塌。
吹得健儿晕了菜,难知冠冕落谁家。

6.16　朝鲜1∶2巴西
国歌催落男儿泪，心有国魂脚有根。
莫道一球穿透少，寰球举目亚洲人。

6.17　瑞士1∶0西班牙
胜负从来不认家，绿茵时萎冠军花。
劝君切莫开狮口，昨夜西班已掉牙。

6.18　阿根廷4∶1韩国
身披10号马家袍，得意门生志气高。
健美游龙能戏虎，忍教首尔泪如潮。

6.19　塞尔维亚1∶0德国
战车履带入危艰，傲慢吃牌痛减员。
脚法太精专击柱，点球不进奈何天。

6.20　荷兰1∶0日本
荷腰兰脚弄芳菲，每每佯摔诬犯规。
应赞东瀛守门将，飞身堵炮死如归。

6.21　巴西3∶1科特迪瓦
红牌赐给无辜者，却把足球同手球。
功过翻盘活见鬼，如斯裁判亦堪休。

6.22　朝鲜0∶7葡萄牙
一个七个有别乎？奋力攻城不虑输。
惨烈牺牲存浩气，男儿有此是雄夫。

6.27　乌拉圭2∶1韩国
闻道乌邦三百万，健儿晋级又腾飞。
为何华夏十三亿，不及区区乌拉圭？

6.28　德国4∶1英格兰

昏花老眼一团糟，裁判权威已动摇。
何不依凭电子眼，公平裁断辨秋毫。

6.28　意大利2∶3斯洛伐克

无须败绩泪婆娑，物盛而衰又奈何。
老子金言应在耳，人间未有永昌歌。

6.30　西班牙1∶0葡萄牙

两虎相争牙对牙，你撕他咬勇堪夸。
葡萄酸掉一颗齿，忍痛埋名回老家。

7.3　加纳3∶5乌拉圭

足球当作排球打，绿茵日日有奇观。
直须抱着球儿掷，砸碎条文闹个欢。

7.3　荷兰2∶1巴西

未见桑巴舞蹈美，已知铁脚踏人凶。
为求今日四强位，断送先人盖世名。

7.4　阿根廷0∶4德国

老马心仪一两人，阿根团队已离心。
始知名将难为帅，趋步巴西作后尘。

7.7　荷兰3∶2乌拉圭

哪个低来哪个高？全凭裁判哨声描。
昏然吹倒单刀将，直使英雄泪染袍。

7.8　德国0∶1西班牙

人间妙算属章鱼，此夜战车崴了泥。
八爪莫非通八卦？三心果比一心奇。

7.11　德国3∶2乌拉圭
第三第四已无干，放脚踢来方可观。
艺术全凭无挂碍，自由心态重于山。

7.12　决赛荷兰0∶1西班牙
国名最美是荷兰，兰瘦荷肥皆可观。
无奈西班牙口硬，老夫失意看收摊。

【题记及简注】南非世界杯足球赛于2010年6月11日开幕，7月12日闭幕。适逢退休，得饱眼福。然外行看球，不通门道，只凭主观感受而已。与之配套，则用语浅俗，近乎打油，且用今声今韵。据悉，章鱼有三颗心脏。

暑热二首

一

烈日喷红焰，人寰涌汗波。田间花变色，林下鸟无歌。
每忆秦皇岛，尤思北戴河。当年游泳处，诗兴亦颇多。

二

骄阳飞赤羽，宇宙起蓝烟。狗吐长舌喘，猫封圆眼眠。
案头尚多务，心窦已无泉。应解陶公印，来登范蠡船。

【题记及简注】2010年酷暑，紫园寓所作。

题长城摄影

谁把煌煌五线谱,长书万里翠峦巅。
云雷四季击锣鼓,瀑水千秋奏管弦。
始祖丰碑扬浩气,中华纽带结群贤。
临风远向关山望,鳞爪依稀脱雾烟。

【题记及简注】屏间有人展示所摄长城,求题诗,乃作此。2010年秋,紫园寓所作。

秋夜独酌

一盏谁知味?三更月不明。
人生真似酒,虽辣亦衔觥。

【题记及简注】2010年秋日,紫园寓所作。

保定风物十咏

转 铁 球
日月双轮掌上行，阴阳合奏凤鸾鸣。
此中深意应知晓，人事和谐治世成。

踢 毽 子
七旬仍是脚生风，空里翻飞赤羽翎。
脚背脚心皆长眼，腾挪辗转比猴灵。

春 不 老
郊原风雪正纵横，窗下犹存一瓮青。
不老春光桌上景，冀中人物总修龄。

小葱蘸酱
细雨捐来脉脉情，小葱鲜嫩满畦生。
春风和煦熟甜酱，此味诗家难写成。

槐茂酱菜
姜丝浸泡杏仁熏，小篓精装五味匀。
槐树根深枝叶茂，琼花不谢万年春。

冀中山药
山药名高貌不扬，一身毛刺老皮黄。
泥中爬滚君行健，补肾生津最擅长。

阜平"枣杠子"
八月阜平香气稠，紫红大枣遍坡流。
山泉山枣酿山酒，此酒威名震九州。

白洋淀

露白风清淀水秋,鱼肥藕胖紫菱稠。
围灯闪烁芦根下,捉蟹三更人未休。

柿子沟

十月霜红柿子沟,磨盘型号满枝头。
芬芳软玉应竿落,远近山歌带蜜流。

大慈阁

飞檐缥缈淡云栖,风动铃音宿鸟啼。
寂静佛门香火在,诵经声里月轮低。

【题记及简注】2010年冬日,紫园寓所作。

贺雪二首

一

天公久不雪,春旱欲成灾。禽鸟歌声断,禾苗脸色哀。
星辰徒亮丽,日月漫徘徊。遍地黄尘起,余心何日开?

二

西北流云至,冀中火箭催。千声民意炸,一夜雪花飞。
举酒中宵乐,凌晨诗笔挥。开窗瞻大野,沃雪蕴芳菲。

【题记及简注】2011年早春,紫园寓所作。

感 时

大旱袭荆楚,田园禾稼枯。洪湖失水泽,渔艇困泥途。
天有好生德,恩应及敝庐。何当降甘雨,磅礴洗荒芜。

【题记及简注】2011 年夏,两湖大旱。

李娜法网进入决赛

灿然绽放网前花,驰骋风沙一小丫。
二十三年磨剑苦,赢来寰宇看中华。

【题记及简注】2011 年 6 月 3 日,看李娜网球决赛,有作。

送平晓涛毕业归邯郸

风晨雨夕奉诗书,三载痴情与世疏。
今日乘云舒劲羽,好同鸿雁取长途。

瞻仰五勇士纪念塔

壮士英姿何处寻?坨巅高塔屹严森。
松风鼓荡霜中气,鹰隼盘旋云外音。
锦绣山河拥白玉,光辉日月鉴丹心。
英雄塔下追怀久,浩气长云积满襟。

【题记及简注】2011年秋,河北大学举办"唱响狼牙山"征文活动,作此诗,步杜甫《蜀相》诗韵。

金秋野望

大野金秋至,长天映远岑。澄湖留雁影,凉露洗余心。
诗句秋风爽,襟怀明月临。人生此季好,山菊亦堪簪。

【题记及简注】2011年秋,步行出紫园,至北郊,野望。

为保定大水系工程献诗十首

一

正是金风玉露时,清波浩荡入城池。
灵泉洗净平庸笔,碧浪翻成靓丽诗。

二

清波一曲向城流,夹岸秋光入眼稠。
柿子压枝垂赤玉,菊花照水滚金球。

三

府河碧水映蓝天,过影白云意态闲。
垂柳临河梳美发,荷花承露洗娇颜。

四

织成水网沁心图,湖汊河渠鱼鸟芦。
南国风光随步有,观光不必去姑苏。

五

七缕清流七缕弦,水声奏乐意缠绵。
波纹化作箫韶曲,百姓如逢尧舜天。

六

五湖星布古城郊,阳气氤氲水脉饶。
无限生机供望眼,来年春色更妖娆。

七

疏导龙泉入十园,明珠璀璨耀城间。
梳妆不必依明镜,处处清波照丽颜。

八

大汲店南百草沟,有沟无水几多秋。
今朝水沃文明地,古镇应添百尺楼。

九

兴国寺旁兴国湖,烟波微隐小蓬壶。
柳荫深处钓竿静,风物真堪入画图。

十

涤荡污泥洗旧颜,群芳笑望艳阳天。
民心由此亦清爽,步入和谐大有年。

【题记及简注】保定大水系工程于2012年5月竣工,完成了"两库连通、西水东调、引水济市、穿府补淀"的规划。此举将改善保定的生态环境。保定诗词楹联学会组织会员参观,以诗记盛。

冬夜听雪

雪粒打窗棂,沙沙脚步轻。初闻疑友履,细辨是春声。
已觉南山绿,如听北垄萌。今宵多兴致,杯酒助心情。

【题记及简注】2011年冬日,紫园寓所作。

为左汉林所摄保定古莲池雪景题二绝句

一

琉瓦镶银靓丽诗,虹桥砌玉冷香词。
苍天一捧玲珑雪,扮出名园清雅姿。

二

临漪飞亭雪里红,石桥拱若月初生。
枝头已绽迎风蕾,静待春雷第一声。

【题记及简注】2011年冬日,紫园寓所作。

临江仙·酬张志民

短信发来知健在,声情挫败寒风。龙年心气与君同。生涯宜进酒,词语不须工。　少小书声犹在耳,匆匆已近龙钟。数根白发向苍穹。晚来豪气在,心事一杯中。

【题记及简注】2011年除夕,张志民发来诗作,作小词酬答之。

张旭石砚歌

张公巨砚黑龙宅,龙身气化隐其形。
兴来便附张公体,张公大吼如雷霆。
披发露顶长街走,衣裳不整露两肘。
舞爪张牙长髯飘,路人见状皆发抖。
归来豪饮酒三钟,挥毫泼墨势汹汹。
椽笔搅动风云气,飞腾满纸皆为龙。
其时大唐称盛世,英物英人两相适。
俊杰如笋遍地生,神灵助兴竟如此。
公孙舞剑动四瀛,李白诗成鬼神惊。
诗圣倾心爱草圣,饮中八仙传其名。

【题记及简注】张旭,唐代著名草书书法家,世称"草圣"。夜读其史料,有感。2011年冬日,紫园寓所作。

保定植物园二十咏

名园远眺

古城郊北二环行,一片青苍出地平。
日映云烘生紫气,名园引步到蓬瀛。

园门大敞
投资亿万不回收,千亩园林任众游。
政绩而今新创意,天人之教炳千秋。

天地图腾
攘攘人生天地间,和谐万物始陶然。
一花一木皆吾友,共享光阴歌大千。

节气石柱
晶莹玉柱立天心,昭示风云雨露氛。
草木有情传厚意,告知节气劝耕耘。

春满园林
桃李轻匀粉面妆,丁香送爱自幽长。
东瀛也有移居客,几树樱花散异香。

林荫漫步
万木荫中小径斜,通幽疑似到仙家。
谁人隔叶挪棋子,敲醒春桃数朵花。

林荫石凳
林荫如伞漫天支,石凳生凉日影迟。
情侣依肩怀往梦,儿童稚嗓诵唐诗。

竹园即景
丛篁幽寂径无苔,剑气森森侠客怀。
杜甫一生钟爱汝,竹篱茅舍待君来。

山顶凉亭
平芜忽起一山高,上有凉亭助兴豪。
太岳烟霞来袖口,淀涛声韵入襟袍。

野炊烹茶
携友林间燃小炉,天光云影入清壶。
一杯饮罢诗情雅,谈笑卢仝是莽夫。

草坪午餐
对水临风开野宴,草丛细软列青毡。
绿蒲摆动摇凉扇,黄鸟欢歌佐午筵。

石桥倒影
绿草拥持溪一弯,拱桥投影月初圆。
乘船且向蟾宫去,畅饮吴刚桂酒鲜。

万木盛会
盖地参天万木稠,此身疑在碧波游。
心神脏腑皆熏绿,化作青湖一浪头。

盆景奇观
江南塞北珍奇木,蕴意含情入瓦盆。
斑竹犹含洞庭浪,苍松尚带雪山痕。

平湖对月
月上平湖对影双,中秋携友赏蟾光。
湖边小坐心如洗,何处箫声送桂香?

园林秋色
银杏红枫气势宏,黄栌紫李亦峥嵘。
秋色只宜天写定,画家搁笔赞连声。

野塘暮秋
野水一塘秋色深,香蒲捧玉苇摇金。
小舟数点云间动,不网鱼虾网乐心。

滑冰场上

平湖腊月覆坚冰,闪闪冰刀燕影轻。
莫笑老翁筋骨弱,也随少壮掠寒声。

园林沃雪

朔风昨夜入园林,大雪纷扬盖四垠。
十万青松披战甲,梅花独占一枝春。

园中畅想

椽笔挥青亦壮哉,森林城市展雄才。
为官一任民心在,举酒临风思未来。

【题记及简注】保定植物园位于北郊,面积 110 公顷。由主门广场、花园大道、温室区、草花园、春花园、秋色园、盆景园、树木园、竹园、岩生水生植物园、药用球根宿根花卉园、管理服务区、引种驯化区、游人中心、情侣园、体育场等功能区组成,是一个集科普、休闲、娱乐为一体,充分体现植物景观、乡土文化和生态效应,具有"城市森林"特征的综合性园林。组诗于 2011 年底完稿。

杨 花

飞到西来飞到东,也无私事也无公。
身如蓬草能知乐,价至分文不叹穷。
笑看红尘求禄客,追随仙界祝鸡翁。
人间有我方成趣,何事苏公泪眼蒙?

【题记及简注】2012年春日,紫园寓所作。苏轼《水龙吟·次韵章质夫杨花词》:"细看来,不是杨花,点点是离人泪。"

山　村

茅宇青山侧,闲云驻树冠。涧溪时见鹿,野鸟不知官。
喜有东篱菊,还多西子兰。何时居此地,长啸向云端。

【题记及简注】2012年夏日,山区友人接余小住。

述　怀

捕风收袖里,捉月纳怀中。
富贵甲天下,谁言吾道穷!

【题记及简注】2012年秋日,紫园寓所作。

潼 关

天公开辟一奇门,百战苍崖留箭痕。
血沃冈峦肥草木,岚间疑有未招魂。

【题记及简注】2012年冬,自巩义赴西安参加中国杜甫研究会第六届年会,途经潼关有作。

蝶恋花·保定东湖建成,填词二首

一

伫立虹桥游兴饱。蓼岛蒲丛,掩映烟波渺。柳岸蜿蜒云气绕,林中啼唱无名鸟。　　点水蜻蜓游袅袅。燕影鳞踪,点缀风光巧。匠气全消工迹少,东湖应比西湖好。

二

闹市烟尘人易老。到此休闲,且把风容葆。脚踏青泥病气扫,心融天道情怀好。　　络绎游人织锦缟。笑语吟吟,相与寻芳草。政绩惠民方是宝,琼楼华馆何其小!

【题记及简注】保定市政府拟于市中及四郊开掘五个湖泊,2013年东湖建成,余往观之,有作。

咏物二首

柳
靖节门前客，香山诗里魂。
迎春先展眼，遇土即生根。

木棉花
偷来日彩润娇唇，天火烧成满树春。
三月人间花正好，浮生到此可惊魂。

【题记及简注】2013年春，紫园寓所作。

池 塘

谁将一面镜，遗在野花丛。岸柳濯长发，黄莺润脆咙。
天云照影白，水旦睡容红。小憩池塘畔，清波洗浊瞳。

【题记及简注】2013年春日，满城县原野散步。

无名小花

无缘庭院享恩滋,流落荒原亦自持。
石缝扎根依寸土,春来一样举花枝。

【题记及简注】2013年春日,满城县原野散步。

白 牡 丹

玉体何曾染,冰壶出此身。
全无花态度,纯粹雪精神。

【题记及简注】2013年春日,游览保定"鱼鸟花市",见白牡丹盛开,思及王昌龄诗句"一片冰心在玉壶"。

听西河大鼓即兴三绝句

一

苍劲深沉壮士心，幽燕风概此中寻。
三弦泼洒郎山雨，一鼓遥承易水音。

二

高腔慷慨升天迥，低啭迂回入海深。
古木临风摇铁干，蛟龙纵雨一长吟。

三

村里说书随土尘，艺师多是冀中人。
鸳鸯铜板奏今古，一脉侠情歌未泯。

【题记及简注】2013年春，在巩义市郑州成功财经学院寓所。周末休闲，于网上听西河大鼓《王三姐住寒窑》等，喜其慷慨声腔，因思保定文化习俗。

七夕感怀

天上佳期近，人间乐事迟。村夫劳海粤，农妇守山篱。
牛女何须叹，鸳鸯尚可期。仰观银汉水，深羡鹊桥奇。

【题记及简注】2013年秋，巩义寓所作。

记　梦

重阳无客至，摆酒会群峦。红日宫灯艳，清溪野曲弹。
茱萸贺长寿，蓝鸟劝加餐。黄菊虽清丽，白头羞作冠。

【题记及简注】2013 年秋，巩义寓所，梦见独自山中过重阳节，醒而有作。

岁暮感怀

操持少陵卷，垂老意犹虔。心远双峰寺，盘敲一指禅。
旧窗花欲发，今夕月应圆。驽马羸蹄久，蹒跚又一年。

【题记及简注】2013 年冬，紫园寓所作。

题画二首

水 村

水畔人家雨后宁，山形树影照清容。
人间有此丹霞地，不去罗浮拜葛洪。

白 莲

仙姿独步出荷塘，云压风欺未肯降。
惆怅人间难并蒂，清波照影亦成双。

【题记及简注】网上有群名"杜甫草堂"，群主出示三幅美图，请作题画诗。2013年冬，紫园寓所作。

题绿萝盆景

叶润条柔喜下垂，宛然绿瀑浣窗帷。
盆中但有些些水，便起春云向四陲。

【题记及简注】书房临窗处，置一绿萝盆景，长势颇盛。2014年春日，紫园寓所作。

题山石盆景

打点青山入瓦盆,九霄云气欲归根。
何时倚此结茅宇,教我诗心无秽痕。

【题记及简注】2014年春日,紫园寓所作。

咏物二首

水上桃花
水上青枝花欲燃,众芳国里不争妍。
落英点点随流水,要送香魂到远天。

山野水仙
远山坳里遇花仙,静处岩泉意自闲。
沃叶绝无烟火色,清纯一蕊冠人寰。

【题记及简注】2014年春日,紫园寓所作。

暴雨二首

一

暑热嚣张极,人寰息欲无。昊天云影绝,大野黍禾枯。
水竭池鱼死,风干林鸟呼。田家祈霖雨,咸泪洒焦肤。

二

一雷天际震,浩荡怒云来。闪电檄文急,天公杀戒开。
飙风驱旱魃,阔雨洗蒿莱。物极必归反,真言何壮哉!

【题记及简注】2014年夏日,紫园寓所作。

戏题二首

垂头莲蓬

湖上已临秋,莲蓬倒影浮。
群鳞不敢近,疑是钓鱼钩。

韭 菜 花

琐屑无香难任花,谁将笔墨写卿家?
一从伴得老豆腐,万众扬眉齐口夸。

【题记及简注】2014年秋夜,紫园寓所临屏作。

雪夜临屏

大雪卷鹅毛,郊原风怒号。远村皆失影,飞鸟已归巢。
案上无他事,屏中寻我曹。草堂群里客,争吵乐陶陶。

【题记及简注】2014 年冬夜,紫园寓所作。

致 驴 友

孔方登帅帐,淳朴岂能存?小贝海南臭,大虾青岛昏。
山河虽悦目,人事每惊魂。借问云中走,何如家里蹲?

【题记及简注】2015 年春假之前,友人邀请同行旅游,作此以谢。

浮戏山中秋夜宴歌,呈杜宏图董事长

盘山公路十八弯,驰车渐入白云间。
杜总中秋开夜宴,宴席高设浮戏巅。
浮戏山峰向天矗,峭壁千寻削鬼斧。
泉水拨弦音韵清,山花织锦图纹古。
移时皓月静悬空,玉盘皎皎颇玲珑。
宾客无声齐仰首,溪谷殷勤送惠风。
主人设宴心独有,素炒山葱与山韭。
山枣山梨新采来,又赴山翁沽山酒。
一杯饮罢胃大开,两杯逸性飞出怀。
三杯我心归远古,如见羲皇漫步来。
日出而作日入息,简朴生涯弃心计。
陶公杜公入田园,返璞归真步天理。
杜总品高心性纯,杜公四十一代孙。
远绍祖先功烈志,刱开大业振族门。
功成低调绝歌舞,探寻河洛文明祖。
办刊办院聚时贤,挥金不惜真如土。
河北老者河南来,对君怡怡青眼开。
诗圣九泉应笑慰,家声不绝出英才。

【题记及简注】2015 年中秋节,杜宏图先生于浮戏山间宴请巩义市杜诗研究会人士。杜宏图,巩义市著名企业家,杜甫四十一代孙。

蔡君赠自制月饼喜赋一绝

新饼蒸成妙手持,旧时风味入唇知。
五仁松脆青丝爽,胜彼芸芸糕点师。

【题记及简注】蔡亚琳君,河北大学中文系毕业,于诗道、茶道之外,喜自制美食。2015 年中秋,紫园寓所作。

李军先生赠红木双刀喜赋一绝

吴钩木造近知闻,开箧红光接夕曛。
欲向津门书谢字,挥刀需取昊天云。

【题记及简注】李军先生,天津教育出版社编辑,工诗词,与余交好。2015 年冬,紫园寓所作。

蒜瓣抽芽寸许喜赋一绝

寒鸦瑟瑟雾蒙蒙,北国山河冰雪中。
玉瓣不循天帝令,翠旗一杆唤春风。

【题记及简注】2015 年冬,紫园寓所作。

赞启功先生《学书八法》

八法箴言俗且详,先生传道厚心肠。
专家每每穷装相,理论深渊莫敢蹚。

【题记及简注】启功先生作《学书八法》,语言浅近,讲述翔实。

岁末感怀

默默天行健,风霜又一年。铅云垂野外,枯叶落窗前。
黄卷迷昏眼,青灯照暂眠。明朝此身退,归老白云边。

【题记及简注】2015年冬,紫园寓所作。

八声甘州·酬邯郸志民兄

看无聊春晚被催眠,醒来四更天。正人寰归静,硝烟尽散,星斗安然。案上凉茶隔岁,旧墨入新年。梳洗嫌明镜,马齿徒添。　　不忍开机览颂,怕情怀淡漫、无力酬笺。叹年来诗思,枯竭泰山泉。想诗朋邯郸伏案,吐气成飘逸白云篇。羡君健,倚明窗处,遥望天南。

【题记及简注】2015年除夕,紫园寓所作。

春　雨

造化如今步履迟,甘霖九唤始徕之。
半窗嫩柳春风笔,遍地新芽夜雨诗。
老眼忽明他日翳,华颠欲黑近年丝。
农家获救余心释,且向苍天举酒卮。

【题记及简注】2016年春季,久旱降雨。

有网友名艾月者，求余书法，答以名茶。有作

新绿初萌响杜鹃，杏花春雨幼芽鲜。
便知好友存佳意，封寄江南二月天。

【题记及简注】2016年春，紫园寓所作。

看喜鹊筑巢

伫立窗前观友邻，双飞灵鹊筑巢勤。
衔枝往返凌朝露，絮叶周严趁夕曛。
蜜语千声环古木，柔情一脉接长云。
安居全靠躬身力，不遣辛劳长辈分。

【题记及简注】2016年春，紫园寓所作。

送孙微博士赴山东大学任职

无赖庭花照眼明,古城南浦饯孙生。
征鸿欲向云端唱,瑞气欣随历下行。
酒过三巡思忆重,人经七秩辱荣轻。
离筵五味陈胸臆,二十年间未了情。

【题记及简注】孙微,余之开门弟子,攻读杜诗,取得硕士学位后,考入山东大学张忠纲教授门下,取得博士学位,其后回归河北大学,从事教学与科研,于杜诗文献颇有建树。2016年春调入山东大学。余召集同门为之送行。

网上题图:渔舟暮归

日落山林侧,江中晚雾流。炊烟升袅袅,舟子荡悠悠。
此地无王税,何时有客愁。陶潜描画处,读罢纵歌喉。

【题记及简注】夏夜,群间友人出示《渔舟暮归》图,请求题诗。2016年夏,紫园寓所作。

网上题图:闺人吹箫

圆蟾出远岑,玉指弄清音。一曲关山月,三更将士心。
低回秋露冷,飘转夜风侵。闺阁人难寐,徘徊泪染襟。

【题记及简注】复有出示《闺人吹箫》图者,请求题诗。

盐山览胜二首

游凤凰公园
名园招远客,明府伴清游。
二水开神翼,一亭昂凤头。
青桐存雅愿,紫气入良畴。
胜地群英聚,同心赴壮猷。

千童公园感赋
解缆盐山下,扬帆事远航。
千童辞故土,万里向蛮荒。
浪紧呼朋急,风高砺志昂。
今朝立船首,意气海云长。

【题记及简注】2016年夏日,赴盐山县参观文化建设。县委书记薛泽通等陪同游览。薛泽通,河北大学作家班毕业。

沁园春·宏润重工礼赞

凤起盐山，龙腾宏润，气象岿然。看核装大字，红镶玉宇；巨型钢管，吐纳云烟。五万吨机，千邦瞩目，一剑彤红指颢天。余惊叹，问刘公何技，著此雄篇？　　持心一往无前。摘星月敢为天下先。忆砖炉草创，躬身泥淖；初基既备，放眼云端。燕赵风标，壮情慷慨，斩棘开途越大关。昨传讯，报威名上市，快马扬鞭。

【题记及简注】2016年夏，参观河北省宏润核装备科技股份有限公司。刘公，该公司董事长刘春海，20年艰苦奋斗，将一民间小厂发展成为举国知名的核装备大企业。

题吴萱君所摄《背影》

万里求学路，孤身登月台。
心随背影去，儿向梦中来。

【题记及简注】吴萱君女儿赴福建高校读书，送行至车站月台，摄其背影，传之网上。2016年初秋，紫园寓所作。

巴西奥运会中国女排夺冠

两赢三负国人惊,厄运谁能死复生?
靓丽神奇华夏女,环球仰首看郎平。

【题记及简注】2016 年巴西奥运会,中国女排小组战两赢三负,国人预测,难进前八。岂知进入复赛,一路夺关斩将,登上最高峰!回顾历程,烟波诡谲,至今仍如梦中。

重阳节怀友人

满城风雨重阳至,露白花黄宇宙秋。
征雁唳天寒掠影,微蛮附草苦吟愁。
东篱把酒忧杯浅,南浦思君恨事稠。
一曲离歌飞泪点,诗笺递与岳阳楼。

【题记及简注】2016 年重阳节,湖南友人来信问候,念及往事,作诗遣怀。

贺 喜

久未出门霾气浓,苍天今日降清风。
远山形色仍眉黛,初日容颜尚颊红。
口罩摘除人面好,嗓门豁亮笑声隆。
街头老友频来贺,唯恐相逢在梦中。

【题记及简注】2016年初冬,紫园寓所作。

题盆栽水仙

根凝白玉叶青幽,金蕊琼花意态柔。
莫道娇容须护养,一盆清水见风流。

【题记及简注】2016年初冬,紫园寓所作。

丙申抒怀（步周拥军诗韵）

急雨潇潇又送春，园丁身老尚茹辛。
单车夺路还依旧，媒体登堂颇厌新。
燃烛生涯栖上谷，落花时节望天津。
故乡幸有钓矶在，渔父沧浪动水垠。

【题记及简注】周拥军先生，世界汉诗协会会长。作《丙申抒怀》，请诗友步韵。得和诗三百余首，出版专辑《笔下烟云》（世界文化艺术出版社，2016年）。余受命唱和之。

刘峰先生手串歌

承德山野多奇树，中有佳名琉璃木。
灌丛矮小不足观，村民采伐充薪物。
此木质坚如纯铁，轮纹细密积年月。
美材何必高大容？刘生慧眼识精绝。
秋来持斧入荆丛，汗水时兼血水红。
如采荆山和氏璞，欲施妙手夺天工。
郢人再世运斧斤，削皮剔肉求木心。
木心美似黄田玉，碾玉成珠天籁音。
珠光闪烁飞日彩，纹涌层波如大海。
红线联得手串成，天光海影腕上载。

刘生立身惟赤诚，潜心求艺厌虚名。
而今世道须如此，聊驱拙笔作歌行。

【题记及简注】刘峰先生，手串艺人，好诗词。赠余手串一副，作诗记之。

题赠诗词方舟

上谷兴文翰，方舟聚众家。老中青少幼，书画乐诗茶。
祖业丕承远，新风取舍嘉。天河诚可到，博望复乘槎。

【题记及简注】诗词方舟，会长张影。张华《博物志》："汉武帝令张骞穷河源，乘槎经月而去，至一处，见城郭如官府，室内有一女织，又见一丈夫牵牛饮河。"此即银河。张骞曾封博望侯。2016年冬，紫园寓所作。

卜算子·谈心

手有静闲时，腿有安床睡。耳目舌喉脾肾肝，最是心疲累。
分秒不能停，节奏须成律。柴米油盐酱醋茶，搅得心将碎。

【题记及简注】2017年冬日，紫园寓所作。

田园绝句十七首

迎 春
屋檐冰雪映犁铧,篱畔平添一片花。
只为人勤春亦早,花香先到万元家。

春 耕
细雨蒙蒙过岭来,杜鹃声里杏花开。
岭东十万承包户,处处耕牛献壮材。

拉 犁
老父扶犁儿拽绳,躬身几与地平行。
春风十亩禾苗绿,热汗千升方染成。

播 种
犁碎三更种五更,耧铃摇醒杜鹃声。
一年希冀埋膏壤,卧看红霞出地平。

耘 地
布谷声声逐唱腔,黄牛引颈亦高吭。
一犁好雨春苗腻,遍地风传麦饼香。

月 夜
山影参差星影斜,山村月色浴梨花。
花间叶底层层梦,时有蚕声透碧纱。

邻 居
一架柴篱绿两家,张家扁豆李家瓜。
青秧亦晓邻情好,爬过篱笆去放花。

院 落
园圃青青黄鸟啼,韭花催剪豆催犁。
已乘夕照摘烟草,更汲繁星灌菜畦。

收 麦
热风一夜起骄阳,小麦连坡覆垄黄。
儿子挥镰媳打捆,爷孙煮豆送清汤。

扬 场
东场西院泼金雨,山后山前飞彩虹。
马达欢腾通宿唱,声声都是贺年丰。

夜 灌
渠水淙淙流醉星,三更浇稻趁风清。
天心国策供高枕,卧听蛙歌唱岁盈。

瓜 园
砸瓜种谷忆当年,小院犹耕大寨田。
风物如今方可画,黄花绿叶对青天。

瓜 亭
垂柳阴中日影斜,轻摇蒲扇卖西瓜。
南来车马北来客,一捧红泉退汗沙。

即 事
低低茅舍卧河涯,袅袅炊烟入早霞。
对水临风煮紫蟹,合云带露摘黄瓜。

枣 乡

黄叶纷飞太岳秋,阜平大枣拍山流。
山村户户皆酿酒,要醉中华三百州。

听 书

场光地净雁飞天,月下千门皆未关。
老幼中青猫与犬,谷场听唱牛头山。

四 季

二月犁铧五月镰,农家岁月几时闲?
迎霜割谷黄昏后,对雪编荆午夜间。

尾 声

神仙饮露是虚听,皇帝无粮国自倾。
我本蒿莱村野子,高歌数曲唱苍生。

【题记及简注】1983 年至 1986 年作。其间往来于保定、武清、阜平、蠡县等地。

紫园四时绝句二十二首

春 雨

造化蹒跚步履迟,甘霖九唤始来之。
半窗绿柳春风笔,满地新芽夜雨诗。

临　窗

窗外园林啭丽禽，闲居事事慰余心。
已收嫩柳千条玉，更入迎春一桶金。

漫　步

连株红紫杂橙黄，迎面浓香接淡香。
春入紫园花抢眼，忽疑身在晋河阳。

惆　怅

梨花未谢杏花开，李白桃红结队来。
满眼皆为春态度，老夫拙笔不胜裁。

海　棠

粉白轻红淡雅妆，神清态稳意安详。
桃花冶艳杏花闹，不及君心一瓣香。

玉　兰

花冠盛占一年春，玉瓣开张压四邻。
应属芳林豪放派，直疑清照是前身。

紫　槐

丘陵三月紫云生，簇簇悬垂玛瑙精。
夜半香魂侵入户，床间反侧若为情。

月　季

晴明小院数枝春，嫩紫娇黄满眼新。
颜色全凭天赐予，画工能得几多真！

喜　鹊

伫立窗前观友邻，双飞灵鹊筑巢勤。
衔枝往返凌朝露，絮叶周严趁夕曛。

夏 日
处处空间织绿荫,十年树木喜成林。
招来群鸟同居住,美化生涯净化心。

石 榴
不向东君献媚颜,羞同桃李赚诗篇。
借来赤日真纯火,五月榴花红欲燃。

紫 李
落户依稀紫叶村,紫园六月紫云屯。
压枝紫果垂甜蜜,仰受苍天哺育恩。

园 丁
退休依旧作园丁,楼后楼前林木青。
韭菜花中舞粉蝶,丝瓜架上立蜻蜓。

植 树
马老师家树掩墙,葡萄爬蔓过窗梁。
三更甘雨枣花嫩,五月熏风杏子黄。

青 桐
郁郁从根绿至梢,分明岫玉大师雕。
浓荫此际云为伴,秀桠何时凤作巢?

雨 后
黄昏雨罢彩霞明,草木噙珠若泪盈。
万户千窗齐敞露,披襟袒腹趁风清。

秋 菊
昨夜西风入紫园,众芳摇落一花鲜。
凌寒戴露喷千蕊,元气盈盈对昊天。

养 菊

东篱不再在阳台,户户窗前烂漫开。
陶令遗风今尚有,愧无佳句续贤才。

霜 降

莫向深秋叹苦情,紫园秋色令心澄。
白霜昨夜燃火种,点亮千枝柿子灯。

摘 柿

垂垂磊磊压枝红,院落谁家硕果丰?
引领儿孙摘甜蜜,长竿指处笑声隆。

红 叶

莫叹秋深草木凋,经霜红叶亦妖娆。
停车何必西山下,自有诗情上碧霄。

冬 晓

九州睡意正酣浓,一片鼾声四点钟。
独有雄鸡承信德,清音来自最高峰。

【题记及简注】紫园,河北大学职工生活区之一。2010 年至 2016 年,紫园寓所作。

沧州郊野

连云草料场,遗迹已无存。烈火吞天处,青苗遍地根。
风沙归旧籍,盐碱断新痕。唯有英雄气,长留于子孙。

【题记及简注】2017 年春有沧州之行。据《水浒传》，沧州郊野有草料场，毁于烈火。

铁 狮 子

稳立青天下，狮王气度雄。长鬣掠云雾，健足系霜风。
香火承传盛，民风义气隆。曾闻镇沧海，一吼势消融。

【题记及简注】铁狮子立于沧州东南郊，重约 32 吨，铸造于后周广顺三年（953 年）。

题刘玲娣所摄春日荷塘组图

天光柳影入塘深，疑有黄鹂弄巧音。
春岸徘徊留迹久，乃知君有静明心。

【题记及简注】刘玲娣，保定学院教授，退休后习摄影。

题种竞梅所摄鹊巢群图

古城郊外鹊家村,绿树环围静绝尘。
无籍居民三五户,无争无怨总相亲。

【题记及简注】种竞梅,从余攻读硕士学位,现为保定学院教授。

崖柏笔架

友人赠我文房宝,雕自太行崖柏根。
笔架疑为劲龙骨,云纹应是秀鸾魂。
乾坤清气凝香气,烟雨圆痕映墨痕。
灵柏已经千载纪,更同厚谊获长存。

【题记及简注】太行山巅有千年古柏。2020年春,作于紫园寓所。

壬寅正月十四日大雪

幽燕云气盛，大雪覆京畿。浩荡乾坤合，萧条鸟兽稀。
纷纷棉落絮，沃沃地增衣。万类慑严酷，浮生暂忘机。

【题记及简注】2022年初，作于紫园寓所。

壬寅中秋弟子周金标惠寄阳澄湖大闸蟹有作

阳澄湖上动金风，玉露催圆蟹子笼。
今夜凭君成一乐，黄姜白酒醉颜红。

【题记及简注】周金标，从余攻读博士学位，毕业后任教于淮阴师范学院。

疫情中弟子孙微托奉节友人张君昌龙惠赠脐橙龙占明先生亦有惠赠一并致谢

累累黄金果,悠悠白帝城。友人持侠义,弟子守儒情。
神果驱邪气,医书存盛名。隆冬搔皓首,疠疫几时平?

【题记及简注】壬寅冬季,作于紫园寓所。

疫情中弟子孙江南自重庆惠寄鲜橙

圆橙带风露,摘采自渝州。跨越中原疫,来登上谷楼。
黄金包玉瓣,香气动邻俦。举首望南国,浮云遮老眸。

【题记及简注】孙江南,从余攻读硕士学位,毕业后赴重庆任职。上谷,保定古称。

除夕家宴饮豫酒大醉书赠弟子万君德凯

清樽琥珀光,玉液彩陶坊。醉取绵甜厚,香留唇齿长。
因歌一枝秀,欲奏满庭芳。放眼南天际,依稀雁影长。

【题记及简注】万德凯,从余攻读硕士学位,毕业后赴北京大学攻读博士学位,如愿。现于郑州任职。

再品遵化酸梨酬弟子赵君林涛

香甜面软且微酸,五味鲜融唇齿间。
一别佳肴五十载,暮年心向卧龙山。

【题记及简注】赵林涛,从余攻读博士学位,毕业后从事顾随研究有成。其乡遵化出产酸梨,1968年余有遵化之行,初知此味,迥异诸梨。卧龙山,在遵化境内。

夜眺古城

掩卷深更后,登高眺古城。星辰低殿角,灯影静人声。
疫患连三载,行程困众生。华佗不再世,黎庶梦难成。

【题记及简注】保定城内有大慈阁,殿宇恢宏。壬寅冬夜,作于紫园寓所。

故乡记忆

家在津郊水陆乡,童年记忆甚悠长。
散鸡游犬入邻户,醋罐油瓶过矮墙。
百里来宾众人引,一家煮肉满街香。
衣冠不整民心整,皮影年年扬唱腔。

【题记及简注】津北武清东汪庄,地处潮白河下游,早年为泄洪区,产鱼苇。

忆旧：寒假夜归

寒风掠耳面迎霜，无月无星征路长。
午夜登堤遥纵目，两三灯火是家乡。

【题记及简注】余少年寄读天津北郊朱唐庄中学，距离故乡40里，每逢寒暑假，连夜回归。

书　坛

书坛魔影乱，跳闹且狂呼。抓笔如持帚，行文似画符。
支离汉字体，遗弃古贤图。自号大师者，华文之叛徒。

【题记及简注】壬寅冬夜，浏览网上所谓大师书法，愤懑而作。

题涞源白石山

插箭岭南白石山，云雷巢穴雨之渊。
游丝小径无人迹，应有仙踪松下眠。

【题记及简注】白石山,在河北涞源县境内,山高云重,雷雨频繁。

柿 子 沟

十里沟中百草零,山泉细处已凝冰。
白霜昨夜偷天火,点亮千坡柿子灯。

【题记及简注】柿子沟,在保定满城。

西 湖 春

柳条摇翠燕归来,临水桃花照粉腮。
唯有世情难入画,钓鱼台对放生台。

【题记及简注】癸卯正月,作于紫园寓所。

校园林木吟咏九题

白 杨

数株青翠校场旁,耸入云天意气扬。
沐雨皮肤白且润,经霜躯干挺而刚。
伴随学子舒思绪,相与健儿成栋梁。
上谷钟灵毓秀地,风云文武脉何长。

【题记及简注】白杨,在河北大学北院操场旁边。

青 松

万木冬枯寂,长松尔独青。
天高任杪展,土沃致根宁。
干护龙鳞甲,枝披凤羽翎。
良材蒙雨露,华夏诞新星。

【题记及简注】青松,在河北大学第三生活区。

竹 林

上谷竹林少,天存此数竿。
琳琅青玉案,挺秀雉翎冠。
四季涵烟雨,一朝腾凤鸾。
物华临学府,岂可等闲观!

【题记及简注】竹林,在河北大学物业楼前。

槐 林

一

槐林夹道郁葱茏,三十年间势转雄。
最是温馨暮春夜,满园香雪月朦胧。

二

浓荫织就绿天篷,盛夏筛来凉爽风。
前辈失名栽种者,请君受我一深躬。

【题记及简注】槐林,在河北大学第三生活区。

龙爪槐

诸林枝尚挺,龙爪异其风。曲直三观外,刚柔一体中。
雄奇思北海,道劲想南宫。造化多情意,颇存训导功。

【题记及简注】龙爪槐,在河北大学第三生活区。

紫 槐

紫园初夏日,紫雪覆林陂。簇簇珍珠钿,煌煌玛瑙帔。
香风熏夜幕,蜜气入窗帷。客梦蓬莱境,烟霞与步随。

【题记及简注】紫槐,在河北大学紫园。

皂荚树

皂荚木之奇,凛然呈肃仪。刀锥严自护,斧锯不能欺。
岂敢疏邻里,由来献世宜。果瓤堪洗涤,思绪逐涟漪。

【题记及简注】皂荚树,在河北大学第三生活区。

梧 桐

盛夏梧桐树,林深洽众心。遮天张绿伞,覆地洒清阴。
隔叶鸣雏鸟,谁家奏古琴?儿童不相识,讨教问唐音。

【题记及简注】梧桐,在河北大学紫园。

泡 桐

满目风尘色,良材屹立姿。花容既已淡,礼赞自来迟。
养育何曾厚,操持从未辞。临风击巨掌,应是漫吟诗。

【题记及简注】泡桐,在河北大学紫园。

宏润九歌

2015 至 2017 年，余受聘河北宏润核装备科技股份有限公司，任文化顾问。该公司拥有世界最大吨位的热垂直挤压机，为国家核电、核潜艇等生产关键部件。任职期间，通过观察、采访，了解诸多英雄事迹。后虽因病辞职，而宏润精神思久知深，有如红粮发酵而成白酒。遂作七律九首，题为《宏润九歌》。

草　创

郊原建厂辟荒芜，创业艰辛忆始初。
前脚污泥后脚雪，三更灯火五更炉。
拼将倒海移山力，要绘惊天动地图。
一曲豪歌定基调，英雄快马上征途。

【题记及简注】河北宏润核装备科技股份有限公司，民营企业，成立于 1992 年。厂址在河北省沧州市盐山县南的一片野草洼中。董事长刘春海带领几位志同道合的友人在此处立下誓言。

取　经

包裹干粮访大师，京都三月雨如丝。
敲门恍似行春梦，入座翻成会故知。
韩愈传经深且细，李翱受业敏而痴。
清风扫却千重雾，拜谢慈颜日暮时。

跨　跃

举步荆榛几十秋，居然一步一层楼。
雄风塔筒高千尺，热电锅炉第一流。
骨干同心且同德，员工群力亦群谋。
喜看骏马奔腾急，奋鬣长鸣震九州。

【题记及简注】塔筒，风力发电机的主干，承载数百吨风轮的重量，塔筒内部有供人攀登的阶梯及各种调控器。

惊　世

五万吨机世所无，凭谁虎胆绘宏图？
盐山起凤古祥谶，春海腾龙今丈夫。
美日落荒枷锁毁，中华崛起骨筋舒。
核装巨管冲天立，我为群英鼓与呼！

【题记及简注】2009 年至 2012 年，宏润公司出资 4 亿元人民币，装备了 5 万吨热垂直挤压机，为世界最大吨位，远超美国、日本。古代相传，曾有彩凤盘旋于盐山上空。

试　车

肃静山河屏息听，地层隐隐动雷声。
百吨赤锭飞星雨，一柱红光出地平。
缓慢伸延呈肃穆，扶摇直上入青冥。
分明一柄倚天剑，为我中华守玉衡。

【题记及简注】2012 年 6 月 29 日，5 万吨热垂直挤压机试车成功，中国第一根厚壁无缝钢管诞生。

荣　耀

工部评装选巨型，国营十五一民营。
从今贵子出寒族，此后强林添盛名。
央视传姿惊广宇，群雄联手筑坚城。
盐山果是尊荣地，父老街谈颇纵情。

【题记及简注】日前,国家工业和信息化部评选出 16 家具有超级装备的企业,通过央视向世界直播,民营企业只有宏润公司一家名列其中。得益于 5 万吨热垂直挤压机的优势,先后与宝钢、中国一重、二重、中国原子能研究院等 20 多家单位联手攻关。

送 嫁

三通精品裹红绸,稳坐长车事远游。
此去闽南入霞浦,组装核电亮神州。
已将心血淬钢锭,更遣情思镀管头。
此刻送行如送嫁,先生泪点蕴其眸。

【题记及简注】宏润公司,为国家霞浦核电工程制造裤型三通等核心管件。产品出厂之际,刘总为其送行。

援 手

宁煤来信谢辞稠,盛赞合金钢管优。
老美阀门松似土,东洋管价气如牛。
一经宏润操天手,便获清纯满地油。
志士联盟成大业,能源新曲壮歌喉。

【题记及简注】宁夏煤业集团承担"煤制油"项目,起初使用美国阀门,频毁。改用宏润公司所产阀门及大口径 P91 合金钢管,一举成功。

诗 情

刘总才情高且深,怀揣剑胆与琴心。
高端管业民间举,冬月梅花拂晓吟。
声韵铿锵存傲骨,言辞朗丽见胸襟。
乃知宏润藏诗意,寄语乡亲听福音。

【题记及简注】辛丑腊月十四凌晨,刘春海董事长用手机发来其咏梅诗作,盛赞梅花风骨,颇见文心风采。其为公司起名"宏润"亦含诗意:"创宏图伟业,润一方热土。"

新诗

余从事新诗创作，集中在 20 世纪 70 年代、80 年代前期，当时讲授写作课。作品先后发表在《广西文艺》《四川文艺》《天津文艺》《河北文艺》《河北日报》《天津日报》《今晚报》《汾水》《人民日报》(署名高戈)《长城》《莲池》《花山》等报刊上。自 80 年代后期始，改教古代文学课，便以创作旧体诗为主。

白洋淀放鸭女

铺开满淀云朵,
抖起一片白绸,
丈八鸭竿催鸭阵,
万顷碧波纵鸭舟。

嘿,自从当上了"鸭司令",
白洋淀上显身手,
淀东淀西一竿撒,
淀南淀北一竿收。

难忘房东赵大伯,
浪尖上教与飞扁舟;
日传经,夜传志,
传下条鸭竿,斑竹节节记恩仇。

当年大伯放鸭受尽苦,
到年底,连鸭粪都被财主收,
空落几把烂鸭毛,
塞进破袄过三九。

一阵阵腥风一阵阵雨,
一竿竿血泪逐水流;
岁岁芦花恨白了发,
淀涛日夜挥拳吼……

鸭竿饱经风雨,
指点她,船咋开,路咋走;
鸭竿是条战马鞭,
鞭策她勇往直前不回头。

浪洗脸,风梳头,
万顷烟波任遨游;
苇作墙,淀作院,
一辈子安家浪尖与风口!

鸭竿呦,送她一支笔,
大淀呦,为她把纸铺,
挥笔描出花满淀,
点点白鸭开绣球。

【题记及简注】原载《天津文艺》1974年第6期,题目原为《白洋淀放鸭》。1970年,河北大学由天津迁至保定,以白洋淀边东向阳村为农场,教职工轮流来此参加劳动。余随本系同事几次到此,得以熟悉淀上渔民生活,劳动之余,记以诗歌,即此诗及以下16首。余之故乡亦是水乡,生活场景每每近似。

夜潜白洋淀

星斗熠熠闪光华,
淀水,停止了喧哗,
我们的船队如利箭脱弦,

星夜潜渡,向淀心进发。

火眼,似颗颗流星,
刺刀,似排排浪花,
一片流云潜入芦荡,
转眼间伏下千军万马。

船上,水下,
沟边,河汊……
一条苇叶——一把尖刀,
一根芦秆——一柄钢叉。

咕咕,左前方一只水鸡啼叫,
唰唰,百步外凫来两只野鸭。
警觉的神经系住根根芦苇,
锐利的目光穿透千层碧纱。

莫道这芦荡杳无声息,
一声令,便有九万个雷霆齐炸。
我们用枪弹织成大网,
把贼鳖妖蟹一网拉!

【题记及简注】原载《广西文艺》1974年第1期。

淀边抒怀

小屋里开罢连心会,
大伯大娘踏月归。

留下暖，
留下爱，
留下深情叮嘱叩心扉。
水乡新家第一夜啊，
满淀涛声耳畔飞……

披衣出门到淀边，
明月高悬照淀水。
浪卷银花千道闪，
风掀苇涛万声雷。
雷滚滚，闪纷飞，
雷滚闪飞壮声威！
哦，莫不是先辈还在芦苇荡，
——钢枪如林闪银辉？
莫不是歼敌战斗又打响啊，
——杀声阵阵战火飞？

三十五年弹指去，
雁翎队把民族意志留淀内：
把磅礴的浩气给芦荡，
把沸腾的热血给淀水。
芦荡翻涌淀水沸，
声声呼唤新一辈；
也声声呼唤我这新社员，
呼唤我加入雁翎队。

愿做芦荡一棵苇，
扎根大淀年年翠；
愿做淀中一滴水，
常流不竭日夜飞。

【题记及简注】原载《天津文艺》1977 年第 5 期。

淀边织网歌

蒙蒙细雨浇晴明,
苇芽浇绿,桃花浇红,
直浇得白洋淀边织网组,
串串歌声接笑声。

雨丝细,
网丝轻。

渔家姑嫂挨肩坐,
片片云锦揽怀中。
手儿翻飞引丝线,
轻似燕儿穿雨行。

梭匆匆,
意匆匆。

归鸿昨夜带春风,
冰封的大淀解了冻。
淀水涌涌传渔汛呦,
呼唤渔网快出征!

听水声,
动心声。

一个网扣一珠汗,

一条网线一缕情。
雨珠不如汗珠密,
情丝更比雨丝浓。

银丝闪,
金鳞蹦。

万尺网绳也嫌短,
千斤网线也嫌轻,
恨不能把漫天雨线线,
也统统穿进梭子孔!

网浪卷,
捷报涌……

蒙蒙细雨浇晴明,
渔家姑嫂映花红。
雨丝丝串着多少歌?
网线线系着多少情?

织呀织,
手不停。

【题记及简注】原载《河北日报》1978 年 5 月 1 日。

拉 网 歌

三月桃花染淀水，
一片胭脂红；
白帆点点似犁尖，
千顷浪上耕。

新油的大船金灿灿，
新缝的渔帆白凌凌；
风飘来，浪卷去，
新编的号子脆生生。

撒网抖落云一片，
出网拉来霞一层；
云片片，霞层层，
鱼儿心儿满船蹦。

船桨摇飞对对扇，
长篙撑弯张张弓，
网绳绷紧根根弦呦，
弹一支壮曲祝年丰。

三月淀水潋滟红，
——一幅红绫谁织成？
哦，渔船是梭，网绳是线，
满淀号子——织机声……

【题记及简注】原载《河北文艺》1978 年第 6 期。

月下织席

一轮金月出芦荡,
撒下满淀鱼鳞光。
渔村处处穿刀响,
姐妹织席忙。
怀抱一束银,
坐在云头上。
手指翩翩云浪翻,
看谁织的云片长。

笑声飞,
歌声朗。

严实实,密匝匝,
织领囤席好囤粮。
全国农业学大寨呦,
多少金谷等入仓!
滑溜溜,银亮亮,
织领炕席铺新房。
巧手剃净毛毛刺,
深情厚意送四方。

手儿紧,
汗珠淌。

淀宽不如眼界宽,
篾长不如心意长。
听,月光下,谁在唱,
清音袅袅随风翔:
"感谢明月挂天灯,
感谢淀水送风凉。
驾起云头望天下,
水乡明日变苏杭……"

【题记及简注】原载《河北文艺》1978年第6期。

英 雄 舟

村史馆里一只舟,
舟身弹洞稠,
星星点点二十处,
二十张喉咙,讲述当年的战斗。

这只舟啊载满英雄故事,
这只舟啊劈碎多少浪头!

舟主人是雁翎战士,
七十年前曾接受一项任务:
雁翎队要拔掉日寇据点,
他们须把敌人引离炮楼。

父亲撑篙，女儿摇桨，
小舟悠悠，载着深仇。

月三竿，舟贴堤岸，
一阵鞭炮搅翻了沉睡的炮楼。
懵懂的敌人仓促出击，
六只橡皮筏追赶小舟。

啊，两颗赤心穿越芦荡，
啊，两腔热血共淀水奔流。

女儿点燃一挂挂鞭炮，
噼啪啪，有如百条钢枪怒吼；
父亲举起五尺鸟铳，
一声声，把霰弹射入敌人胸口。

啊，密集的子弹把舟帮打透，
啊，激烈的枪声震落了星斗。

远处枪炮轰鸣，炮楼起火，
父女俩准备弃舟泅渡。
突然，一排子弹击中了他们，
父亲倒下，催促女儿快走。

"快走！快走！"芦荡挂起掩护的帷幕，
"不走！不走！"淀涛拍舟，声声怒吼！

女儿接过父亲的鸟铳，怒视敌寇，
把血染的枪托抵紧负伤的肩头。
打光弹药，把父亲的血衣系上桅杆，
摔碎枪柄，抱起父亲遗体投入急流。

啊，鲜红的血衣迎风飞舞，
啊，不倒的战旗傲立杆头！

荷花开谢，淀水东流，
岁月长河已把舟身洗旧。
而那血迹却依然醒目，
记下英雄一页供后人来读。

啊，切莫说它已不能再劈波斩浪，
不，那英勇的身姿永驰后人心头。

【题记及简注】原载《保定文艺》1979年第2期。

淀上荷花

七月里淀上的荷花，
五百亩绚烂的朝霞。
迎清风，千盘荷叶摇玉露，
艳阳下，万朵芙蓉擎火把。

七月里淀上的荷花，
埋伏着持枪的女娃。
雁翎新兵三八组，
隐在荷塘瞄浮靶。

红扑扑的脸颊，
融进哪片花？
翠茵茵的衣褂，
藏在哪片荷叶下？

不闻人声不见影,
日到正午又西斜。
轻悠悠,唯见蜻蜓点水飞,
静悄悄,偶听黄鹂叫喳喳。

嘟嘟!何处两声芦哨响?
啪啪!枪声骤起惊飞鸭。
且看远处水面上,
一排葫芦成碎渣。

荷花晃处健儿起,
片片莲舟立小丫。
身披荷叶发簪花,
五尺钢枪正飞霞。

【题记及简注】原载《河北文艺》1979年第3期。

采 菱

九月风清淀云高,
莲熟菱角老。
采菱姐妹荡菱船,
一片天鹅淀上飘。

淀水明如晶,
水里景色好。

串串菱角行行燕,
张开翅膀水中翱。

你捞一串红宝石,
我捞一串紫玛瑙。
鲜菱出水银珠掉,
溅起菱歌串串娇:

"当年先辈苦杀敌,
三餐菱角斗志豪。
到如今,广积粮,
菱是仓中宝……"

条条船儿菱冒尖,
满淀飘逸珠宝岛。
红光飞,紫霞绕,
缕缕幽香随风飘。

【题记及简注】原载《雁翎》1980年第3期。

归 航

血红的夕阳化入淀水,
大淀被染得一片辉煌。
浪涛铺开了千层红被,
芦荡挂起了万重紫帐。

渔船在烟霞中归航,
如同一只只火红的凤凰:
桨的金翅虽带着三分倦意,
网的翎羽仍闪着七分豪爽。

拧一支芦笛送给儿女,
笛管里有丰收的音响;
摘一朵荷花留赠妻子,
花瓣里有爱的芬芳。

近了,已望见盼归的人影;
近了,已闻见浓烈的酒香。
撩一把清甜的胭脂水,
洗洗脸庞,再润润喉嗓……

【题记及简注】原载《河北文学》1981年第1期。

淀上售货船

披着晨露,冒着风凉,
一根长篙荡碎十里星光。
两袖湿透的老张同志呦,
这么早,你把货船撑向何方?

"给淀心村送去竹篙,
给柳林寨送去渔网,
捎带着几十副大皮袄,

嘿，准又是一抢而光。
争分夺秒，大干快上，
再见吧，有话回来讲！"

眨眼间货船驶入芦荡，
留一缕话音在水面荡漾。
远处，金色的篙尖在苇浪上打闪，
像一支诗笔挥洒洋洋……

蒸着水汽，顶着骄阳，
帆蓬上闪着火辣的白光。
满脸汗水的老张同志呦，
大晌午，你又把货船撑向何方？

"给箔地送去汽水，
给渔场送去蚊帐，
捎带着百十个沙瓤西瓜，
刚摘的，保管又甜又凉！
保障健康，大干快上，
咱后勤哪能老蹲在后方！"

眨眼间货船驶入芦荡，
留一缕清香在水面荡漾。
远处，白色的帆篷在苇梢上滑动，
像一片捷报飞遍水乡……

【题记及简注】原载《保定日报》1981年8月8日。

蟹灯闪烁

渔村悬起星帐睡着了,
淀水拍着人儿入梦了。
白洋淀啊,夜好静,
芦花滴露细,鱼儿跳水轻。

月朦胧,芦丛数点蟹灯红,
丽似明星,飘似流萤,
欲行还止,已暗复明,
渔民捕蟹兴正浓!

轻撩苇叶慢移灯,
一窝窝肥蟹正纵横。
伸手抓来满把笑,
呷一口烧酒驱寒风。

为给生活添滋味,
撞碎露珠知几升?
城里人举起彤红的蟹,
该会想到这彤红的灯。

【题记及简注】原载《莲池》1981 年第 6 期。

淀上秋思

秋风像块透明的手绢,
款款然擦亮了白洋淀。
淀水与蓝天明眸相望,
帆影同白云昵语清谈。

喧嚣的暑神早已败远,
雷斧和电鞭委弃在泥沙下面;
那夸张的深红和墨绿,
也跟着洗掉了容颜。

芦花静静地照盼着姿影,
莲蓬悄悄地喷洒着清甜。
白洋淀宛如淡妆少女,
温柔、蕴藉、妩媚而且淑娴。

枕着小船,我把诗思洗涮,
思想的杂质纷纷沉淀。
空明中觉得不复有我,
是一滴水,一棵苇,一片帆……

【题记及简注】原载《河北文学》1982 年第 8 期。

藕

把娇红让给莲花，
把黛绿让给莲叶，
把绛紫让给莲子，
把朴白留给自己。

把霞光让给莲花，
把清风让给莲叶，
把甘露让给莲子，
把泥淖留给自己。

当莲花牵来莺歌，
当莲叶摇起蛙曲，
当莲子博得赞誉，
你安然地伏在泥里，
不竭地舒展着甜丝。

当莲花卸下残妆，
当莲叶皱起黄眉，
当莲子垂下清泪，
你从水下扬出手臂，
说道"不要泄气，
不死的生命在这里！"

【题记及简注】原载《河北文学》1982年第8期。

白洋淀的春天二首

早 春

是哪一缕晨风揉黄了柳线?
是哪一夜细雨染紫了芦尖?
蓝空里大雁一声呼唤,
白洋淀回应个青蒙蒙的春天。

撩起冰的玉被,雪的睡单,
大淀睁开水汪汪的眼;
到底是注入过英雄的热血,
一醒来便欢蹦乱跳朝气非凡!

听家家庭院,锤声喧喧,
颗颗信念啊,钉进了新船;
看户户窗前,纺车飞转,
缕缕希望啊,絮入了网线。

政策春风掀动了淀上的日历,
闪电般的织梭抛远了时间。
再不用大队动员,小队讨论,
谁的心湖上没有鼓满风帆!

挖芦根

当平原上的种子刚刚萌动,
当农民正顺着垄沟憧憬年景,
白洋淀人却从黑腻腻的土里,
挖出个白嫩嫩的收成。

大人小孩,村头沟垄,
咔喳喳,锹头掘出一片甜脆歌声。
脆生生的芦根飞出泥土,
霎时间染香了十里春风。

"可别看轻了这泥钻土爬,
他能为人清瘟除病。"
乡亲们说罢递我一根,
咬一口,嘿,果然是气爽心清!

大筐小篓涌向草药收购站,
脚窝里留下串串笑声。
霞光下闪动的是银呢玉呢,
是白洋淀的蜜意甜情……

【题记及简注】原载《长城》1982 年第 3 期。

白洋淀抒怀

红了荷花,绿了芦苇,
朝霞抹亮了白洋淀水;
钢枪一支,扁舟一叶,
我来叩访先辈的营垒。

莽苍苍遮天盖地的芦荡啊,
浩渺渺云蒸霞蔚的淀水,

请对我讲，讲那密苇丛中的点点星火，
讲啊，讲那滔滔浪底的十万惊雷……

当日寇的狼烟卷入芦荡，
你的儿女怎样组成神勇的雁翎队？
当毛主席在宝塔山把战号吹响，
你的涛音怎样与号音一起滚沸？

纵横交叉的苇道啊，你该记得，
雁翎健儿曾布下多少仇恨的水雷；
当一声芦哨点爆满淀霹雳，
那呼啸的鱼叉怎样戳进豺狼的心肺？

挺拔傲立的芦苇啊，你该记得，
先辈们怎样吃芦苇根盖芦花被；
面对敌寇千重围，多少月黑夜，
健儿们用芦笛把雁翎队歌轻吹。

满淀的浪涛记得清，
先辈们洒下多少鲜血和汗水；
满淀的鱼群记得清，
敌寇丢下了多少尸骨和钢盔！

而今已过多少年，
英雄本色不曾褪，
那锋利的鱼叉已铸进边防战士的刀尖，
那雄浑的队歌已谱入四化建设的春雷！

你们啊，也把慷慨精神留淀内，
把热血给荷花，把朝气给芦苇，
把战斗的呐喊给淀涛啊，
把抗敌的营垒给后辈！

啊，淀涛涌，军号吹，战旗飞，
看今朝，一代雁翎新兵归旧垒。
捧一把淀涛尽情饮，
且把这先辈豪情装心内……

【题记及简注】原载《人民日报》1995 年 8 月 29 日。使用笔名高戈。

潴泷河晨曲

下弦月低，
启明星高。
潴泷河畔鸡鸣早，
满河星斗影儿摇。

柳夹河岸，
雾绕林梢。
簌簌簌，柳梢动，
咯咯咯，谁在笑？

嘀，是咱公社编织组，
林中割柳条。
张家姑，李家嫂，
拨柳挥镰兴致高。

割呦，割下柳条好编筐呦，
支援民工挖河道；
割呦，割下柳条好编篮呦，

编篮好盛丰收稻。

编制组长赵大娘，
为啥泪珠挂眼角？
哦，柳枝一条条，
牵出思绪一道道——

可怜哪，老头子，
几十年编筐累弯了腰。
大筐小篮千万只，
荒年讨饭抱破瓢。

民国三十年，
潴泷洪水暴。
赶集卖筐蹚激流，
人埋洪峰下，
筐在浪上飘……

思绪一道柳一条，
思绪满怀柳成抱。
抬眼东天已放亮，
红霞朵朵挂林梢。

快快割呦快快挑，
霞光笑语洒满道。
捆捆青柳滚碧波，
千里堤上涌春潮。

【题记及简注】原载保定地区文联《作品选》1973 年 2 月。

太行铁拳

且莫说消息树潇洒悠然,
临风翘首,独立山巅。
定睛看,看那伸张的枝叶,
牵来多少条绷紧的视线:
从山后,
从山前,
从草丛深处,
从岩石侧面……
啊,从万千埋雷战士雪亮的眼帘!

山,好静,
水,好恬……
铁雷,压住怒火,
绳索,扣紧雷弦……
地层深处,
传回战士心跳的声音;
头上白云,
伴随战士心潮翻卷……

贴胸的这块泥土呦,多温暖,
莫非是爷爷卧过的前沿?
身边的这柱岩石呦,拂一拂,
映出了父亲坚毅的容颜。
啊,先辈和祖国在我们心里,
绳索和胜利握在我们手间。

看!消息树倒了,

仿佛是祖国一挥手臂——战！
刹那间，巨石和烈火，
填满十里云天。
这声声惊雷般的巨响，
是我们发给侵略者的警告；
那座座冲天的烟柱，
是我们向祖国宣誓的铁拳！

【题记及简注】原载《广西文艺》1974年第1期。

走 地 道

（题记：战备挖洞，民兵在村头发现一条旧地道，
内有一盏油灯、一把战刀）

灯在手，
刀在手，
俯首躬身进洞口。
灯照路，
刀引路，
血敲心鼓一步步……

举灯照，
细心瞅，
路上黄泥壁上土，
先辈留迹在上头。
指纹密呦脚印稠，

牵我思绪漫天游。

灯火呦,
告诉我,
深深地道遮日月,
先辈怎样度春秋?
民兵队,
神八路,
双双眼睛围灯火,
《论持久战》轻声读。
灯火跳进枪膛内,
化作雷霆向外吐。

战刀呦,
告诉我,
弹雨硝烟八年整,
先辈如何抗敌寇?
夜半三更天,
枪声如爆豆。
百里地道走神兵,
千条雪刃斩凶道。
战刀劈开重重夜,
刀光牵引彩霞出……

灯在手,
刀在手,
我在先辈洞中走,
周身热血流。
莫说地道矮,
托起座座摩天楼;
莫说地道窄,

引出康庄大道通五洲。

灯照路,
刀引路,
先辈洞中迈大步。
战争烟云仍诡谲,
靖国神座牌未朽。
刀要更磨砺呦,
灯要添满油,
洞要再深挖呦,
道要向远修。

【题记及简注】原载《河北文艺》1975年第9期。原题目为《灯和刀》。

送电塔之歌

好一座高压送电塔,
巍峨耸峙,披云戴霞。
大雁不敢栖塔顶,
那儿是,电的巢,雷的家!

红旗呼啦啦云中插,
看我三八健儿登铁塔;
一手雷霆,一手闪电,
双双铁腕把电老虎擒拿。

望脚下，山呼海啸，
看肩头，雾卷云压。
任八万顷电涛眼前过，
任九千条电火身边炸。

哈，没有你这高耸入云的铁塔，
靠什么来度量我们的志高胆大；
除了你这缤纷四射的电弧火花，
还有什么能描画我们青春年华！

铁塔呦，你真个是懂得我们的理想，
看你奋举双臂托起社会主义的大厦。
感谢你，为我们树起这钢铁琴架，
来，调紧琴弦，让时代壮歌传遍天涯！

【题记及简注】原载《广西文艺》1974年第8期。

打字机旁

小窗上泛着绯红的灯光，
什么声音在哒哒作响？
敲门声都没能把它中断，
哦，是冯老师坐在英文打字机旁。

他全神凝注在打字机上，
像琴师在演奏优美的乐章。
手指像群蝶戏绕键盘的花朵，

声音似细雨轻敲六月的荷塘。

哦,他在打印什么诗章?
是"春风播雨"?是"百花向阳"?
看啊,看他那堆满皱纹的眼角,
止不住涌出热泪两行。

是因为结束了十年动乱,
才得以重新坐在打字机旁。
此刻我怎好打断这动听的音响,
听啊,哒哒哒哒,直唤起晨鸡高唱。

【题记及简注】原载《河北文艺》1977年第12期。冯老师,外语系教师冯国忠,后来调到北京外国语学院。

校园短歌二首

黎明灯火

哈,你这高傲的启明星,
休对人间把早夸,
拨开柳纱,看教师宿舍,
多少小窗悬灯花!

灯下,讲稿堆白云,
纸上,滴滴汗珠洒。
一支豪笔吐万股春流,
沙沙沙、沙沙沙……

聚时代风云汇入稿笺,
捧知识甘露滋润幼芽。
春宵一刻值千金,
恨不得桃李一夜满树花。

哦,黎明好安静,好安静,
耳边再无"四人帮"乱语喧哗。
啊,黎明在沸腾,在沸腾,
教师的心血化作满天朝霞。

阅 览 室

阅览室真像个大湖泊,
从早到晚人如潮;
一页页书,一张张报,
哗哗啦啦雪浪高。

目光闪闪浪尖上跳,
笔尖沙沙浪花上跑;
捧一把知识的清泉水,
埋下头去喝个饱!

你的神情被深深引入诗境,
他的思绪被卫星带到云霄。
知识的领域天高海阔,
练一双健翅纵情游遨。

阅览室真是个大湖泊,
里面藏满珍和宝。
翻波倒浪任情拾,
哪管夜凉三星高!

【题记及简注】原载《河北日报》1977年12月11日。

写在高考评卷的日子里（二首）

接过试卷袋

庄严地，把试卷袋接过，
紧紧地，把它贴心窝，
深情地，轻手摸一摸，
袋中哦，装的是什么？

滚热热，装的千滴汗，
赤腾腾，装的心万颗，
金灿灿，一袋革命优良种，
绿油油，一袋四化好春色……

评　卷

昨天，试卷上印下你重重汗斑，
今日，旧斑上洒下我新汗重重。
用精度为万分之一米的尺子度量你的才智，
用精度为万分之一克的天平称量我的忠诚。

窗外呦，祖国正在屏息谛听，
太行和渤海一起随着笔尖晃动，
好哇，又是一张高精尖的答卷！
祖国大地又添栋材新松。

【题记及简注】1978 年 8 月作，原载《河北日报》1978 年 8 月 28 日。

年集剪影

五里长街涌人潮,
毡帽在跳,头巾在飘。
丰收年迎接春节到,
乡村的集市更热闹。

青菜、紫茄、黄柿子,
白藕、绿葱、红辣椒,
五颜六色照花了街,
大筐小篮挤窄了道。

听西头,羊羔咩咩猪崽叫,
听东头,铁匠炉锤声声高。
喘口气也会七分醉,
烤白薯的香味漫街飘。

多年不见的杨村糕,
远道而来的山核桃,
刚刚出水的运河鱼,
浸泡经秋的醉红枣……

哈!都来了,都到了!
随你捡,任他挑。
乡里乡亲都眼熟,
买卖声声带着笑。

卖菜的大爷嗓门高：
"嗨，我可不为那块儿八角，
队里分菜吃不了，
放在家中也烂掉！"

老大娘卖完鸡蛋抿嘴乐，
急匆匆，不怨人多怨脚小，
眨眼来到大商店，
给闺女添件红绒袄。

人群中挤出老支书，
抱着孙子买鞭炮，
想起抓纲治国好主张，
真想亮开嗓门唱一遭……

集收了，人散了，
大道上，流着歌，淌着笑，
万众欢欣度佳节，
来春一定花开早。

【题记及简注】原载《天津日报》1978年12月31日。

一户村

太子岩上云翻雾滚，
云雾裹着一户山村。

三间石屋弹压万顷山浪,
一洞柴门吞吐九天流云。

呃,这山村真是太小太小,
像一颗星,像一点云;
呃,这山村实在太高太高,
一声鸡啼便唤醒河北山西的早晨。

石雕的对联书大字:
"播雨耕云处,摘星揽月人。"
彤红的奖旗挂满墙,
公社嘉奖超产村!

父亲开石,儿子垒堰,
满圈猪羊交给勤劳的母亲;
云里播种,雾里浇灌,
栽一棵致富之花岩缝里扎根。

从门前垂下一条蛛丝般的山路,
年年泻下稻谷的金浪、山果的红云。
蜿蜒的小路如同一条毛细血管,
源源的血液输进祖国母亲的心。

也许这是最高的村,
也许这是最小的村,
像一只鹰,展翅凌云,
亮闪闪抖擞燕赵精神。

【题记及简注】原载《汾水》1978年第9期。

海河渔歌三首

晨 曲

像一阵轻风吹来层层云片,
像一阵细雨浇开瓣瓣粉莲,
——当黎明把彩霞投入河底,
河面上便升起无数片渔帆。

精壮的渔民抡开胳膊,
撒一张大网,溅一片豪言。
桨的金翅拍飞了水天的云朵,
粗壮的网绳拉着多少吨喜欢!

撒网船,扳罾船,运鱼船,
金鳞赤尾,在阳光下打闪。
把更多的鱼虾献给一九七九,
小船啊,怕你载不动渔民的情感!

指挥船,救护船,巡医船,
上水,下水,都如疾驰的箭,
谁说海河水轻软如缎,
百里河面是一根绷紧的弦。

海河呦,你是一条磁带,一盘胶卷,
你录下新长征的战歌,摄下新时代的容颜。
请你日夜忙碌,分秒拍摄,
留给子孙,让他们去听、去看。

扳罾歌

尼龙罾网白生生,
四根竹竿四角撑。
扳罾船儿河心过,
摇头摆尾一条龙。

扳罾呦扳罾!

说什么二月天还冷,
心儿已泡进河水中。
嘎巴巴绳绷大网起,
金鳞银鳞网底上蹦。

扳罾呦扳罾!

晨扳满河桃花片,
夜扳河底万颗星,
二十四时过网孔,
留下歌声和笑声。

扳罾呦扳罾!

扳起海河装菜盘,
扳起海河灌酒瓮,
举国同庆新长征,
捧上渔民一片情。

扳罾呦扳罾!

弯弯海河百余里,
张张罾网闪银屏,
罾起罾落望不尽,
化作捷报日夜涌。

扳罾呦扳罾!

渔 火 图

天上的银河一匹素纱，
月下的海河一幅白绸。
敢问午夜的星光和渔火，
究竟哪个更美、更稠？

一盏盏，或大、或小——无数明珠，
一片片，橘红、粉白——满河花簇。
渔火呦，你大睁着眼睛在望什么？
你笑眨眼波是什么喜事涌上心头？

这盏灯下，线儿在飞，梭儿在跳，
缕缕银丝应是从渔嫂心中抽出：
她要把满腹深情织成渔网，
待明晨，捕捉更大的丰收。

那盏灯下，铅笔在蹦，圆规在舞，
直线曲线在技术员手下漫游，
他在用心血凝制新式渔网，
让丰产的数字驾上直升的箭头。

远处，一缕小曲牵拢两盏灯儿，
一对恋人并起了小舟，
静悄悄，他们在倾听邻舟的笑语，
那儿灯下，新婚夫妇举起交杯的甜酒。

哦，银河浅了，星儿稀了，
渔火睡了，枕着柔软的春流。
只有巡夜的渔火在飞，
像一颗流星，隐入天的尽头。

【题记及简注】原载《廊坊文艺》1979 年第 3 期。

道钉礼赞

一条条铁轨,
一颗颗道钉,
像无数铁的手指,
扣住铁的长龙。
千万吨巨轮轧过来,
你寸步不移;
万千个日月流过去,
你岿然不动。
莫非你陶染了养路工的性格,
所以才如此刚毅、坚定?
只因你固守在养路工的身边,
所以才具有如此顽强的生命。

——敬礼!坚韧不屈的道钉。

顶秋冬霜雪,
冒春夏风尘,
不着华丽的色彩,
永葆朴实的风容。
万里征途上,
你虽只占一寸之地,
却能忠于职守,
让时代列车正点通行。

莫非你学习了养路工的本色,
所以才如此质朴、庄重?
只因你固守在养路工的身边,
所以才具备如此广阔的心胸。

——敬礼!朴实无华的道钉。

一条条铁轨,
一颗颗道钉,
颗颗道钉,
列出整齐的阵容。
同一个目标,
同一个尺度,
同一股劲头,
同一曲心声。
莫非你理解了养路工的意志,
所以才如此步调齐整?
只因你固守在养路工的身边,
所以才懂得了团结的贵重。

——敬礼!并肩战斗的道钉!

【题记及简注】原载《滹沱河畔》1979年第4期。

写在詹天佑铜像前

披一身风沙,肩漫天烟雨,

多少年了，你还站在这里，
你还在审视脚下的轨道呦，
你还在聆听远逝的汽笛。

七十年前，八达岭下的一堆篝火，
燃起你一腔磅礴的民族浩气，
你的双脚叩遍了塞外山石，
你的花秆挑碎了遍地荆棘。

"谁说这儿不能修建铁路！
谁说中国人将永世行乞！"
看你用铁的手臂，钢的墨汁，
把个巨大的"人"字写在亚洲的山野里！

哦，你岂止是修建了一条人字形轨道，
你更为后人留下一首精辟的诗。
莫道这诗只有一个"人"字，
千秋万代都将是对我们的启迪。

【题记及简注】原载《河北文艺》1980年第1期。

杜甫草堂留句二首

杜诗陈厨

这里装满愤怒的呼喊，
这里装满深沉的叹息，
这里装满哀哀的哭泣。

一声声，一句句，飞出玻璃，
哦哦，似在耳边却又那么遥远，
哦哦，隐约迷离却又那么清晰。

针砭时弊的诗句岂能博得权贵的赞许？
为民请命的诗行岂能砌成进身的阶梯？
然而你，仍旧衣着褴褛写下去。

而今一千三百年，几多日转星移，
权贵的墓穴早已荒草离离，
只你一颗殷红的心仍然搏动在书橱里。

翠 竹

满园都是绿色的呼吸，
满园都是绿色的低语，
满园都是绿色的回忆。

哦，翠竹，翠竹，
你们在风中争相摇晃身躯，
莫非在模仿诗人的笔？

你们的竹管曾截为他的笔管，
于是便获得了永恒的生命力，
至今仍向青天伸出万竿青翠。

风吹竹叶，窸窸窣窣，
我听懂了你们的千言万语：
截一支竹管吧，造一支先生的笔。

【题记及简注】原载《莲池》1980年第4期。

碑

这是一座拦洪大坝,
巍然屏立于两山之间。
坝前是千堆雪浪,
坝后是万顷良田。

它没有精致的龙雕凤刻,
它没有洁白的大理石面,
甚至没有一个文字、标点,
而逝者的功德分明记在上面。

为锁住这暴虐的山间洪水,
三十年间曾划过多少"路线",
老人家抡起粗大的榔头,说:
"划来划去,还得靠百姓去干!"

他的锤声朝朝唤起金鸡报晓,
他的锤声暮暮敲得星月满天;
锤声穿过动乱的岁月,
至今仍响在我们耳边。

终于,他扔下锤头倒下了,
把最后的轻叹留在深山;
他把五万方石料留给我们,
却没留下一句后事遗言。

没有丧仪,没有花圈,
更没人想到为他立碑留念。
人们只是匆匆扛起石块,
默默地将拦洪大坝修建。

看这坝上的每块石头,
都没把祖国土地虚占。
夏天,它挺胸抵住汹涌的拳浪,
春天,它吐出清流染绿农田。

看这石上的每一条钎沟,
都喷着火的语言:
这才是人间真正的丰碑,
继承事业才是纪念的仪典。

不要说没人向它献花,
看碑下的野花争相吐艳;
不要说没人来此瞻仰,
每日耕作,我们都躬身俯首在它面前。

我相信,子孙们将世代把它守护,
我敢说,这样的丰碑将长留世间。
有字之碑未必能垂留千载,
无字之碑或许能万古相传。

【题记及简注】原载《河北文学》1980年第12期。

我　愿

我愿撑断万支长篙，
劈碎浪涛，逆流上溯；
平缓的顺水轻舟啊，
只怕会把我的意志揉成泡沫。

我愿贴着峭壁登临绝顶，
抠住岩缝，拽进藤萝；
平坦的盘山公路啊，
只怕会捋平我的性格。

我愿冒着风雨日夜跋涉，
挽着电光，踏着雷火；
花的迎笑啊鸟的送歌，
只怕会冲淡我匆匆的行色。

我愿穿过沸腾的人声旋涡，
神经的大网把万籁捕捉；
炙热的批判，冰冷的嘲笑，
都是最好的鼓励和鞭策。

【题记及简注】原载《莲池》1980年5、6合期。

江上行二首

月　下

月下的长江，
是母亲光洁的臂膀，
客轮是她手中的摇篮，
在轻轻地、轻轻地晃。

舷边的细浪，
吐一串温柔的音响，
是母亲哼着催眠小曲，
在深情地、深情地唱。

纤　夫

浪花飞迸，群山转动，
客轮在高山峡谷中疾行。
款款江风撩诗兴，
不禁吟诵李白乘舟下江陵。

从哪里传来粗重的号子？
一声声，直震得山鸣谷应。
看！千尺绝壁上贴着一串人影，
漫长的纤绳绷入云层。

赤裸的背膀有如古铜，
弯曲的腰杆有如硬弓，
他们仿佛从远古走来，
一步一步，拉着历史的遗容。

低下头，我感到无名的羞愧，
浅薄的诗兴顿时沦为泡影。
叹无分身之术入其行列，
快快走完这古老艰辛的路程。

【题记及简注】原载《长城》1981 年第 3 期。

车中记事

车厢。我的一侧，
清秀的姑娘局促而坐。
她偷偷对我瞟了一眼，
便悄悄掏出信笺一摞。

姑娘，什么事让你如此忐忑？

洁白的信笺像是云朵，
清亮的眸子闪动秋波。
三分惊喜，七分羞涩，
皙白的腮上烧起榴火。

姑娘，我知道那信上写的什么。

这该是你收到的第一封情书，
你颤抖的手，捧着心儿一颗。
一手捧着，一手捂着，
一眼看信，一眼防我。

嘀，姑娘，我可不知道信上写的什么。

【题记及简注】原载《莲池》1981年第4期。

上 班 图

当月亮还在天街上漫步，
当流萤还在熹微中漫游，
自行车敏捷的身姿，
已出现在城镇街头。

一辆、两辆、三辆……
铃声在交谈、追逐；
十辆、百辆、千辆……
汇成了浩荡的江流。

美啊！——身架上
镶满了晓星落月；
快啊！——车轮下
飞驰着日月春秋。

像鸽群穿过春日朝霞，
像飞舟冲破盛夏雨幕，
像雁阵扫去霜晨寂静，
像骑队荡起雪晓轻雾。

这是二十世纪八十年代，

中国工人阶级的上班队伍,
画下来,留给下个世纪的建设者,
留给他们一幅先辈创业图。

【题记及简注】原载《新地》1981年第6期。

山中情思

一座座相挤,一圈圈合环,
群山把我团团围坐在中间。
莫非你们同我一样沉静腼腆,
诉衷情,用目光,不必寒暄。

大山无言,并非没有情感,
不然,怎会捧出这么多红枣山泉!
为打消这山间过多的沉寂,
让许多禽鸟前来歌唱盘旋。

大山沉寂,并非不善思索,
否则,怎会有这么多褶纹和沟壑?
沧桑变换,风雨雕琢,
笔笔都记在你那峭傲的前额。

我知道大山有朴实倔强的心,
你是按自己的高度而立身,
吹捧你,你不曾长高一寸,
贬低你,你不曾低矮半分!

　　　　　大山啊，幸喜我的童心未变，
　　　　　请让我们结为知心的伙伴。
　　　　　我笑了，吐一口香烟绕胸前，
　　　　　大山笑了，牵一缕白云绕山巅。

【题记及简注】原载《花山》1982年第2期。

皱　纹

　　　　　不知是从哪一天，
　　　　　皱纹，悄悄爬出了眼角，
　　　　　三缕五缕，
　　　　　像一丛秀美的马莲，
　　　　　娇娇然，生在泉边。

　　　　　你长得这般茁壮啊，
　　　　　却不是泪水浇灌；
　　　　　在那风摇雨泻的夜晚，
　　　　　眼之泉啊，也未曾泛起
　　　　　凄惶的波澜。

　　　　　这是一汪深沉的泉水，
　　　　　柔情中含有坚定的理念。
　　　　　它贪食岁月的风烟雨雪，
　　　　　又加以严肃的溶解、蒸发和沉淀。

而你——生机勃勃的莲叶,
便是它喷出的一片情感。

你绝不是一丛衰老的信号,
生命的含义在于美的贡献。
你在我的抽思中伸延叶脉,
我生命的青春就越发蓬勃而娇艳!

【题记及简注】原载《河北大学》校报 1982 年第 6 期。

耕

借款款春风,
借纷纷细雨,
倔强的炎黄子孙,
请启动我们的犁!

不要怕土壤板结,
不要嫌地力贫瘠,
把金色的种子播下,
收获就有一线希冀。

也许种子不会萌芽,
权且化作大地的肥力。
这种捐献,先人们常做,
甚至用他们的热血和身躯。

千年的菅草盘根错节,
要费的何止移山气力。
擦把汗,笑望未来的收获者,
埋下头,深深插下我们的犁。

【题记及简注】原载《莲池》1982 年第 4 期。

冀中行吟三首

白洋淀

给红鲤一汪绿水,
给黄莺一片芦荫,
绽几瓣荷花赠给村女,
酿一坛醇酒献给渔民。

对于我,白洋淀是一面镜子,
晶莹剔透,可照灵魂,
照一照,胸中可有当年的烟云,
是否还跳着雁翎队的心?

五壮士塔

像只洁白的鸽子翘首在山巅,
壮士塔俯瞰着冀中河山。
不朽的灵魂凝成的光点,
是一颗记忆的明珠万古常鲜。

又仿佛是一枚精致的纽扣,
光彩地缀在祖国的胸前。
它庄严地教诲着中华儿女,
风雪来时,怎样为母亲御寒。

列 国 石

人行道上冒出个光溜的石笋,
列国石,你的根基究竟有多深?
老辈人几番挥铣叩问,
徒然磨断了铣把根根。

有人说你是古潜山顶,
光滑的石面曾飘过古老的流云。
一朝沦没,却不甘沉睡,
探出头来,倾听新时代歌吟。

【题记及简注】原载《花山》1982年第5期。

山谷秋色

满坡满谷的柿树,
红色的云儿在流;
满坡满谷的柿树,
红色的风儿在流。

紫琼筐筐,红玉篓篓,
毛驴颠颠,扁担悠悠。

十月的山谷泻下一川红墨,
供画家诗人蘸饱笔头。

【题记及简注】1982年深秋,作于保定市西满城县山野。原载《花山》1982年第6期。

中年之歌

曾有人这样比喻中年
——午后的太阳,一轮西渐,
——初黄的树梢,几曲秋蝉,
——经霜的野草,唏嘘满地,
——南飞的征雁,哀怨横天。
不,这不是我的中年!

我的中年是辆中途列车,
正加大马力,追风逐电;
又是一炉炽热的铁水,
金花四溅,红光映天;
晒米的高粱,充浆的苹果,
都把浓郁的色味向我涂染。

这是成熟与收获的季节,
分分秒秒都觉得沉甸甸。
真正的幸福,扎实的欢笑,
鸟儿般地飞舞盘旋。

告别了少年的烂漫、青年的浮躁,
双脚稳立大地,视线深远。

中年是行动的指南针,
中年是力气的加油站,
中年是育儿的奶油桶,
中年是聚友的咖啡店。
唱出一曲中年之歌,
唱给大地,唱给蓝天。

【题记及简注】原载《花山》1983年第3期。

一个字

你从教室走出来,
带着满脸愧;
爬满皱纹的眼角,
噙着一滴泪。

像个犯错的孩子,
垂头不言语;
像个虔诚的教徒,
低眉作忏悔。

我想说:不就是
念错一个字吗?
你的成绩和它比,

大海一滴水!

我想说:看如今
误人的事真不少呢,
米里掺沙,酒中兑水,
我这鞋不到仨月就咧了嘴!

但我不能说出口,
只能和你默默地走,
和你分担那高山般的重负,
——一个教师良心的责备。

【题记及简注】原载《百泉》1984年第3期。

写在第一个教师节

把眉目厘正,
把胡子刮光,
再把攒了半年薪水
购置的中山装,
端端正正穿身上。
"爸爸今天过节喽!"
一声嚷,
有似阿芙乐尔炮弹打出膛!

把双手洗净,
让心率正常,

再把"9月10日"这张日历,
轻轻摘下,存入书箱。
一片纸,
一页划破时代的新篇章。

爸爸年年过五一,
儿子岁岁过六一,
妻子尚有三八节,
暗自问:
教师于人算老几?
天荒地老愁无路,
柳暗花明终有期。

把同事请来,
把学生请来,
来来来!
一壶清茶,
一盘瓜子,
海阔天空诉情怀……

【题记及简注】原载《河北大学》校报1985年专刊。

大 叶 杨

大叶杨不屑于轻舒慢长,
转眼便在天地之间,

奏起一片青春的交响。
那结实而光滑的皮肤里面,
地下的春流在悄悄上涨。
从根到梢刹那间变青,
生命的气势有如朝阳。

大叶杨在万木中感知最强,
一丝风来,便晃起褒贬的手掌。
或忧叹,或怒吼,或欢畅,
每条叶脉都涌流着思想的琼浆。
一处伤疤留下一只大睁的眼,
日夜警视着致伤的方向,
大叶杨,满怀着春天与秋天的希望。

总有一天,会当作栋材去远方,
去江上架桥,去巷道筑梁,
在水花与钢花的光束中,
定会找到母校教师的目光。
大叶杨,这首小诗则不必记在心上。

【题记及简注】河北大学校园里,到处都有大叶杨的身姿。原载《保定市报》1985 年 3 月 1 日。

给追悼者

在干渴的山路上,
他猝然倒下了,

希望喝到一口水。
水！
哪里去找一口水？

是没看见？不理会？
人群外，你肉嘴对着铁壶嘴，
咕咚咕咚喝个美。

大家来开追悼会，
你站在最前列，皱紧眉，
真是泪如泉涌啊，
你比他人情更贵。

这涌出的泪，
不正是刚才灌进的那壶水？
他要的是生前一口水呀，
不要死后这千把泪！

【题记及简注】原载《莲池诗词报》1985年第2期。

秋　思

仿佛是我浓重的乡思，
一夜间染红了太行山色。
金的叶，红的叶，紫的叶，
纷纷扬扬撒进大清河。

我把色彩的梦织进大清河,
它微笑着流进海河的金波。
海河明朝会一身锦绣,
锦衣上有远方儿子泪珠颗颗。

漫步河边的亲人、朋友啊,
请拾起这一串湿漉漉的歌。

【题记及简注】原载《今晚报》1986年2月15日。

父亲(歌词)

他曾背我走过荒滩,
他曾领我踏破雪原。
一双粗腿搅碎风和雨,
一副铁肩挑起苦和难。
哦,父亲!哦,父亲!
给我铁铲,给我菜篮,
给我一个倔强的童年。
让我成为不屈的小草,
让我成为坚硬的山岩。

他没流过一滴眼泪,
他没吐过一声悲叹。
一双粗手抹去我的泪,
一对火眼壮起我的胆。

哦,父亲!哦,父亲!
给我毅力,给我威严,
给我一个挥汗的夏天。
让我鼓起生活的风帆,
让我驶向辉煌的明天。

【题记及简注】原载《词作家》1987年第2期。歌词参加《光明日报》举办的"日本歌星芦京子歌词征集大奖赛",获得佳作奖。见《光明日报》1989年3月15日。

橘子洲头抒怀

踏过黄河巨浪、洞庭云烟,
意匆匆,来到橘子洲畔。
翘首云天的洲头老树呦,
能否告诉我你绵远的思念。

告诉我,他的风貌,他的言谈,
对寥廓,他怎样高吟壮丽诗篇?
告诉我,他的襟怀,他的胆略,
他怎样把山河提上年轻的双肩?

告诉我,岳麓山的千重红叶,
怎样飞进他丹心似火的稿笺?
告诉我,湘江上的万堆雪涛,
怎样汇入他鼓舞民众的传单?

哦，我在沙滩上追寻他的足迹，
我在橘林里辨识他的容颜；
扑岸的涛头呦入眼的云帆，
让我们作一番倾心的交谈。

你——肖立中流的橘子洲呦，
是他从故乡开出的一条战舰。
在这儿，他最先选定民族的航标，
在这儿，他最先安稳定向的罗盘。

而今多少年，他去了，留下一方新天，
也留下了这条凌厉的战舰。
年轻的朋友们，来吧，来呀，
登上甲板！升起舰旗！掣动风帆！

【题记及简注】原载《河北日报》1983年11月23日。

时光啊时光（歌词）

我在河边独自徘徊，
河水从身旁流向大海。
河水呀河水，
请把我等待。
浪花招手说：
跟上来！跟上来！
啊，时光，时光，

你不肯等待,
不肯等待。

我在铁道独自徘徊,
火车从身后呼啸而来。
火车呀火车,
请把我等待。
车轮连声喊:
跟上来!跟上来!
啊,时光,时光,
你不肯等待,
不肯等待。

时光啊,
你飞驰的脚步震动我心怀,
我要迈开闪电的步伐,
同你一起奔向未来!

【题记及简注】原载《保定市报》1985年5月5日。艺术学院张文川为其谱曲。

春夜辅导

让我的脚步
轻如蝉翼,
悄悄飞入

这宁静的湖。
轻些呦，再轻些，
切莫踩断
学生们的思路。

绵绵密密的思路，
渺远悠长的思路。
掠过书页的雪浪，
穿过铅字的飞瀑。
伸向神秘的星汉，
度入迷茫的远古。

多好的春夜啊，
窗前那排小杨树，
春流涨绿了皮肤，
看那一串串蓓蕾，
即将抖起漫天紫雾。

二十年前的今夜，
我是在哪片大字报栏上
涂抹思想糨糊？
往事烟浮，
青春难驻，
人生常恨水东流。

且把这颗焦灼的心
紧紧裹住，
这儿是一片宁静的湖。
且把这双滞重的脚
轻轻收住，
这儿是一片清新的思路。

【题记及简注】原载《保定市报》1987年4月25日。20世纪80年代，高校教师还有去教室辅导的做法。

奥运之歌

奥运，奥运，奥运……
十三亿人心跳的声音。
奥运，奥运，奥运……
百年黄河呼唤的声音。
哗啦啦敞开国门，
笑呵呵迎接芳邻，
香喷喷举起美酒，
热辣辣华夏情亲。

我的手拉住你的手，
把天涯海角拉近；
我的心贴着你的心，
张扬人类友善精神。
和平鸽在空中盘旋，
我们在跑道上飞奔。
鸟巢洋溢着祥和之音，
人类与天地和谐共存。

【题记及简注】原载《保定日报》2008年4月23日。

地球,人类的母亲
——写在第41个地球日

茫茫无际的宇宙,圆润蔚蓝的星球。
负载着亿万生命,沉着稳健地周游。

这是生命的产床,这是文明的方舟,
这是人类的母亲,她的名字叫地球。

岩石是她的骨骼,沃土是她的肌肉,
森林是她的毛发,江河是她的乳流。

长出丰足的五谷,充填儿女的肠腹;
生出柔和的棉絮,为儿女御寒遮羞。

敞开阔大的胸怀,任儿女嬉耍游走;
安排壮丽的风景,让儿女一展歌喉。

养育众多的英杰,展示人类的智谋;
收藏斑驳的故事,供子孙续写风流。

又生些珍禽异兽,开豁儿女的眼眸。
又滋生万草千花,让人类拥有良俦。

绽放生命的春花,回收生命的金秋。
绵延种群的世系,负载人类的鸿猷。

赞美伟大的母亲,爱我神圣的星球。
怒斥贪婪的群丑,保护这文明方舟。

让星月重新亮丽，让江河断绝浊流，
给子孙留点资产，给人生多些温柔。

【题记及简注】原载《保定日报》2010年3月17日。

散文·杂文

儿时的年味

在我童年的记忆里,当属过年的味道最为深刻了。那时候的日子虽说清贫,吃喝穿戴远不如今天的孩子们,可是那些年俗所带来的快乐是无与伦比的。

从腊月二十三祭灶起,就算是步入新年了。"祭灶"就是祭祀灶王爷。灶王爷是主管锅灶饮食的,传说腊月二十三这天,他就要前往天宫,向玉帝汇报工作,主要是汇报百姓人家一年中的善恶表现,然后领得旨意回来,给各家各户不同的待遇。事关重大,村民百姓为了让他在玉帝面前多进美言,当其临行之际要搞个隆重的欢送仪式,这就是"祭灶"。我家的锅灶安置在外屋,外屋的墙上贴着一张画像,画像上灶王爷和灶王奶并肩而坐,满面慈祥的样子。神像两旁的对联上写着"上天言好事,下界保平安",横批是"一家之主"。母亲对我说,供上糖瓜很重要,灶王爷吃了它,嘴就甜,说话也就甜,向玉帝就讲咱家做的好事了。

接下来的几天是准备年货,随同父亲去赶集,买米买面买猪肉,还要买上几张红纸写"对子"(春联)用,我最关心的是买鞭炮和铁丝灯笼。天一亮就起程,父亲推着独轮车,我跟在后面,踩着霜雪,走得飞快。赶集回来,父亲用白纸把铁丝灯笼糊好,还在上面贴上用红纸剪出的"喜"字,还有各种花鸟,漂亮极了!

好不容易盼到三十这天,天没亮母亲就喊我起身去院子里放鞭炮,本地的说法,谁家放得最早日子就最好过。我急忙穿好衣服,往往在走出房门之际,街坊邻居就接二连三地率先放响了。整个上午,是忙着祭祀祖先,我们韩姓家族没有家谱,就用白纸做成几个长方形的四棱四角的纸型,上面写上祖先的名讳,在供桌上摆好香炉和供品。父亲洗了手,把香点着,恭恭敬敬地插进香炉,然后带领全家人给祖先磕头。望着袅袅飘动的香烟,我感到庄严而神秘。接下来就是和父亲一起贴"对子";在房檐上插芝麻秸,取芝麻开花节节高的意思;又在门槛上贴"黄钱",据说可以阻挡邪恶入侵。

那时候村里还没有电灯,入夜之后,家家户户都把桅灯挂在院子里,或吊在胡同口,在犄角旮旯也都安置纸灯笼,不留一块阴暗。我打着灯笼走向大街,街上已经出现了三三五五的小灯笼,远远望去,像点点游动的星,装点出节日神秘的氛围。这一夜是不许入睡的,父亲说,一定要保证祭祖的香火不断才行。

至今,那缭绕的香烟、游动的灯笼,还时时出现在我的梦境中。美妙的记忆填补着现实的空缺。

祭　灶

　　腊月二十三是小年，是民间"祭灶"的日子。"祭灶"就是祭祀灶王爷。灶王爷是主灶的，民以食为天，权力好生了得！传说腊月二十三这天，他就要前往天宫，向玉帝汇报工作，主要是汇报百姓人家一年中的善恶表现，然后领得旨意，回来给百姓们不同的待遇。草民无力主掌自家的命运，就把希望寄托在灶王爷身上，请他在玉帝面前多进美言，所以当其临行之际要搞个隆重的欢送仪式，这就是"祭灶"。我的家乡流传的歌谣唱道："新年来到，糖瓜祭灶。闺女戴花，小子放炮。"

　　各地农村的祭灶活动大同小异。我小时候的记忆里，锅灶安置在外屋，外屋的墙上贴着一张画像，画像上灶王爷和灶王奶并肩而坐，满面慈祥的样子。神像的下面，两个木头橛子托起一块木板，木板上面放着一个香炉。这天一大早，父母就起身忙碌了，我出于好奇也跟着钻出被窝。他们先是把一副对联贴在神像的两旁，对联上写着"上天言好事，下界保平安"，然后在香炉里插上点着的香，再把头一天蒸好的馒头放在碗里，摆在神像下面的木板上，又把一碟鱼肉熟菜、一碟糖瓜摆放上去。母亲对我说，糖瓜很重要，灶王爷吃了它，嘴就甜，说话也就甜，向玉帝就讲咱家做的好事了。望着袅袅飘动的香烟，我感到几分神秘，怀着敬重的心情，同父母一起给灶王爷和灶王奶磕头。

　　神像有两种版本，邻居大叔家供的神像只有灶王爷一人，乡间的说法是两种神像各有利弊：双人的能够避免灶王爷独断专行，因为女人心地善良，可以尽量向玉帝进美言；缺憾是他们经常吵架，会把这种争吵的气氛传染给这户人家，家庭因此而不和。单人的没有家庭不和的问题，却要担待灶王爷独断专行的风险。

我家供奉的是双人的神像。记忆中，父母确实经常为衣食生活而吵架，但是好日子却迟迟不来。年复一年，总是吃糠咽菜，大概是灶王奶力量不足，她的善心难以得到显示吧。

我记事的年龄应该是从新中国成立开始，直到1958年，家庭境况才有好转，那是由于在村干部的努力下，家乡已经成为鱼米之乡了，可是村里的百姓依然供奉着灶王爷，一直延续到"文化大革命"开始。

"扫盲"回忆

我的故乡天津市武清区东汪庄，新中国成立前是个穷掉底儿的小荒村，兔子不来拉屎，土匪不来光顾。全村71户人家，400多口人，没一个识字的。过春节买来对联，不知道那红纸条上写的是什么，有人竟然把贴在牲口棚上的"槽头兴旺"贴在大门上。

新中国成立后，地方政府号召村村办小学，1952年，村里有了第一所小学校。老师叫杨国保，是从外地来的，他一个人什么课都教：国语、算术、唱歌、体育，一天到晚不停地大声说话。全年级40多个学生，有几个调皮捣蛋的，他气急了就拿棍子打，被打的学生回家不敢说，说了家长打得更狠。我在他眼里是个"好学生"，记得《国语》课本第一课是："人，一个人。手，两只手。一个人有两只手。"第二天默写课文，只有我把这些字工工整整地写在黑板上。他高兴得流了眼泪，当即封我当了班长。当时，朝鲜战争正在进行，美国人扬言要动用原子弹。一天，杨老师教我们唱歌，唱的是《王大妈要和平》，歌词内容是："王大妈要和平，要呀么要和平，她每天动员妇女们，来呀么来签名，宣传得脑筋开了窍啊，道理懂得清……"这支歌我至今还能唱下来。杨老师又拿出一块白布，让我们在上面签名，反对原子战争！他说我的签名最工整，这就有了下面的故事。

那是上二年级时，地方政府发出"扫除文盲"的指示，要求学校积极参与。杨老师让我担任"扫盲"小组的组长，带领几个写字较好的同学，教本村农民识字。我于是当上了"小先生"。

每天晚上，我们几个小伙伴就走家串户去"扫盲"了。说实在话，我们的任务是够重的，不只是村里文盲多，还有许多"思想问题"挡着我们。有些人不想学习写字,他们说,干了一天的活儿,累了,哪有心思学呀?到了冬闲时候,他们又说年纪大了,学不会了,你们把书念好就成了。小学二年级的我们又没多少道理可讲的,往往是坐一小会儿就走了。到后来,他们一听见我们来了,就赶紧关门,吹灯。闹得我们很不好意思。

不过,热情欢迎我们的也不少,见我们来了,赶忙把桌子摆好,把煤油灯火捻亮,我们在小石板上写字,"人、口、手、马、牛、羊"之类,他们在纸片上照着一笔一笔地画。有个穷困人家的大嫂买不起铅笔,就用火柴代替,把火柴在煤油灯火上点着,又赶紧吹灭,火柴的一头就留下一段黑灰,她就用这段黑灰当笔。她写得很吃力,也很认真,当她能够正确地写成一个"人"字之后,乐得合不上嘴,高声说:"我也会写字啦!"

我们还遇到一个爱吹牛的人,论辈他还是我的大伯,他是个"老光棍儿",因为穷,也因为爱说大话,人缘不怎么好。那天晚上,我们去了他家,屋里没点灯,黢黑一团,他正在炕上躺着,听说要教他写字,突然哈哈大笑起来,吓得我们后背发凉。他说,你们没上两天半学,就想当先生啊!那好吧,我没灯,到院子里去,我看你们能写出几个字来!月光朦胧,我们和他蹲在地上,先教他写"一"字,他又问"二"怎么写,我们就用树枝在地上画了两横,他撇了撇嘴问"三"怎么写,我们就在地上画了三横,他看了哈哈大笑说,就这个呀,你们回家吧,我知道字怎么写了!第二天上学,我们把这情况报告了杨老师,老师说,今天晚上你们再去找他,让他写出一个人的名字,这个人叫"万百千"。晚上,我们按照老师的布置去做了,他说这个难不倒他,就拿起木棍在地上画起道道来,画了好半天,也没把"万"字写出来。我们告诉他这三个字怎么写,他一下愣住了,半天没言语。从此以后,他见了我们总是笑眯眯的,在背后跟人说,这帮孩子娃可要成精了。

在小学四年里,我们教会多少人写字,现在记不清了。读高小时,我离开家乡,寄宿在亲戚家中。寒暑假回家乡,不断听到好消息:村里办起了高小,乡里办起了初中、高中,村里谁谁的孩子考上了大学,等等。到了20世纪80年代,村里已经没有文盲了,学习文化也已成为村民的共同习尚。

金色的大草帽

金色的大草帽,是我的启蒙老师杨国保的标志性装束,在我童年的岁月中留下深刻的印记。他是故乡有史以来第一任教师,在乡亲的眼里他无疑就是一位圣人。

我的故乡是天津北部的一个小村,地处潮白河下游,地势低洼,年年沥涝成灾。留给儿时的记忆就是一个"穷"字,老人们常说,我们这里是兔子不来拉屎、土匪不来光顾的地方。村里的成年男人多数是光棍儿。全村人没几个识字的,过年贴春联,竟把"阖家欢乐"贴在猪圈里,把"肥猪满圈"贴在家门上。

新中国成立初期,政府号召村村办小学。村公所变成了小学校,发愁的是请不到老师。是啊,谁愿意到这贫穷落后的地方来呢?盼了很久,村里忽然传开喜讯:村长用一条小船把教书先生接来了。他头戴一顶金黄色的新式草帽,与村里人戴的草帽样式不同。村里人戴的是尖顶斜檐的,跟清朝的官帽相似;杨老师的草帽是圆顶平檐,而且帽檐很大,这颇有些"鹤立鸡群"的意味,在很远的地方就能认出他来。到任的第二天,他就把一块木牌子挂在胡同口,上面写着:河北省武清县第五区丝窝乡东汪庄小学。这事在村里引起轰动,很多村民前来观看。一位上过私塾的老人指着牌子上的字,对众人说:"这是颜体啊,了不得!来了圣人啦!"村民面面相觑,虽说不知道什么是"颜体",但隐约觉得这位先生会给他们带来福音。

他既是老师,又是校长,所有的课程(语文、算术、音乐、体育、图画、书法)都归他一人教。而且他还兼任伙夫——三顿饭得由他自己去做。记忆中,他一天到晚嘴不停说,脚不停走,没个时闲。教室是三间打通的平房。东西两山的墙壁上各有一块洋灰做的黑板。一、二年级脸朝东坐，三、四年级脸朝西坐。他每天分头给四个年级上课，给一个年级讲课时，其他三个年级做作业。我脑子比较灵，很快就能把作业完成，剩下的时间就听其他高年级的课，而且大多能够听懂，等到老师提问高年级同学时，他们答不上来的，我却能够正确回答。每当这个时候，他那双眼就放出异样的光彩，夸奖说："奇才！难得！"记得他几次到我家家访，对我父母说："你家孩子有天赋，又好学，多给弄点好吃的啊！"父母对他奉如神明，立刻就去灶火前用铁勺给我炸鸡蛋。每当想起这事，由衷感到他的鼓励对我的自信心培养实在太重要了，在此后的学习历程中，在各种学问面前，我未曾怀疑过自己的能力。每学期期末考试结束，他都把学生的成绩用毛笔写成榜文，张贴在大街显眼的墙壁上。榜文不分年级，按学生的成绩大排名。八个学期下来，我每次都居于榜首。他多次向围观的父老们说："好好看看吧，你们家的孩子排到第几名！"

岁月流失了许多美好的记忆。让我难以忘怀的还有他对学生生命的关切。村庄四面环水，几乎每年都有儿童溺水。杨老师到来以后，想方设法阻止我们去水坑洗澡。每当酷暑来临，中午放学之前，他就不厌其烦地嘱咐我们。后来他发现嘱咐不起作用，就在我们腿上抹红墨水，因为这红墨水经水一泡就褪色，下午上课前，他就挨个检查，发现谁腿上掉了红色，就是一顿暴打，有些屡教不改的学生屁股被打得鲜红肿胀，疼得哇哇叫。家长们前来探听，得知是为了此事，就在一旁加油助威："使劲打！"那时候的百姓聪明、实在，他们知道孰轻孰重：即使屁股被打烂，也比淹死强。儿童天性爱玩水，等到屁股伤好，就又心怀侥幸偷偷下坑了。杨老师得知此事，并未灰心服输。他在炎热的午后，戴着那顶大草帽，沿着村周的水边巡视，有时还蹲在芦苇丛中等候捉拿。这个时候，孩子们的家长都已经午休，他却在闷热的芦苇丛中流着大汗。说实在话，儿时的我也难以禁受水的诱惑，曾多次走向水边，却由于能够细心观察，多次发现那芦苇丛中隐藏着的金色大草帽，而止住了脚步。在杨老师执教的几年间，村里儿童没有被淹死的。

由于本村只有初小，毕业之后，我远离家乡去外地求学。离村那天，我的父母和杨老师在村口为我送行。我那年只有12岁，首次远行，前路未卜；回头遥望，父母早白的头发、老师金色的大草帽，依然映现在村口的土堤上。在我执教的40年中，这顶金色的大草帽像一盏灯，引导着我的脚步。

我的三位语文老师

故乡是个贫困小村,村里只有初级小学。初小毕业后,父母把我送到天津北郊一个亲戚家寄读高小,那时我 12 岁。

这个学校是大张庄小学。初来乍到,人地两生,老师和同学都是新面孔,往日的小伙伴全然不见了踪影。我对自己的学习成绩没了信心。有一次写作文,题目是《记暑假中一件有意义的事》,我记得是一件真实的事。在做暑假作业时,遇见一道很难的算术题,我做了整整一天,终于有了答案。夜里做了一个梦,梦见自己钻进一个黑暗窄小的地洞里,心里憋得难受,一直往前爬,终于爬出洞口,见到阳光,别提多畅快了!我把这个梦境感受写成一个比喻:"习题做成了,我就像被长久地关在黑洞里,有一天突然钻了出来,站在阳光下,眼前一片明亮。"老师讲评作文,把我的当作范文在课堂上读了,隆重地表扬了一番,还在作文本上写出"比喻生动"的批语。全班同学一齐把羡慕的目光投向我这"外来户",很快就与我亲近起来。我被他们融合了,感到新集体的温暖。我对语文的喜好,就是从这个表扬开始的,以后一直没有改变,从高小到初中到高中,语文成绩总是年级第一,报考大学也是中文专业,毕业后从事的教学与研究也还是文学。可以说,这位老师的一句话决定了我的一生事业。他名叫李希鑫,几十年间,他的音容笑貌总是在我眼前浮现,是无法淡化的念想。1996 年暑假,我回北郊探亲,途中下车去大张庄小学,打听李老师,一位年长的老师告诉我,李老师早就调走了,到了哪里就不清楚了。是啊,一晃 40 多年过去了。

我上中学是在天津北郊,这是个乡镇中学,1957 年秋季才开始招生。条件虽差,但学生学习很勤苦,晚自习是人手一盏自制的煤油灯(用墨水瓶制成的）。开学伊始，教语文课的老师很不称职，他连现代汉语普通话四声都不会读，每次朗读生词都让我领读，我的故乡天津武清据说是普通话的发祥地。有一次我迟到了，他严厉呵斥了我。下了课，有同学给我出主意，让我拒绝替他教书。没过多久，他就被辞退了。真正的语文老师叫陈广瑞，是个和蔼可亲的人。他朗读课文和讲课都带感情，讲到苦难时叹息甚至落泪，讲到喜悦时则手舞足蹈。他为人间的善恶而动情，也用这种情愫感化我们。他经常在课堂上念我的作文，说哪个词用得好，哪个词需要斟酌。对于学生中出现的学业错误，他也从不挖苦，从不嘲笑（有不少老师喜欢这样做）。记得有个同学作文，题目是《记一件难忘的事》，开头一句话写道："四十年前的春天，大路上走来一个敌人。"大家都笑了，陈老师没笑，问这位同学："你今年多大了？"有个同学用"狞笑"一词造句："在上学的路上，我拾到一块金子，立刻狞笑起来。"又是哄堂大笑。陈老师没笑，他做了个"狞笑"模样，然后对这个同学说："你是这样笑的吗？"初中三年，我一直当语文课代表，和陈老师接触较多，交谈中多涉及文章鉴赏，使我作文的水平提高较快，参加北郊区作文比赛，还能获得奖励。初二那年暑假结束，开学报到要交暑假作业，我的语文作业本却找不到了，急得上火，幸好一篇作文是另纸写的，题目是《遥程八百旅行记》，写的是暑假期间我从故乡往石家庄姐家探亲的见闻。我把这篇作文交上，陈老师看罢作文，满意地说："你有这篇作文也就够了。"如果按学校规定去办，不交作业者算旷课一周，那我是颇受打击了，也就不会再被评上三好学生。初中三年我的语文成绩一直名列第一，在老师和同学中被视为不可攀越的高峰。当时国家在普及简化字，学校要考查学生对简化字的掌握情况，于是组织了一次全校的考试。那时是1959年，学校实行"食宿军事化"，让学生吃住都在学校，学生须把家里的粮食卖给粮店，换到粮票，再把粮票换成学校食堂的饭票。那天中午，我从家里驮回50斤玉米去粮店换粮票，费了很多周折，赶回学校，才知道在举行简化字考试，已经迟到了半个多小时，仅剩下十几分钟了。匆忙领到试卷，埋头答题，铃响交卷，考试结果，我是全校唯一的满分。学校把我的试卷张榜公布，一时传为神奇。

高中时期的语文老师是马济光，河北大学中文系毕业生。这位老师语文功底深厚，分析课文细致入微，鞭辟入里；一口标准的普通话，娓娓道来；教态温婉平和，俨然君子之风。我仍是语文课代表，收发作业，经常与马老师接触。一次去语文教研室交作业，马老师问我苏轼《石钟山记》的主题是什么，要求用文章里的一句话来表达。我略加思索，说："事不目见耳闻，而臆断其有无，可乎？"他高兴地点头称是。转天上课，他又向全班提出这个问题，见没人举手，就点名让我回答，然后对我大加表扬一番。我明白，这是让我在全班同学面前"露露脸"。马老师强调背诵课文，说要想提高语文素质和写作能力，就得通过背诵把文章吃下，年深日久，一些词汇、句式就能消化吸收。他要求学生把课本里所有的诗文，无论古诗今诗、小说散文，统统背诵，每次上课都要用几分钟检查学生，计作平时成绩。那时候，学校没开外语课，我们就充分利用早习，到小树林、小河边，或大声朗诵，或潜心默读。如今回顾马老师的这种做法，堪称是一项英明的举措。我的文学修养、词汇的积累、文章气势的形成，甚至某些科研资料的取得，正是奠基于学生时期背诵课文，以及由此而养成的背诵文本的习惯上。一个人要想在文学上有所成就，不大量背诵范文是绝对不行的。我们平常说某人"肚子里有墨水"，这"墨水"就是对别人文章的消化物。你不把别人的文章"吃进肚里"，何谈消化？杜甫有诗云："读书破万卷，下笔如有神"（《奉赠韦左丞丈二十二韵》），能把万卷书读"破"，显然已是把经史子集熟记于心中了。这从杜甫诗歌中大量使用典故、灵活使用典故的情况可以得到肯定的答复。

　　吾生有幸，于不同时期得遇李希鑫、陈广瑞、马济光三位语文老师，正是他们的教导与鼓励，才使我能在学业上树立信心，取得进展。

感谢母校没开外语课

中学母校是人们最为感念的地方。我是1958年考入天津北郊区朱唐庄中学的。回忆六年的读书岁月，我最要感谢的是母校没开外语课。

母校地处乡野，校舍简陋，没有请到外语教师。于是，每天清晨，柳树下，操场边，沟渠旁，就成了我们阅读、背诵语文课文的场所。语文老师责令我们每篇课文都要背诵下来，课上要检查，计入平时学习成绩。我们没有像城市里的学生，把早晨时间用于背诵外语。

少年的记忆力很强，无论古诗、古文、现代诗歌和散文，许多篇章至今还能开口成诵。我的文学修养，包括汉语词汇积累、文章气势的形成，都从个中得来。有些篇章还成为写作科研论文的珍贵材料。我的初中语文教师叫陈广瑞，高中语文教师叫马济光，感谢他们督促我背诵了几百篇课文，我会永远记住他们的。

那时候，国家对学生学习外语的要求，不像今天这么死硬，不学外语也允许参加高考，于是我考上了河北大学中文系。入学以后才知道同学们都是上过外语课的，他们说六年的中学时光主要是用在了背诵外语上。我没有这个负担，入学的平均成绩在班里最高。

大学毕业之后，同学们时有聚会，回顾往昔，经常为学习外语浪费年华而耿耿于怀，当年那些辛辛苦苦背下来的外语课文，因为没有用处而忘光了。

进入21世纪以后，教育界的领导们对学习外语强调有加，那架势似乎不懂外语就不配做中国人了。就连报考中国古代文学的硕士生、博士生也得考外语，而且那"分数线"还定得非常死硬，差半分都不行！试问，外国人有几个是研究中国古代文学的？你让考生如何去跟外国人"接轨"？有许多学生古代文学专业成绩好，却因外语不及格被挡在门外，这个损失由谁来负？据说，外行领导的绝活就是"一刀切"，这样可以省去很多"具体问题具体对待"的麻烦。社会上需要的外语人才有外语系专门培养，也就足够了，大可不必搞全民运动。全民学外语与全民炼钢铁等，同样是荒唐的，都是外行领导的产物。

鸡　眼

读高中一年级的时候，脚上长了个"鸡眼"，又偏偏长在脚掌上，而且是长在大脚趾下面那个最受力的位置上，走起路来，一瘸一拐，疼得钻心。犯愁的是上体育课，短跑、长跑、跳远、跳高，都没及格。课余时间，自己用削铅笔的"修脚刀"去挖，才发现这"鸡眼"露出表皮的部分虽只有豆粒大，但肉里面的部分竟像个小枣，而且根基牢固，无法撬它出来。我所在的学校是一所乡镇中学，教师食堂的用水是由学生负责的，学生轮流值日，去河边担水。每逢轮到我去担水，便觉得十分难堪。体重加上百十斤的水重，使那个"鸡眼"精神百倍地振作起来，只好用脚跟着地。这样一来，两条腿就不是一样的长度，随之而来的是水桶大幅度地摇晃，本来是满满的两桶水，走进食堂就仅仅剩下半桶，大师傅说我白长了高个子，身体没劲，班主任认为我劳动态度不好，最难以忍受的是同学们的嬉笑，看到我担水走路的姿势，群起哄笑不止。

有人建议我去医院挖掉它。我去了，却无功而返。为什么？手术费太贵，需要10块钱。这个数字可是我一个月的生活费呀，舍不得。忍着吧！

放暑假了。徒步行走36里，奔向家乡。家乡像往年一样泡在白茫茫的水里，远远望去，像一条飘荡的小船。我卷起裤腿，走下土堤，蹚着水向村庄走去。无法辨清道路，胡乱迈步而已。脚下所触，尽是些僵石和苇茬子。走着走着，突然一阵钻心的刺痛传自脚掌，两颗泪珠随即渗出。我以为是脚掌被苇茬子刺中了，如是这样，无疑雪上加霜。等我走完水路，来到村头岸上，坐下来，扳着腿察看脚掌时，不禁笑逐颜开，只见那顽固的"鸡眼"已经消失，留下一个浅浅的洞口等待平复，原来是那尖利的苇茬子挖掉了"鸡眼"。站起身来，试着走几步，再无痛楚之感，哈哈，绝对是一只健足了！

　　家乡啊，你的天好蓝，云好白，水好暖，连苇茬子也是如此多情，细心呵护着你的孩子。

与猪争食的岁月

在天津北郊，1958年是个风调雨顺的年份，农民说这一年"撒种就能收"。当时我在一个乡镇中学读初一，学校实行"食宿集体化"，吃住都在学校，顿顿都是馒头大米饭，人们都以为共产主义提前实现了。可是好景不长，紧接着就是全国范围粮食大减产，而且是连续三年，历史上称之为"三年困难时期"。这三年，我尝到了挨饿是什么滋味。

那时候，国家供应每个人的口粮是每天二两玉米面，也就是一个窝头。不够吃，自己去想办法。能吃的榆树皮、草根、野菜，都被人们吃光了。学校食堂的大师傅终于想出了一个办法：把玉米轴粉碎了，把玉米面掺进去，做成老大个儿的窝头，上锅蒸了，让老师和学生们吃，还给这种做法取了个好听的名字——"增量法"。这"增量法"其实是精神胜利法，量是增大了，却不解饿，一气儿吃了三五个，过一会儿肚子就开始叫唤。当时，老师和学生人人面带菜色，连走路都打晃，就别说有精神上课听课了。于是，学校做出规定：每天只上一节课，其他时间自由安排。

记得每当下课，我和同学们就急煎煎地走到田里，寻找可吃的东西。学校的周围都是农田，种着高粱、玉米、大豆、山芋、胡萝卜。那时候，人民公社号召社员们精打细收、颗粒归仓，大秋过后，高粱、玉米、大豆这些粮食，几乎一个粒也没有遗落在地里。也是天无绝人之路吧，那些山芋、胡萝卜是长在泥土里的，是无论如何也收不干净的，这给我们带来一线生机。同学们来到地头，每人各占一条垄，跪在地上，把两只手紧贴地面，向前推摸，那阵式，远远望去，就像一行大雁缓缓前行。如果遇到硬物顶了手掌，就八成是个胡萝卜，于是停下来，小心翼翼地刨开泥土，把那胡萝卜请出来，高高举起，对其他同学们喊道："看，我找到一个！"然后，把胡萝卜往衣服上蹭蹭，一阵狼吞虎咽之后，继续向前爬摸而去。

  天天如此，几百个同学泡着这块地，所得也就渐渐稀少了，但是大家仍然坚持来这里寻找，因为舍此别无出路。秋去冬来，泥土表层变得坚硬，用手挖刨更觉艰难。终于有一天，有位同学对大家说："浅层的东西看来没了，深处肯定还有。猪的嗅觉比人灵敏，跟在猪的后面去找吧。"当时，附近村民养猪都不放在猪圈里，因为没食可喂，都往地里放，让猪自己找食吃。同学们听了以后，都觉得有道理，于是回家取来铁锨，扛在肩上，跟在猪的后面走，俨然成了猪们的侍从。那些猪一边走，一边用鼻子嗅，不停地哼哼唧唧，大概也是在抱怨吃不饱吧。一旦看它停下来，用鼻子猛拱泥土，就意味着这泥土深处有货，于是，跟随的同学便把猪轰到一边，用铁锨挖掘，很快就有收获。看见那圆滚滚的山芋被翻出土来，那份惊喜、激动难于言表，比考试得100分还厉害。接着，便以最快的速度捡起山芋，好歹在衣服上蹭蹭，就张大嘴巴啃咬起来，那啃咬的声音非常清脆，使附近的其他同学十分眼馋。这中间，那个被轰在一边的猪并没有走开，它在旁边看着，听着，大声地哼唧着，那意思很清楚：这是我找到的，你却给吃了！

  回顾那三年，是与猪同食、与猪争食的日子。凡是能够充饥的东西都吃遍了。苦自然是苦，却也练就了一副好肠胃。有了这副好肠胃，就能够对付一切难以入口的食物，正如一个广告说的"吃嘛嘛香"。即便是再来一次"三年困难时期"，也是一个饿不死的人。呵呵。

漫话"吃了吗"

中国人见面打招呼，通常是问"吃了吗"，其本意并不在于询问对方是否用餐，大体相当于外国人见面时说的"你好"。清早起来到外面散步，熟人相见要问一声"吃了吗"。走在上班的路上，会不断有人问"吃了吗"，进了办公室，同事还要问"吃了吗"，甚至从厕所里出来，也要被熟人问一声"吃了吗"。问者并非有什么歹意，绝对是习惯用语，随口说出；而听者也不在意，随口答音"吃了吃了"。要是外国人遇到这种问候，肯定会恼火——你什么意思？把我当成狗吗？

说起这个招呼用语，由来很早。据《战国策·赵策》记载，赵太后当权，秦国发兵讨伐，赵国向齐国求援，齐国要赵太后的儿子作为人质才肯出兵。赵太后不同意，并且说谁要是再提这事，"老妇必唾其面"——啐他一脸唾沫。老臣触詟见国事危急，必须说服太后，他的办法就是先问候太后吃饭如何——"日食饮得无衰乎"，气氛由此得到缓和，然后再晓之以利害，终于说服了太后。

古语说"民以食为天"，俗语说"人是铁饭是钢，一顿不吃饿得慌"。吃饭当然是头等大事，忽视不得。但这绝对不是中国人的独特认知，乃全人类的共识。可是，外国人见面怎么就没有这种问候？我以为应该从中国历史去寻找答案。中国几千年的历史是弥漫战争烟尘的历史，统治者残酷压榨百姓，夺其口中食，剥其身上衣，百姓在"战死也是死，饿死也是死"的绝境中，只好选择抗争一条路，因为抗争还有取胜的可能，要比坐以待毙强得多。便有一时豪杰，顺百姓求生之心，用百姓抗争之力，义旗高举，改朝换代。可见，中国的历史就是百姓求食的历史。由此也可以认识到，先民们见面询问"吃了吗"，这三个字所包含的历史是何等沉重！

中国人是什么时候才解决了吃饭问题的？五六十岁的人会有准确的回答：并非在新中国成立初期，而是在20世纪80年代改革开放之后。他们不会忘记"三年困难时期"，每人每天只供应二两口粮，大人饿得眼发蓝，孩子饿得舔碾盘。我那时在农村一个乡镇中学读书，每天只上一节课，其他时间就到野地里找食吃。那时候，人们见面问一声"吃了吗"，其中所包含的关切之情，彼此都能领略得到。

如今，中国的老百姓已经基本上解决了温饱问题。照理说，见面打招呼已经没有必要再问"吃了吗"。但是，民族的语言习惯并非随着时代生活的变更而戛然终止，它还需要一个缓冲的过程。"吃了吗"这句招呼用语不妨再说它几年。说说也有好处，从中可以回顾民族的历史，珍视今天的生活。

难忘龙山

1968年秋季，还是学生的我被系里派遣到河北遵化县印刷厂，去校对歌曲选集《红卫兵歌声》。我稍懂乐理，能识简谱，很乐意领这个差事。

校对工作并不繁忙，有很多时候没事可干，便经常出城闲游。遵化县城北临长城，南望龙山，黎河从龙山脚下蜿蜒流过。山光水影，气象颇佳。

一日，偶然心生念头，何不去攀登龙山？想做就做，我选择了城东南的那一座。七八里的路程，很快就来到了山下。这座山的阴面是绝壁，阳面是缓坡。为了领略登险的感受，回应毛主席"无限风光在险峰"的召唤，年轻的我（当时23岁）决定攀登绝壁。我自幼在平原上长大，对山充满莫名的好感；又从来没爬过山，不知道山之高、路之险，凭着年轻人的热情和体力自信，说上就上了。

山的北麓有一段慢坡，过了慢坡就是绝壁了，这绝壁与地面基本呈90度角，神工鬼斧，气势威严。举头仰望，层叠的石壁迎面而起，唐人诗中所写"山从人面起"，说的正是这种情况。仰面搜索上山之路，但见怪石嶙峋，草木杂生，并无山路可循。这时我才觉察到事情的艰难，远非始料所及。但是，既然前来登山，岂可遇难而退？我跟自己较上了劲，当时的心思就是只有前进，没有后退！

起步攀缘。我抓着石缝间生长的小树枝子，踩着突出的岩角，奋力向上攀登。开始还比较顺利，速度也还不慢，一路上惊飞了不少巢居的山鸟，也观赏到了平素难以见到的奇花异草，心情十分兴奋，果然是险要之处别有风光。大约登了百十来米，就感到手脚乏力了，气也粗了，汗也流了。往上看去，但见岩石草木遮眼，看不见山顶在哪里；往下看去，但见云气雾霭轻飘,更不知退路在何方。上,无力;下,无路。古人所谓"进退失据",说的就是这种情况吧。我攥紧了一根树枝,努力把气喘匀。心想:莫非今天就崴在这里不成?还有许多事情没做完呢。要是真的跌下去,那就永别于人世了。同学们会怎么说?这小子不务正业,闹了个平淡收局。我甚至想到了父母的悲伤。当时的思维是闪电式的,是放射性的,许多念头纷然而来,又杳然而逝。正犹豫间,忽然有喊声从下面传来,扭头回望,慢坡上秋收的农民向我摇动胳膊,那意思是劝阻我,让我下来。或许是因为有人关注,来了些胆气;或许是由于稍事休息,缓过点儿劲来了,于是决定行动。是继续攀登呢还是小心退下?权衡一阵,认为还是攀登为是。为什么?因为眼睛是长在上面的,对上面的地形地物看得清楚;而脚上没有长眼,无法看到往下退时该蹬什么地方,闹不好会使身体悬空的,而弱小的石缝树枝绝对吊不住我的身体。平常总听人说"上山容易下山难",却并不知道它的意思何在,此刻想来,难就难在脚上没长眼啊!

我又一次命令自己"只有前进,没有后退"了。只是这次命令与刚才准备登山时的命令有所不同,刚才是凭热情,现在是凭理智。凭着理智,咬紧牙关,一步一歇,不急不躁,大约过了两个小时,终于爬上了山顶。趴在山顶上的巨石探头朝下看,好一面刀削斧砍般的峭壁!云在萦绕,鸟在盘旋,慢坡上秋收的农民影影绰绰,依稀向我招手,我以一声长啸答谢他们的关注。坐在山顶上,长舒一口气,天好蓝,云好白,风好爽,心好畅,山花山草,含笑簇拥,恍惚间,觉得与山冥合为一了。

龙山,遵化城南的龙山,难以忘怀的龙山。你使年轻的我经受了考验,懂得了事理。你给我的心智启示是永恒的。

年味与年俗

这些年来,人们常常感叹过年没年味。这原因除了平日里吃食不错,不乏荤腥,那就是许多年俗被遗忘了。须知年味是由年俗带来的。

我的故乡是河北农村,隐现在津京草野之间。从小在故乡长大,津京一带的年俗至今还记得清楚。从腊月二十三"小年"开始,到除夕之夜,天天都有"年俗"事情要做,如同当今之"日程表":"二十三,年糕粘;二十四,扫房子;二十五,磨豆腐;二十六,割大肉;二十七,赶年集;二十八,白面发;二十九,贴道酉;三十黑夜坐一宿。"恐后辈不解,年久失传,请细述之。

"二十三,年糕粘",这一天是蒸年糕的日子。年糕是用黍米面掺和多种豆子(红小豆、胡绿豆、黑豆、黄豆、豇豆)做成的,揭锅之后,切成巴掌大的方块,选几块模样好的摆在灶王爷像前,作为供品。黍米颜色金黄,豆子五色斑驳,煞是好看。吃到嘴里,又黏又香,别具风味。庄户人家把年糕储藏在院子里的大缸内,冻起来,以备不时之需。年糕与"年高"谐音,取年景登高之意,寄托美好的心愿。还有一说,腊月二十三这天,灶王爷要上天汇报庄户人家的善恶,年糕性黏,可以粘住他的嘴,免于说三道四。

"二十四,扫房子",这一天要搞卫生大扫除。把屋里的衣箱、橱柜、被褥、炕席、胆瓶、帽镜等家什,统统搬到院子里,过过风,扫扫土。然后,把窗户纸撕碎,把窗户支起来,在竹篙尖上绑一把笤帚,打扫屋顶和墙角的灰尘。等到屋里清净之后,再把院里的家什搬回去,用粉连纸把窗户糊好,贴上福字。待到这一切收拾停当,坐在屋里,会有焕然一新的感觉。

"二十五，磨豆腐"，我们那一带庄户十有八九备有磨豆腐用的小磨，上面的磨盘有两个小孔，一个用来灌豆瓣，另一个是槽，用来放置推杆，人持推杆让磨盘转动，便有豆渣从缝隙中淌泻下来，把豆渣放入纱布袋子里，让豆汁渗入大锅里，加热，点上卤水，豆腐便做成了。把豆腐切块，放在院子里冷冻，就成了冻豆腐，到年三十那天中午，把冻豆腐、粉条、白菜和猪肉放入大锅去炖，便是一顿典型的年饭，家家如此，年年依旧。

"二十六，割大肉"，这一天村里有人家要宰猪卖肉，后来生产队集体养猪，也在这一天宰杀，社员按工分和人口分肉。人们都希望分到肥肉，肥肉可以炼油，把炼出的油放进坛子里，一年的炒菜用油就有了。

"二十七，赶年集"，过去农村集市频繁，我们家乡有民谣说道"一四七九崔黄口，逢五排十河北屯"，崔黄口、河北屯是两个集镇。如此说来，十天里就有六个集日。二十七是个年集，乡民们把自家的产品拿到集市上卖，再买些年货回来。记得我小时候，这一天天还没亮，就跟着父亲出了家门，父亲用小推车推着几捆炕席，我揣着袄袖，小步颠颠地跟在后边。卖了炕席，买了灯笼、香烛、鞭炮、春联、年画等，兴高采烈地回家来。

"二十八，白面发"，这一天要用发好的白面蒸馒头。孩提时代在乡村，一年到头吃的是高粱面饽饽，遇到荒年只能吃些麸子和米糠，"三年困难时期"吃的是草根树叶。为了让孩子过个年，家长们想尽办法搞到几斤白面，蒸一锅馒头，还要在每个馒头上点个红点，以作装饰。看着雪白的大馒头，你会深刻领会年的味道。

"二十九，贴道酉"，现在年轻人很少知道道酉是什么样了，它是用黄表纸剪成铜钱模样，贴在门槛上、年节器物上，是个吉祥符号。除了贴道酉，还要贴春联。无论贫富，家家门上都要贴，为的是红光映门，取个吉利。至于春联上写的什么，村里人大多是文盲，不认识字。还出过笑话，有人把"槽头兴旺"贴在大门上了。

"三十黑夜坐一宿"，三十这天最热闹了。天还没亮，就起身去院里放鞭炮，有个说法，"谁家放得早，谁家日子过得好"。邻居二哥每年都是第一个放，可也没见他日子怎么好过。天亮之后，第一件要紧的事是祭祀祖宗，用白纸糊成几个长柱形，每个贴上一红纸条，上面写祖宗的名讳，靠墙而立，这就是祖宗的牌位了。摆上供品，点上香，全家人跪下，给祖宗磕头，一派庄严肃穆的气象。"文化大革命"时，祭祖被当作"迷信"扫除了，代之以敬祝领袖万寿无疆。早饭一般是吃饺子，中午那顿馒头肉菜最丰盛，是过年的标志。天黑之后，屋里屋外都要张灯，不许留下一处暗角。于是，各式各样的灯盏齐放光亮，有的悬挂在门楣，有的吊在晾衣绳上，有的趴在墙壁间，营造出一种神秘的氛围。后来村里通了电，一盏电灯取代了各式灯盏，亮度是加大了，却再也没有了那种氛围。晚饭之后是"守岁"，儿童们打着纸糊的灯笼上街游玩，放炮仗，大人们在家里接续香火。那时候，除了给祖宗烧香，还要给灶王爷烧，香火必须一根接续一根，是不能断的。记得有一年，父亲熬不住困睡着了，醒来后发现香火烧完，没及时续上，便忧心如焚，连连道悔。

到如今，保留下来的年俗只有燃放鞭炮和贴春联了。据说，燃放鞭炮会污染空气，禁止的呼声渐趋密集。市场上贩卖的春联呢，也大多不合对联的基本要求，仅仅两边字数相同而已。民族文化不断遭到排斥或异化。

我家的"老黄"和"小黑"

在乡村,狗和猫算是与人最亲近的生灵了。猫拿耗子狗看门,各有用场,所以几乎家家都养。我小时候,家里养的是一条黄狗,一只黑猫,取名分别为"老黄""小黑"。积多年相处、细心观察,我对老黄感情日增,而对小黑则渐生厌恶。说到原因,大抵有三。

一是老黄忠诚、小黑奸诈。俗话说得好:"狗不嫌家贫。"只要你把它领进家门,它就一辈子跟定你了,完全不管家庭的经济情况,即便挨打挨骂也不变心。记得它刚进家门时,还没有断奶,连眼睛也没有完全睁开。一勺粥、一盆汤地喂大了,它就是我家的铁杆成员了。它也有同类伙伴,也去过伙伴的家中,伙伴们吃好吃歹它都见过,却始终不曾见异思迁。有时犯了错误,挨了几棍子,嗷嗷叫唤几声,跑了,过不了多时,又回到家中,对主人依然亲热如初,好像不曾发生过什么事情。我二姑喜欢上它了,执意要带走,我不肯放,母亲说让它走吧,二姑家富裕,吃得好。二姑夫背着我,用自行车把它驮走了。没过几天,它又跑回来了。全家人都感到奇怪,二姑家远在40里外,它是怎么找回来的?有人解释说,它在被带走的路上断续撒尿,它是循着气味回来的。或许有些道理,却也能表现出它对家庭的依恋。小黑就不同了,谁家有好吃的就到谁家住下,一连几天不见踪影是常有的事。它还经常偷吃家中食物,每每乘人不备,叼起盘中的鱼、肉就跑。母亲曾对我说:"狗是忠臣,猫是奸臣。"事实证明,这话不假。

二是老黄艰苦朴素、小黑追求享受。在对待吃食方面,老黄从不计较,涮锅水、馊剩饭,吃得津津有味,遇到荒年,连小孩的屎也不拒绝。过年过节,吃上几根骨头就是美餐了。它不是不想吃得好一点,每逢看见饭桌摆上炕头，它就进得门来，眼巴巴地看着人们往嘴里送饭送菜，摇着尾巴表示自己的要求，给就吃一口，不给也就罢了。小黑的要求就高多了，你给它掰块饽饽，它绝对不吃，必须用嘴嚼了，嚼得有些甜味了才肯吃。后来，还必须把饽饽和鱼肉一块嚼，既有营养又带腥味，才肯吃。而且，抽烟的嘴、老人的嘴嚼出来的也不吃。这样一来，喂猫的工作就只有我妹妹一人来承担。再后来，它还要求给它准备个固定的饭盆，要是把食物随便吐在个什么地方，它均不予理睬。多年来，它跟我们吃同样的饭菜。在饭桌底下钻来钻去，用尾巴刮人们举筷子的手，喵喵地叫着，以求得上佳的食物。在那些青黄不接的日子，这位没有户口因此不受粮食供应的家伙，委实增加了我们的负担。

三是老黄恪尽职守、小黑用心不专。养狗是为了看门护院，养猫是为了捉拿耗子。对于各自的职守，二者的表现也有不同。老黄对自己的职守从不懈怠。无论风晨雨夕、雪夜霜天，它总是蹲坐在门口，竖起一双机灵的耳朵，捕捉八方来音。稍有动静，便警叫示人。白天，有客来访，它从不轻易放入，务必用叫声让主人出屋认可。有一次，二姑夫来我家借农具，以为自己是熟人，对它的吼叫没有理会，依旧大步迈进门槛，老黄尾随其后，一口叼住他的棉鞋后跟，硬是把老人家拽了个"大马趴"。我看到了这一幕，心中暗自好笑——老黄的记性真好啊！它是在报强迁之怨呢。至于小黑就不然了。它有时也捉得一两只耗子，那是在它饥饿难忍的时候。一旦吃饱，就完全放弃了本职工作。冬天的夜晚，它安然睡在锅台上，那里暖和。后半夜，锅台凉了，它会悄悄钻进我的被窝。耳听着耗子们作祟，全然不理。

我长大之后，到外地工作。偶尔跟同事们说起"老黄"和"小黑"的故事，听者反应也有不同。有人爱狗而厌猫，有人爱猫而厌狗。前者认为，"老黄"虽终生清苦，却能以高尚的精神获得美名。后者认为，"老黄"固然有可嘉的精神，却无生活的实惠可言。真所谓"萝卜白菜，各有所爱"。当今时代，人有各自的追求，是无法整齐划一的。我是在想，"老黄"与"小黑"其实都是不完美的存在。如果能把"老黄"的精神与"小黑"的待遇集于一身，使精神高尚者享有较高的物质待遇，使奸诈、追求享受、用心不专者无地生存，应该是天理之所在吧。

奇联召祸
——故乡人物之一

这个故事发生在 20 世纪 60 年代，事主是我的大伯韩润清。他早年毕业于北平朝阳大学。毕业后去了东北，进了张作霖的兵营，后来又回北平在傅作义麾下做秘书。北平和平解放之后，他回到了原籍务农。在村人眼里，他是反动军官，是管制对象。这个身份使他没有逃过历次运动。

我的家乡东汪庄是个贫穷落后的小村子，全村没有一个识字的，过年节贴的对联都是去集市上买，买回来春联又不知道上面写的什么字，竟有把本该贴在牲口棚里的"槽头兴旺"贴在自家门楣上的。大伯回到村里以后，春联问题算是解决了。他的书法很过硬，现在回忆起来，他仿效的是"苏体"。每逢临近春节，村里人就拿着红纸找他写对子，他能自编新词，还能做到语不重复。每逢有人到家中求他写，他便乐呵呵地应承，白搭上墨汁也不计较。后来，上级号令村村办"冬闲民校"，他就成了当然的义务教师，从此以后，村里人识字的渐渐多了起来，他却没有得到分文的好处。

他在北平的时候，曾有家室，回村之前妻子离散了，他独自生活，住在一明一暗的两间茅屋里，"家徒四壁"这个词用在他身上最合适不过了。我在外地读书，寒暑假回村，常去他家中聊天，他的古文功底很好，旧体诗词也通，说话时免不了带上"之乎者也"。有一年，村里打了口水井，会计在井边的墙壁上用水泥雕出了一副对联："汪庄水井如泉涌，集体力量才建成。"他对我说："这不合对联规矩，词性不伦不类。我找村长理论，竟然不予理睬！"那神情颇有些忿忿然，他并不知道这是在对牛弹琴，他的学问和执着在这个贫穷落后的小村里是完全没用的。他的身份是农民，必须接受生产队长的劳动派遣，拖着瘦弱的身子去锄地，去收割，黑色的衣服上面结满白色的汗碱。有一年冬天，他被派到野外看护收割的芦苇，住在用芦席搭成的窝铺里，北风呼啸，大雪纷飞，饥寒交迫之际仍旧没忘作诗抒怀："雪乱芦棚内，风侵刺骨寒。荒郊不见鸟，长夜我无眠。"这是一首五言律绝，声调完全合律。文学创作或许能给他的精神带来些快慰，但也埋下了祸根。

那是1962年的年底，劳动一年的村民们"分红"了，扣除了一年的口粮钱之后，多者不过分得几十块钱，他工分少，只得了五块钱。腊月二十八那天，他揣着这五块钱去集上买白面，想包顿年夜饺子。没承想，这五块钱竟然丢在市场上，着实气闷！回家后便狠狠地研墨，经过一番构思，写成了一副对联，贴在门框上。这对联是："人过新年二上八下，我辞旧岁九外一中。"横批："穷死为止。"初一那天，街坊邻居相互拜年，人们见到这样的对联，觉得新鲜，又很不解。村干部知道了，前来查看，当时国家正在抓阶级斗争，村干部认为这对联有问题，就开会研究起来，最后得出结论："八"是指"八路军"，"八下"是说八路军下等、不好。"外"是指"外国"，"中"是指"中国"，"九外一中"是说中国不如外国好。再加上横批"穷死为止"这点睛之笔，这样一解释，还真就是一副反党反社会主义的对联了。于是上报给人民公社党委，说村里出现了反动标语。公社党委欣喜若狂——正发愁抓不到阶级敌人呢！立即派人前来拘捕。公安人员来到他家，用细麻绳把他反绑起来。他大声喝问："我有何罪？"公安人员也不回答，只是说，到公社你就知道了。就这样，大年初一他进了班房。在审讯的日子里，他对那副对联做了解释。原来，"二上八下"说的是包饺子的手势：两个指头居上，捏饺子边儿，八个指头在下面托着；"九外一中"说的是团窝头的手势：一个指头居中，打眼儿，九个指头在外面护着。这副对联的意思是说，别人过年包饺子，我过年蒸窝头，如此而已。公社党委委员们听了以后，心中暗自好笑，认为这书呆子还真有个琢磨劲儿；可是，这对联毕竟给社会"抹了黑"，属于扰乱人心、破坏大好形势的行为。处理办法是：不予扭送县法院，押回原籍，由群众监督，劳动改造。从此以后，他不再写诗、写对联，有时还用这段经历告诫我："文祸猛如虎。"

"文化大革命"期间,老账新账一起算,大会小会批斗他,他没能逃过那一劫,合上了惶恐而痴呆的眼睛。想来怅恨,他作为跟随傅作义起义的人员,要是留在京城找个差事干干呢,何苦有这份乡土之恋!他作为北平朝阳大学的毕业生,身怀才艺,却偏偏落到这样一个愚昧落后的农村,学无所用。来到农村也罢,却又不肯入乡随俗,当个地道的农民,总是固守着读书人的做派和习惯。终究潦倒,死于困厄。时耶?命耶?

瘸五叔和他的皮影戏
——故乡人物之二

周末下午,偶然打开电视机,点到10频道,节目正在介绍《唐山的皮影戏》。那舞台,那影人,那锣鼓,使我油然忆起家乡的皮影戏。

我的家乡是武清的一个小村,叫东汪庄,地处潮白河下游,是个在湿地上堆土建起来的村庄。儿时的家乡年年遭遇洪水,每到夏季暴风雨之夜,常会听到紧急的锣声,有人在喊:"发大水啦!去堵围村埝啊!"父亲就慌忙起身卸下门板,同乡亲们一起去堵埝、防洪。天亮以后,出门望去,村庄四周白水汪洋,寸草不见,远处的三村五寨像小船一样在大水间飘摇着。"东汪庄",是谁起的村名呢?真是名副其实啊。

那时,故乡小而贫穷,是兔子不来拉屎、土匪不光顾的地方。全村仅有72户,却有很多光棍儿男人,我的五叔、家乡皮影戏的主持人就是其中的一个。五叔外号"瘸老五",他右腿残疾,但心灵手巧,木匠活儿那叫精通,村里人置办家具都要找他设计和打造。此外,他的特长还表现在文化艺术上。他才思机敏,幽默风趣,善于给村里人起外号,或依据对方的相貌特征和日常习惯,或依据对方的穿着打扮与言行举止,往往能击中"要害",起的外号给人入木三分的感觉。外号一经起成,便能得到广泛的认可,村人互以外号相称,姓名反倒被忽略了——"'大沙暄'(一个脸肉虚肿的人),你过年好啊!""好,好,'老棉裤'(一条棉裤穿了20多年的人),你也好!"人们这样彼此相称,毫无恶意,完全是一种乡情浓浓的调侃。农业合作社成立以后,就连生产队长给社员派活,也经常使用外号点名:"'大嘴岔',你去南洼子锄苗。'蛤蟆六',你去西横地薅草……"人们静静地听着,然后欣然领命而去。村里的成年人,无论男女,都被瘸五叔起过外号，也都被"叫响"了。在那样饥贫的岁月，外号所产生的一点儿幽默，或许能给人们带来些许的快慰。可惜，瘸五叔没有熬到改革开放，不然，凭着他的聪明和才能，成家立业是不困难的。

记忆中，家乡的经济和文化那时是双重贫穷。就文化方面来说，瘸五叔主持的皮影戏是村里唯一的娱乐形式了。20世纪50年代，儿时的我在村里念小学。夏季里，有时放学回家走在大街上，看见瘸五叔在胡同口张罗布置舞台、道具，就知道要演皮影戏了。瘸五叔主持的这个皮影班子，影人、道具是村里出资购买的，演员、文武场"把式"完全由村民充当，村民们自娱自乐不讲任何报酬。我父亲是拉四弦的琴师，我南院大伯是唱小旦的，还有其他外姓人也担当一些角色。那年月连饭都吃不饱，可是父亲却夹着胡琴走得风快，母亲总说他是"穷乐心儿"。

常常是晚饭没有吃完，大街上就传来了锣鼓声，那是召集观众的信号，我扔下饭碗就跑。母亲在后面唠叨："真是有啥爹就有啥儿子！"

舞台设在一个宽阔的胡同口，那里竖立着一张很宽很长的白纸窗。纸窗外面是大街，也是"观众席"，纸窗里面则是演出人员集聚之处。锣鼓声中，村里的男女老少，携板凳的，拿蒲团的，空着手的，抱孩子的，拄拐棍的，光屁股的，或结伴，或独行，三三五五，闻声而至，在纸窗前坐下来。开场之前，有为抢占地方而争吵的，有训斥不听话的孩子的，有谈论年景的，有拉家常的，大声小嗓，沸沸扬扬，堪称热闹非凡。等到影戏开场，则满场寂然，鸦雀无声。

瘸五叔是导演兼演员，纸窗上出现的人物，行、坐、滚、打都由他一手操作，他还主唱老生。他记性很好，能背下30多个剧本的全部道白和唱段，每当别的演员偶然疏于记忆，他都能给予提示。可惜，童年的我听不懂那些一本正经的大戏，至今尚能记得的只是那些逗乐的和恐怖的戏出。有一出戏叫《锔大缸》，说的是一个锔匠挑着担子，来到一个村庄，有个大嫂的腌菜缸裂了缝，让他来锔。于是，双方为工钱问题展开了一场较量。瘸五叔演锔匠，在演唱中，他时不时地加入一些自编的唱词，有些是近似于黄色幽默。这时，观众里就有些中老年妇女笑着骂他："该死的瘸子！哈哈哈哈……"瘸五叔是个光棍儿，有这种借题发泄的欲望也是自然的。还有一出戏叫《借髢髢》(古代的一种发饰)，说的是有个媳妇在串亲之前，为了体面，向他人借髢髢，人家舍不得借，经过她百般巧舌，终于取得了成功。恐怖内容的戏出，我只记得《胡狄游地狱》。说的是有个叫胡狄的人，周游十八层地狱，看见每一层地狱都是生前犯有罪过的被小鬼施以酷刑，或遭刀砍，或遭油炸。大秤买小秤卖的奸商被铁钩子钩住肚皮，悬在空中；嫁给两个男人的妇女被小鬼用锯分身两半；等等。有些戏虽有些封建迷信色彩，但都是教育人行善的。

家乡皮影戏的唱腔，同唐山皮影戏相比有些不同。相比之下，我觉得唐山皮影戏唱腔属"柔"，而故乡皮影戏唱腔则属"刚"，其中含有河北梆子那种高昂深沉的韵味。我不知道这种唱腔的源头所在，只感到它很适合当时人们的心境。由于早年总看皮影戏，加上父亲是拉四弦的戏班子中人，在家里也能经常听到那种曲调，我至今还能哼出一些段子来。

"文化大革命"期间，我回乡探亲。有一天，父亲对我说，那些皮影人形和道具全被乱扔到大街上，当作'四旧'给糟蹋了，有人私自拿走了一些。我当时没有十分在意，事后思忖父亲的话，方才体会出老人家欲言又止、欲说还休的伤感心态。那时，父亲是否在提示我也去拿一些回家呢，应该是的。因为这是他一生的兴趣所在，是他的精神寄托。

赵白扔其人其事
——故乡人物之三

赵白扔本名赵子义,"白扔"是他的诨号。"白扔"这个词不见于经传典故,是家乡的土语,意思是白白让父母生养一回,毫无用处,就是扔了也不为可惜。这自然是乡亲们对他人生价值的主流评论。其实,一个人怎能毫无用处呢?按照两分法,他是总要有些可以被肯定的地方的。比如我吧,就对他颇怀感谢之情呢。

我在外地工作,父母在老家度日。母亲岁数大了,得了健忘症,锁门外出干活,常常把钥匙弄丢,开不了门,急得没法子。村里人都在地里忙着,只有赵子义闲在家中,母亲就去求他。他有一把小钢锯,很顺利地就能把锁头锯断,又很乐意帮人解难。我每次回家,母亲总是提起他帮助开门的事,念念不忘这种恩德。我自然也要找到他表示谢意。他在村里是被人嘲弄的,难得有谁去感谢他。每当听到我的谢词,便两眼放射出光彩来,说道:"严重了,严重了。一个土台上住着,客气啥呀。"

他之所以被村里人看不起,得了个"白扔"的诨号,是由于难以胜任繁重的体力劳动,又没有吃苦精神。他个子很高,在一米八以上,但是形体单薄,瘦骨伶仃,腿上、胳膊上看不到什么肌肉,刀条子脸,把鼻梁骨衬得非常凸出,一对微黄色的眼球总带有倦意,头发杂色,黑、白、黄相间,乱糟糟像个老鸦窝。没有足够的体力,这在农村是个严重的缺陷,农村的人是靠力气吃饭的。生产队长知道他体力有限,一般不派他干重活。有一次,他被派去玉米地里锄草,烈日当头,玉米地里如同蒸笼一样闷热,他只锄了一条垄,就扛着锄头回家了。晚上记工分,他只得了八厘,连一分都不到。正常的男劳力,一天能得到十个工分。这以后,他又有了新的诨号——"赵八厘""法国首都"。一天挣不了几个工分，家里穷得当当响，他的父母却从来不加抱怨，以为儿子能给他们挣口饭吃就该知足了。所以这户人家，虽说漏屋颓壁，倒也和和乐乐。

他生性嫉妒，嫉妒那些有力气的人，嫉妒那些盖上了砖瓦房的人，嫉妒那些买了自行车、缝纫机、收音机的人。他希望男人们都像他那样没力气，人人都懒，家家都穷。他对那些搞"小自由"（利用闲暇时间搞点个人经营）的人深恶痛绝。有一年放暑假回家，我想改善一下家中的饭食，就穿上皮衩，扛着渔网去村东的水淀捕鱼。当时天下着雨，浑身衣服顷刻间湿透了，虽说是夏天，还是感到了冷意。我跳进水里，细心布置渔网，还没把渔网下好，就看见雨雾中走来一个人，朝我大喊："不许捕鱼！"走近了才知道是他。他看见是我，就放低声音说："是小韩啊，唉，你也是国家干部了，怎么不懂得国家的法令？还让我来给你割资本主义尾巴吗？"我被他的话打蒙了，还以为村里真的不让捕鱼，就收拾渔网回家了。事后向村干部询问，回答说："你听他的？他那是瞎诈唬！"事实上村领导并没有派他管这事，他却能风雨不误，到处巡查，哆嗦着落汤鸡一样的身子而"义无返顾"，其"割尾"之心可谓赤诚而且坚定。

赵子义对搞"运动"表现出超常的热情。20世纪，各种运动接连不断，"反右派""四清""文化大革命"，每逢运动一到，他就跟着大红大紫起来，成了村里的重要人物，他挺胸叠肚走在街上，手里提着个棍子，胳膊上缠着个红箍，那气势、派头俨然是村里的主宰，对那些曾经嘲笑挖苦他的人横眉立目——"奶奶的，你们也有今天！"对那些出身不好的人则破口大骂："反动家伙，统统枪毙！"人人都敬他、怕他。农村的人，街坊邻居地住着，无论什么阶级成分，平素都有个相互照应，都结下些情感，可是运动一来，上级让搞阶级斗争，谁敢对抗？搞是必须得搞，可是怎么去搞，村干部也都不愿意过分出头，这时候的赵子义便应时而出、一马当先了。开大会，他带头喊口号，那公羊嗓子一喝咧，震得人心发颤。平素对他不恭的人，心里敲着小鼓，怕他报复，无论辈大辈小，都以"大叔"称他。他斗争地主富农也颇有新招：逼迫他们交代历史和现行问题，如不"老实"交代，就用"熬鹰"之术，整夜不让他们睡觉，有人打瞌睡，他就用一段细树枝把对方的上下眼皮支开来，搞得地主富农管他叫"大爷"。

赵子义最不满意的是，每次运动总是一阵风，吹过之后，村里又恢复了原样，该锄地的锄地，该挖井的挖井，他也跟着回归原貌了。他不再是众人敬畏的人，他仍然是被村里人嘲笑的对象，他依旧被人称为"赵白扔""赵八厘""法国首都"。他憋气，不平，把那根光溜溜的棍子、脏兮兮的红布箍收藏起来，等待着下一次运动到来。

平心而论，赵子义跟村里人一样很要脸面，他很想出人头地，总想露一手给人看——他赵子义不是个窝囊废。只是由于生就一副赖身板，养成一种好逸恶劳的习性，他做不成广阔天地里的劳动英雄。于是，他把全部心思、能力、赤诚用在了意识形态的风浪里。如今，运动的时代已成过去，赵子义也已经作古。这倒好，他终于得到了解脱，因为没有运动的岁月对他来说是绝对黯淡的。

黑色的蝴蝶

　　又到了给父母烧纸钱的节令——每年的清明节和七月十五，我都在夜深人静的十字街旁，把一封装有纸钱的信件点燃。虽说不能确定阴灵的存在，却从来没有落空。我必须通过这种仪式，寄托内心的愧疚。

　　夜风吹拂，烧化的纸钱轻轻飞起，像一群黑色的蝴蝶盘旋而去，我的思绪也被带到遥远。

　　我的故乡在天津北部的草野之间。父亲不识字，一个窝窝囊囊的庄稼人。母亲性格刚强，发誓让她的儿子识文断字，以摆脱困境，毅然将12岁的独生子送到天津北郊的亲戚家。从此，我便走出家门，由高小而初中，由高中而大学。母亲那殷切期待的目光，那站在村口目送儿子远去的身影，成为我发奋学习的动力，学习成绩从没掉过前三名。于是，就有一张张奖状带回家，被母亲端端正正地贴在黢黑的北墙上。村里人对母亲说，你家祖坟冒了青烟，出了个大学生，你老等着享福吧！母亲满脸是得意的笑容。是啊，在我们那片十里八村的野草窝中，世世代代还没有出现过一个上大学的。

　　在"文革"嘈杂的喧闹声中，我毕业了，而且留校当教师。母亲对我的期望值再次增高。可是，让她难以想象的是，儿子拿的月薪竟只有45块钱。她呆呆地看了我好一会儿，便像往常一样下地割草去了。从此，她很少说话，而且夜里经常失眠。

　　不但母亲怀疑我，整个村子都对我议论纷纷。每逢回家探亲，总能听到从背后传来的闲言碎语：

　　"瞧，上回子大学，才挣45块呀！"

　　"哪能？！——坏良心啦。"

一天晚上,邻居大伯夹着板凳过来串门。他把旱烟锅吱吱拉拉地嘬了好一阵子,才开口对我说:"大侄啊,你爹娘供养你上学,有多少年啦?"小学4年,高小2年,初中3年,高中3年,大学5年,"总共是17年。"我回答说。

"对呀,17年。这17年,你吃饭、穿衣、买零碎儿、买书、买本、交学费,花了多少钱,你算过吗?"我没算过,又哪里算得清,只好摇摇头。

大伯来了精神儿,拉开嗓门说:"咱庄稼人,钱来得易?你那爹娘,为供给你上学,起五更,睡半夜,割青草,打猪菜,哪一分钱没沾着血汗?"他把烟袋锅往鞋底上用力磕了几下。父母的辛劳,我怎能不知道,大伯的一席话使我陷入沉思。

大伯见我无语,以为打中了我的要害,声色俱厉地说:"你小子听着!17年的墨水不能白喝。上了大学,就得更懂人事,就更得知道报父母的恩。45块?你糊弄谁?庄稼人咋的?庄稼人不傻!"我家院子对着大街,很浅,来往行人驻足而听,还有不少人进了院子。人群中不知是谁小声说道:"怪不得说他们是'臭老九',果然是臭。"

一时间,我成了被批判、被声讨的丧尽天良的坏人。

"我没藏钱,就是45块。连我的老师也多数是56块。"我无力地辩解着,招来满院子的嗤笑声。母亲见我难堪,心疼了,急忙过来劝阻众人,说这是自家的事,用不着各位操心。大伯站起来,愤愤地说:"事是你家的事,我们看着不公!"

淳朴正直的乡亲们走散了。那一夜我没有合眼,一直在院子里坐着。在我们村子里,邻居大伯是个见过世面的人。他曾对乡亲们说,上了大学,就等于考中了进士、状元;就是民国时期,一个大学教师也能拿到上百个大洋的月薪,而那时的警察每月是七个大洋。在这些确凿的数字面前,怪不得乡亲们不信我,我也无法表白自己的清廉。

母亲也没进屋,坐在院子里陪我。我对她说,真的就是这些钱,不是儿子无能,全中国的大学教师都是这样。母亲叹了口气,说我从小就诚实,做妈的不能疑心儿子,谁跟谁呀。"只是有一样,"她说,"这样看来,咱们这些年的学不是白上了吗?"是白上了,跟乡亲们比,真的可以这样说。我们村那几年光景渐好,靠着村东的芦苇收成,每个劳动力一年可以收入上千元。

　　母亲的希望落空了。她还因乡亲们的冷嘲热讽而抬不起头来。由此而长夜失眠，终于患了痴呆症。她不知道哪里是家，也不认识家中人，常管我的父亲叫"爸爸"，管我叫"大哥"，生活已是不能自理。到后来，实在没办法，我只好把二老接过来，一家6口人（那时我已有了一儿一女）挤在学校分给的一间14平方米的房子里，凑合活着。她脑中记忆的只有新中国成立以前的事，不断地对我说，家里已经没粮了，求好心的"大哥"接济些罢。她坐不住，总是往外走，说是得赶紧回家给石头（我的乳名）喂奶去。就这样，她在凄惶中度过了最后的几年。这几年中，我和妻子尽量做些好饭好菜来侍奉她，可是她不知道这是家，吃饭时总是提心吊胆，说吃了这样好的饭菜，自己腰里没钱可怎么办？

　　……纸钱时燃时熄。夜风吹拂着纸钱的黑蝶。乱舞的黑蝶是我黑色的记忆、纷乱的思绪。

　　我在同事的眼中算是个讲孝道的，其实我是个不孝之子，这种醒悟是后来才获得的。母亲是为了儿女而生存的，儿女就是她的命脉。我却离她而远去，去追求什么功名，此其一；其二，45块钱的利禄已经让她失望，我却未能迷途知返，回到她的身边；其三，长时期的生活隔绝，使我产生了母子间的感情隔膜，以至于很少对话。当我醒悟到自己的过错，想用好言好语安慰她，用好吃好喝侍奉她的时候，她已经不知道我是她的儿子，不知道身在何处了。

　　人生的精神伤痛，莫过于对母亲的歉疚。我也不想用时代的悲剧作为开脱，生活的道路毕竟由个人去选择。

大理印象

河北大学迁到保定以后，开始给老先生落实政策，通过再次外调，清除不实之词。1973年冬季，我与军宣队的年连长前往大理。先是乘火车到昆明，而后乘坐长途汽车去大理，路途很远，中途还在楚雄住了一夜，第二天下午才到。

接近大理时，窗外景物发生了变化，公路两旁的树木改变了模样，不再是一根树干顶起一片绿伞，而是一杆通天，绿伞没了，同行的人说这是仙人掌树。仔细看去，那树干是由一节一节的仙人掌续接而成的，形体粗圆，下部的树皮粗糙、枯黄，上部则细腻、嫩绿。作为树木来说不能算美，却也仙姿独具。再看路旁的田野，田埂上也生长着仙人掌，还有被拔掉晒干了的，也堆积在田埂上，那是生长在田地里的，被当作杂草除掉了。

见此情景，心中便有些不平。在北方，仙人掌是被供养在花盆里的娇客，商人们也因其风容独特而卖个好价钱。而在这里却被视为野草，生民以除之为快。物之遭际不同，皆因地域，哪里是它本身的原因！

在县招待所办理了入住手续，趁天没黑，去街上走走。民居是一色的青砖平房，家家的墙头上密布着仙人掌，一尺多高，像一只只绿色的鞋底子，浑身是刺，利于防贼。在北方，人家的墙头上是密布的玻璃碴，龇牙咧嘴的，远远不如大理人得天独厚。

我喜欢仙人掌，早就想培养一盆，为经济条件所困，迟迟未能如愿。如今来到盛产之乡，不能空手而归。我在一户人家的墙下徘徊，几次伸手又止，唯恐落入贼名。刚好，门轴响处，一儿童出现眼前，我忙问能否摘取一块。儿童笑道："啥好东西呀？您随便，摘几块都行。"说的竟然是普通话，一下子拉短了距离感。我扬起大手，抓住一个大块的，用力掰下，只觉得手心、手指被刺得生疼。回到招待所，在灯下一看，满手是刺，我的手也成了仙人掌了。于是拔刺，一直拔到深夜。我把这块仙人掌用报纸包好，又用毛巾裹得严严实实，带回家去，以偿夙愿。

办完公事，观赏市容。城里的居民大多是汉族人，偶尔在街上遇到白族姑娘，穿着漂亮的民族服装，只有脚上的那双球鞋，露出一点时代的风貌。

举目西望，点苍山岿然屏立，山头终年积雪，山坡色彩斑驳，山脚则一片油绿。从西面随风飘过来的白云，被山头阻挡，冲击而起，旋转如轮，如同一架巨大的纺车在山头滚动，形成一道奇异的景观，令人感到神秘而壮伟。点苍山盛产大理石，大理县的得名来源于此。

城东二里许，是远近驰名的洱海。这是一个形状如耳朵的狭长湖泊。其东岸是陡然而起、连绵不断的青山。当地人说，洱海南北长达40多公里，东西宽约8公里。湖水晶莹，如蓝色宝石。清风徐徐，渔帆点点，如诗如画。招待所供应的菜肴，就有湖里盛产的弓鱼，弓鱼个儿不大，每条约二两重，肉质嫩软细腻可口，是地方饮食的一大特色。

点苍山东麓，靠近大理县城的地方，有一处寺院，名曰崇圣寺。寺东、寺南、寺北各有一塔，相传为唐和五代所建。虽几经地震而耸立如初。本想前去观瞻，同行的年连长考虑政治影响，婉言劝阻。

告别大理，在汽车站候车时，见一位白族大娘坐在候车椅上，怀拥一琴，沉心演奏。经询问得知，她也是在候车，因喜欢弹琴，便随身携带，即兴演奏，以打发光阴。

想起了猫和老虎的故事

老一辈人对这个故事很熟悉了。老虎拜猫为师,学得了很多本事之后,便生出歹心,以为把猫咬死,自己就是天下第一。当它下定决心扑向恩师,却看见那猫迅速地爬到树上,爬树这一招儿此前没学过,只好望树兴叹,灰溜溜走开了。这个故事告诉人们,害人之心虽不可有,防人之心却不可无。

世事复杂,当老师的会遇到各种各样的学生。孔子的学生中,就有两个特殊人物:一个是向他"问稼"的樊迟,还有一个是"昼寝"的宰予。孔夫子没有种过地,是所谓"五谷不分"者,樊迟硬要他讲述专业之外的学问,这是要了他的短处,难怪他很是生气,告诉樊迟改换门庭,去拜老农为师。这于老师并无危害,也就是少收一个人的学费罢了。至于那个大白天睡觉的宰予,被夫子骂为不可雕琢的朽木,也于老师没有什么危害,顶多是生点闲气而已。整体来看,孔子的教学生涯还算顺利。

但是,教师的命运并非皆如孔子,被学生加害的也大有人在。近日读《大唐新语》,读到这样一则故事:兵部尚书侯君集,很得太宗的赏识,太宗就让开国元勋、大将军李靖教教他兵法。教了一段课程之后,侯君集就向太宗告老师的状,说李靖要造反。理由是,老师没有把那些隐微之处讲给他。于是,太宗召见李靖,问他为何心存反意。李靖听罢,大吃一惊,没想到侯君集会这样对待他。而后他冷静下来,作出辩解,说之所以没有讲那些隐微之处,是认为自己所讲的这些足以能够安制四夷。又说,侯君集想要得知自己的全部战术,他才是心存反意!后来的事实证明,侯君集果然在联络太子李承乾、汉王李元昌预谋造反,阴谋暴露之后被杀。

只是由于没能学到全部知识,就诬告老师预谋造反,其心肠何其歹毒！幸亏这位老师没有传授隐微之处，否则后果不堪设想。李靖的善于察人和善于辩解，既保全了自身，也保全了国家的安定。这样的人真可称为做老师的楷模。李靖可以称为那只智慧的猫。

农事琐记

从小学到中学到大学，在毛泽东制定的"教育与生产劳动相结合"的方针指引下，17年读书期间没有断过干农活。小学时拾麦穗、捡豆粒，属于小打小闹，记忆模糊。中学时每周有一天"劳动课"，主要是给学校附近的生产队帮忙，修渠、整地、插秧、薅草、间苗、浇水、收割，认识了五谷六畜，也锻炼了正在成长的身体，只是由于口粮不足，干活往往缺乏力气。大学时是集中劳动，每学期有十天半个月去天津郊区农村，五月割麦，九月收稻，住在农民家里，与他们"同吃同住同劳动"，其间最数在天津南郊小站村的记忆深刻，小站村的稻米举世闻名，看上去晶莹剔透，吃起来口齿流香。男女同学一顿能吃几大碗，把村民都惊呆了，一位老农小声念叨："这帮学生肚子屈啊！"

总之，这17年干的活不少，却都是有无皆可，与个人的生存没多大关系。真正较劲的是大学毕业之后，邓小平推行新的农村经济政策之后。我家在农村，分了10亩地，这10亩地把我牢牢拴住了。我只好一边在保定教学，一边回乡耕种。父母年迈，耕耩锄耙主要靠我。一般的农活我都能对付，难以过关的是播种秋麦。那时候，播种的工具是犁，牲口在前面拉着，人在后面扶着。这是件技术含量很高的农活，功夫全在扶犁把上：犁把扶低了，犁尖就会翘起，犁不出沟来；犁把扶高了，犁尖深入土中，牲口拉不动。我是平生第一次干这活，把握不准，忽而犁头跑空，忽而黏滞不动。老爹脾气暴躁，跟在我后面，一声接一声地大骂，为他的后继无人深感悲痛和愤怒。这引来许多邻界的村民过来看热闹，嘲笑之声彼伏此起。有个与我家存有隔阂的人，看到以后觉得十分解恨，大声说："邓小平就是好，他让穿大裆的（故乡对教书人的称呼）也来种地了！"也有人表示同情,他是我的同族大伯,有点文化,教过私塾,喃喃地说:"这世道,怎么了?"

我是老家有史以来第一个上大学,又在大学教书的人,一段时间里成为乡邻们研究的对象,要不要供孩子念书?念书的前途何在?他们看到我的狼狈相,认为上大学实在没劲,免不了还得回乡种地;而且教大学的工资也就是50块钱,不如搞点小买卖。于是,包括我的父母在内,许多乡邻过来劝我辞掉工作,一心一意地当个农民。

我曾被乡邻看作是"孝子",但这一次我没听父母的话。

大学时期的伙食

1964年9月1日，我用自行车把行李（被褥、书包）从天津北郊驮到了天津六里台，进了河北大学的校门，开始了我的大学生活。那时候，师范类的学校对学生的伙食是整个包下来的；河北大学虽不是师范类学校，却也通过发放助学金的方式解决了学生的伙食费用。绝大多数学生都享有每月14块5角的助学金，而这个数字正好是伙食费用。也就是说，绝大多数学生吃饭是不花一分钱的。

14块5角是个什么数字呢？当时一个大学助教的月工资是45块，应该说，我们的伙食水平是比较高的了。那时学校实行"饭卡制"，每月发给学生一张饭卡，卡上列出该月每一天的早、午、晚小方格格，每用一餐就有食堂工作人员在小方格里打个勾。

那时候，国家粮食紧缺，按人定量供应，国家干部每月的口粮是28斤，只有我们学生和重体力工人是36斤。这个数字保证了我们男同学能够吃饱，女同学还有剩余。

最值得回忆的是饭菜做得好，主食是大米、白面，玉米面也有，是用来做稀粥的。早饭是两个馒头、一碗粥，外加一碟小菜（记得有麻婆豆腐、酱豆腐和各式咸菜）。午饭是两个馒头（或四两米饭），一荤一素两个菜，荤菜有小炖肉、红烧鱼（半斤重的两条）、四喜丸子之类，素菜有炒藕片、炒豆角、烧蘑菇等。四两主食两个菜，把我们的肚子撑得很胀，何况还经常要帮助女同学收拾"残局"。晚饭是两个馒头、一个炒菜，炒菜时荤时素，外加一碗粥。吃得既饱又好，同学们很快增加了体重，特别是那些来自贫困山区的同学，就像旱苗得了雨水，刷地挺起了枝叶，精神起来了。

那时候，食堂大师傅不搞"创收"，只拿基本工资。他们把全部心思放在如何把伙食搞好这条路上，千方百计让学生吃得满意，一周之内尽量不重复菜单。每隔一个月，学校领导就带着大师傅走进学生宿舍，给我们"相面"，察看大家是满面红光，还是面有菜色。自然，大师傅是经常受到领导当众表扬的。有一次，检查到我们宿舍，校领导看到王世彬同学面色发黄、身体干瘦，就问是怎么回事，是否饭菜不合口。大家都笑了。原来，这位同学天生一副干巴瘦身材，吃什么都不长肉，人送外号"老干"。王世彬说："就是每天山珍海味，我也就是这模样了。感谢领导关怀，感谢大师傅！"

可惜的是，这样的日子只过了两年，到1966年6月，"文化大革命"爆发，学生的伙食就每况愈下了。

秋天的太阳

暴雨把暑气冲净，白云把浮尘抹净，秋天的太阳高悬在蔚蓝的天空，明亮而且温情。它不再炽热，不再烧烤人间；不再严厉，不再针刺生灵。它变得平实而且淡定，不再策动雷电，不再描绘彩虹。它把金色的光芒投向原野，让五谷丰熟，让菊花吐英；它把清净的思绪施给宇宙，让风儿凉爽，让江河澄明。

经历酷暑磨难的人们，终于可以抬起头来，睁开眼看看它了。哦，太阳原来是如此美丽，如此安详啊！狂躁的心随之平复，充血的眼变得明亮，看周围的世界，看身边的同类，都似乎改变了模样。

秋天的太阳像五六十岁的父亲，用一副慈爱的面容，出现在儿女面前。消失了往日的暴怒，收敛了惯常的威严。它不再苛求儿女，必须长成参天大树，必须谷粒满仓；而是顺其天性，助其成长。一枝一叶，都是连心之肉；一果一粒，均可笑意扬扬。为龙为凤，固可光宗耀祖；做牛做鸟，乐其身心健康。

秋天的太阳又如久立讲坛的教师，用一副厚道的脸膛，出现在学生面前。泯灭了轻薄的嘲讽，代之以温存的诱导；体谅求学之艰难，深知后进之惆怅。性有愚智，才有短长，因材施教，传授有方。时代更移，年二十而心理犹稚；因势变法，弃呵斥而重在表扬。出语必慎，人才方能成长；倾心教诲，国运赖以久长。

诶，秋天的太阳！我赞美你。你用深沉的温情，抚平了为父的焦灼；你用神秘的方式，调正了为师的心理。天人一体，乃昔日儒家之所传；物我感应，是今日笔者之心曲。

屋梁上的那对燕子

1973年的3月末,经过千辛万苦,我终于把一所新房建成了。北方农村的房屋格局,一明两暗,也还算宽敞。那是一个傍晚,我把院子里的建筑垃圾清理完毕,坐在马扎上吸烟,忽然发现晾衣绳子上来了两只燕子,操着婉转的声音在谈论,又像是对我说些什么。我顿时明白了,它们是想在这刚刚建成的房里筑个窝。北方人的说法,燕子喜欢人气旺的地方,谁家有燕子居住,光景就看好。我立即起身,把堂屋的帘子卷起来,放它们进去察看巢址。过了一会儿,它们一前一后飞了进去,在堂屋的梁木间盘旋一阵,就飞出来消失在夜幕里。

我很得意,新房刚一落成就来了吉祥的邻居,并油然想起了杜甫。也是春天,杜甫一家在成都友人的帮助下,在西郊建造了一所草堂。经过长途跋涉的诗人终于有了栖身之处,欣喜之际,他还注目于草堂给燕雀们带来的方便,在《堂成》诗中说:"暂止飞乌将数子,频来语燕定新巢。"这后一句说的情况跟我刚才的经历完全一样啊。

第二天清晨,那对燕子就开始叼泥筑巢了。燕嘴衔泥,少得可怜,飞去飞来,劳累可知。我曾想和出一把泥,送到屋梁上去,帮帮它们的忙。可是,邻居大爷说不行,说那燕巢可不光是泥筑成的。经过观察,果然如此,它们是往巢上添一口泥,再絮上一根草,如同人们盖房浇水泥加钢筋一样,把巢筑得结结实实。在建筑房屋上,鸟和人敢情是一样的经心啊。

就这样来来往往,晨昏不息,院子的上空燕翅联翩,织出无数黑色的弧线。大约过了半个月,堂屋的中梁上一个泥巢落成了。那是个半圆形的泥草纠结的巢,说不上美观,却很实用。它们开始谈情说爱,在巢里叽叽喳喳,一同飞出去,又一同飞回来。那时我正忙于结婚,对它们的生活较少关注。夜间,有时妻子把我摇醒,说:"你听,窝里燕子唧唧哝哝地说些什么呢?"人类不懂鸟语,但事情大致相同吧。

6月里,雏燕生成了,五张小嘴,嗷嗷待哺,这可忙坏了爹娘,不管刮风下雨,雷鸣电闪,尽一切可乘之机飞出去打食,那份养育后代的责任心,那种倾心竭力的样子,每每让我沉思良久。我们把堂屋的帘子摘掉了,为的是让它们出入方便,尽管放进来许多苍蝇蚊子。每当它们打食归来,巢里立刻齐刷刷地伸出五张黄口,叫喊着要吃。爹娘心中有数,记着该把食物放进哪张嘴里。一个月下来,小燕个个羽毛丰满,开始练习飞翔了。爹娘带领着儿女晨出暮归,教它们在天地间捕捉昆虫。

深秋到来,草木结霜,燕子们要到南方去过冬了。临行之际,它们聚集在院里的晾衣绳上,发出婉转动听的鸣叫声,我知道,这是在向我们告别呢。我也默默祝福它们:一路安全,飞行顺利。

燕子的记性很好,无论飞出多远,依然记得故居,秋去春来,年年相伴,我们算得上老邻居老朋友了。在这所农家院里,它们繁衍出子子孙孙,我也生养了一双儿女。

大地的儿女

林涛送来一兜白薯，说是从衡水农民安金磊家中带回来的，绝对是绿色食品，顺便向我说起这对夫妇经营农田的一些趣事。

几年前，安金磊承包了50亩没人要的荒地，种植五谷杂粮。夫妇俩早出晚归，整天与土地厮守，倾听禾苗的生长，默默与土地交心。别人种田是为了丰收、致富，他们种田却是在享受庄稼生长的过程，不在乎产量如何，以生活自足为乐事。所以，他们既不在土里施化肥，也不往作物身上打农药，完全听任自然。

鸟雀糟蹋粮食，向来是农民烦心的事。为了轰赶鸟雀，农民们在田里扎草人，或者用长竿绑上布条，声嘶力竭地呼喊。安金磊想，鸟雀也是为了生存才啄食粮食，何必让它们遭受饥饿？于是，特意在田里种上几垄谷子，让鸟雀们有啄食之处。谷子成熟的时节，成群的鸟雀被轰赶到这里，叽叽喳喳，好不热闹，安金磊夫妇眼瞅心乐，那感觉就像自己有了饭吃一样。谷子旁边是棉花地，棉花生了虫子，那些鸟雀就来啄虫，有荤有素，吃得很开心。安金磊说，鸟雀也是有灵性的，知恩图报，把棉花保住了。

对于泥土的认识，安氏夫妇也与众人不同。他们认为，泥土是最干净的，泥土不仅养育出精美的五谷，而且能够过滤出纯净的水来，岂能把个"脏"字加在其头上？为此，他们夫妇坐在泥土上，用手捧着泥土，用心倾听泥土的诉说。而决不用化肥、农药去污染它。

对于蔬菜的食用，安氏夫妇完全按照季节所产，不去食用"大棚"里面的蔬菜。眼下是冬季，他们只吃白菜、萝卜。其理念是，天从人需，四季所生的蔬菜，是适应人体四季的不同需要的。人是大自然的一部分，应该与自然同步才是。

林涛前往安家访问,带回来许多白薯,也带回来许多令人深思的东西。其中有道家的顺应自然,也有佛家的珍爱众生。还有就是他们对土地的深层理解,对人生的正确感悟。人活着究竟是为了什么?什么才是心灵的港湾?这在当前是个迫待回答的问题。为了追逐金钱,为了发家致富,当今的人们正在疯狂地破坏土地,破坏空气,破坏自己赖以生存的地球,无耻地破坏道德底线,泯灭社会良知。人类面临的不是福分,而是无法挽救的灾难。

安金磊夫妇是大地的淳朴的儿女。我将在咀嚼他们种植的白薯时,细心品味其中的含义。

紫园中的翠喜鹊

不知从何时起，河北大学紫园生活区飞进来绿尾巴的喜鹊，开始是一两只，后来便三五成群，在楼房间的树行中穿行、鸣唱，在草丛中跳跃、觅食，看样子十分开心。起初还似有些怕人观看，日子长了便无戒心，任凭行人往来，不惊不迁，与人和谐相处。

观其外形，比素常所见的黑白喜鹊略小。羽毛色彩丰富，脑瓜黧黑，腹部灰白，一双翅膀和长长的尾巴是翠绿色，尾巴尖上有白羽一簇，与黧黑的脑瓜相互映衬，煞是好看。

这种鸟叫什么名字？经过网上调查，它叫灰喜鹊。老实说，这个名字起得并不好。因为它的主体颜色是翠绿，而不是灰色。

紫园小区原住鸟是麻雀，自从翠喜鹊到来，体形琐屑、毛色单调的麻雀便淡出了人们的视线。小区的居住民大多数是教师，看书累了，备课完了，会站在玻璃窗前观赏一番。树行与楼只有三四米的距离，看得十分清晰，它们有时用喙梳理羽毛，有时得意地翘翘尾巴，有时还转动着眼珠与窗里的人对视，忽而落到地上，蹦蹦跳跳，寻觅草虫和草籽。

紫园的居民怀有爱鸟之心，嘱咐孩子们不得骚扰。有一种说法，认为生命的原态是气，气在一定条件下转化为各种可见的生命形体。谁知道这些翠喜鹊的前生不是自己的亲属或好友呢？谁知道自己的后世不会转化为这些喜鹊呢？同样是个体生命，自当相互珍重。

吕老师和他的爱犬

若不是大雨或暴雪,每天黎明和傍晚,吕老师总是牵着爱犬在园区里漫步。

它体形不大,长着一身雪色长毛,眉毛很长,遮住了眼睛,跟在主人的身后,四条小腿敏捷地迈动着。

每逢遇到吕老师,总要聊几句关于犬的话题。

"喂它什么呢?"

"它不挑食,我吃什么它就吃什么。"

"夜里大小便怎么办?"

"它很懂事,从来不在屋里拉尿。"

我平素在心理上与猫类、犬类保持距离,知之甚少。听到吕老师的赞美之词,渐渐有了好感。

"听说犬毛里会有寄生虫呢。"

"每天都给它洗澡,不会出事的。"

谈话间,它凑到我的脚跟,不住地用鼻子嗅。

"它这是在做什么?"

"它知道你是我的好朋友,闻你脚上的气味,是要记住你。"

日复一日,月复一月,年复一年,光阴在我们身边流走了。我们都老了,吕老师的爱犬也老了,走着走着就卧在地上休息一会。吕老师站在一旁,耐心等候它站起来。

"它年龄有多大了?"

"据说人龄一年相当于犬龄七年。我抱养它已有17年了。"

这么算来,它已经是119岁了。

"每天走这么长的路,你也够辛苦了。"

"牵着它多转转,会延长它生命的。"

终于有一天,看到吕老师独自在园区里散步。

"它呢?"

"死了。"吕老师声音有些颤。彼此沉默了好一会,他指着近旁的一棵大树,告诉我,埋在那里了。

"要不再抱养一只?"

"不了。太伤心。"吕老师的眼睛里有些泪光。

八达岭上的情思

车到青龙桥，谁的心能不飞向那震惊世界的古长城呢？随着三三五五的人群，沿着蜿蜒的山间公路，我奔向了八达岭。

峰回路转，约莫十几分钟之后，古长城的奇伟身姿便出现在眼前。但见它逶迤在群山之上，回旋于翠谷之中，有如沧海上的一条青龙，戏弄着波峰浪谷。我不禁加快了脚步。

终于登上了古长城，抚摸着青灰色的砖墙，惊诧之声不由得脱口而出。这垒墙的砖，出奇地大，足有二尺长、半尺来厚吧。用手敲击，铿铿然发出青铜般的音响。多少世纪的风雨雷电，竟不能雕蚀它，击毁它。那城墙也有两丈多高，它随山势起伏，临危履险，有的地方竟然迥立在绝壁上。贴着城墙，探身俯视，但见云气苍茫，苍鹰隐现，便有一波庄严、神圣的感受涌上心头。

踏着陡峭的台阶往上攀登，世界仿佛在一层层下沉。登上最高的一座烽火台时，便有青天伸手可触之感了。清洌的天风飘落，擦净了一身汗水。此时，遥观俯视，大千世界纷来眼底。远处，青蒙蒙的林木覆盖着山峦，条条山脉宛如细碎的绿波，忽而东注，忽而西流。稍近处，官厅水库被群山掩映，明明灭灭，闪闪烁烁，像碎裂的宝石散落在翠谷里。脚下，京张铁路伸延着锃亮的轨道，穿山越涧，负载着铿锵远去的列车。

时当日暮，红艳艳的余晖把长城镀成一条赤龙，看它翘首摆尾，游向云霞深处。我的情思也在广袤的时空里展开了飞腾的翅膀。我来到了春秋战国时代，依稀看见了众多的吏民，为了抵御异族入侵，不惜粉身碎骨，硬是凭着肩背耒驮，把那一块块巨大的青砖运到山巅，用血汗和智慧筑起了这座伟大的民族丰碑，写下了这句万古不朽的英雄诗行。从此，长城逐渐演化成一条坚韧的文化纽带，把56个民族的心连在一起，共御外侮，形成了无坚不摧的力量。长城宛如一道长长的五线谱，把英雄的乐章镌刻在万里山河之上。

我想到了近代，想到了京张铁路的工程师詹天佑。当时，为了疏通燕山南北，外国铁路专家也曾来过这里，可惜崇山峻岭中只留下他们的几声浩叹。詹天佑不崇洋，他用"人"字形的轨道，一举接通了长城内外。是的，他是用铁的手臂，钢的墨汁，把个巨大的"人"字，写在亚洲东方的山野里——"人"啊，智慧而勇敢的中国人！

夕阳落进山涛里，游人流连忘返。人们在凭眺，在沉思。我知道他们在望些什么，想些什么。关于民族的过去、今天和未来，浩浩的思绪正像这莽莽夕烟，飘拂在八达岭上。

成县杜少陵祠

　　杜甫后半生四处漂泊，留下了许多踪迹供后人凭吊。其中，成都的杜甫草堂早已为旅游家们所亲临；而甘肃成县的杜少陵祠，因其地处偏僻，知之者并不为多。在我看来，成县的杜少陵祠规模虽逊于成都草堂，若论周围山川之壮丽，殿宇亭阁之庄严，文化意蕴之深厚，则又过之。

　　前不久，天水市杜甫研究会举办"纪念杜甫流寓陇右1250周年大会"，我应邀赴会，期间参观了成县杜少陵祠。从天水市乘车南行200余里，到达成县。少陵祠坐落在县城东南3公里的飞龙峡谷深处。门前是一条水流湍急的青泥河，浩浩荡荡向嘉陵江流去。河的对岸，群山连绵，两座主峰拔地而起，壁立千尺，云埋峰顶，名叫凤凰山，杜甫创作的《凤凰台》诗写的就是它们。据史料记载，杜少陵祠是宋徽宗宣和三年（1121），成州知州晁说之主持建立的，历史可谓久远，历代维修不绝。笔者拾级而上，入前门，过牌坊，瞻仰大殿，杜甫的雕像端坐其间，神情肃穆，乱世的愁容犹在眉宇之间。园林中碑刻林立，保存着历代书法家书写的咏杜、录杜名篇的艺术珍品。又有亭台数座、石桥几拱，柏树、梅林、竹丛，各种奇花瑞草，随处可见，一花一石，皆存千载忆念；清荫幽韵，令人流连忘返。祠堂背倚青峰险崖，松林茂密，幽暗深邃，一道清溪飞泻而下，仿佛来自云中。我和与会者很想登上险崖，以便俯视祠堂全貌，又愁于怪石嶙峋，攀登无路，加之天色已晚，只好遗憾罢休。

　　走出祠堂，重新站在青泥河畔，仰望对岸的凤凰山，心中不禁暗诵杜甫的《凤凰台》诗："亭亭凤凰台，北对西康州。西伯今寂寞，凤声亦悠悠。山峻路绝踪，石林气高浮。安得万丈梯，为君上上头？恐有无母雏，饥寒日啾啾。我能剖心血，饮啄慰孤愁。心以当竹实，炯然无外求。血以当醴泉,岂徒比清流?所贵王者瑞,敢辞微命休?坐看彩翮长,举意八极周。自天衔瑞图,飞下十二楼。图以奉至尊,凤以垂鸿猷。再光中兴业,一洗苍生忧。深衷正为此,群盗何淹留!"诗兴是由一个传说引发的,古人认为凤凰是国家兴盛的象征,杜甫由眼前凤凰山的名称生发联想,想象那山顶上会有失去母亲的孤独雏凤,正在受着饥饿的煎熬,他仰望高山,想去搭救它们,却苦于无路可上,"安得万丈梯,为君上上头"。他想剖开自己的心血,去喂养这些孤雏,让它们长大飞翔,从而为国家带来祥瑞,为民生造福,"再光中兴业,一洗苍生忧"。此时正值安史之乱期间,战乱严酷地毁坏着大唐盛世,山河破碎,宇宙生烟,民生涂炭。为了挽救国家和黎民,杜甫表示愿意牺牲个人的生命,"所贵王者瑞,敢辞微命休"。而此时的杜甫正在饥寒交迫之中,身遭不幸而能不忘忧怀国事,这就是他的伟大之处。

　　成县杜少陵祠蕴含的正是这样一颗伟大的心灵。成县的凤凰山因为这首诗而显得伟岸崇高。河水悠悠,诗人不在;名山不朽,意兴长存。中华民族历经百劫而不倒,正是赖有这样的心灵、这样的精神。

洞庭湖畔的思绪

岳阳楼、洞庭湖以及湖上的君山,构成了一组雄奇的山水人文景观,吸引着世世代代的游客。今年夏季,我终于满足了游览的夙愿。

站在湖边举目遥望,但见水天空阔,汗漫无涯,波涛汹涌,云气蒸腾。点缀其间的片片渔帆、点点飞鸟,更加衬托出湖水的浩渺。眼前景象使我想起唐人杜甫的名句"吴楚东南坼,乾坤日夜浮",孟浩然的名句"气蒸云梦泽,波撼岳阳城",由衷感受到诗人的神来之笔,绝非我辈所能企及。洞庭湖之所以具有如此气象,是因为它有不竭的水源,北面的长江、南面的湘水分秒不停地为它输入新波,前人所云"日夜江声下洞庭",揭示出它蓬勃生命的力源。这也给予人们一种启迪:只有敞开襟怀,打开门户,博取新知,才能获得无尽的生机。

君山坐落在湖中,于万顷白浪中点缀一簇青色,被唐代诗人刘禹锡比喻为"白银盘里一青螺",娇小玲珑,甚是可爱。以前游人去君山,要乘船才可。我来之前,已经修建了一座长桥,乘车即可到达。君山并不高大,古式建筑鳞次栉比,最具神奇色彩的要算那些据说被湘妃泪水滋染的斑竹了。据《述异记》载:"舜南巡,葬于苍梧,尧二女娥皇、女英泪下沾竹,久悉为之斑,亦名湘妃竹。"这段凄婉的爱情故事被历代文人反复题咏,唐人高骈曾写有《湘妃庙》:"虞帝南巡去不还,二妃幽怨水云间。当时珠泪垂多少,直到而今竹尚斑。"斑竹有情,至今仍枝繁叶茂,密集地生长在亭台侧、甬路旁,似向游人作深情的诉说。真想折下一枝留作纪念,但是不行;那就买一把斑竹制成的折扇吧,用它的清风扇掉时代付与心头的燥热。

从君山返回,便去登临岳阳楼。此楼巍然矗立在洞庭湖畔。楼为三层结构，顶部为古代将军头盔式，这在古代建筑史上绝无仅有。此楼气势之壮阔，构制之独特，色彩之辉煌，着实令人心旌摇动。而它被后人誉为江南三大名楼之首，还在于楼内汇聚了古今文学艺术的珍品，历代名家撰写的诗文和楹联，闪耀着中华民族理性和情感的光辉。其中重要的是，一层二层各嵌有一幅《岳阳楼记》的雕屏，一楼雕屏是19世纪的复制品，二楼雕屏为18世纪大书法家张照所写，笔力雄劲，堪称书法精品。三楼有毛泽东手书杜甫《登岳阳楼》诗的雕屏，金光夺目。我认为，能够让岳阳楼名震天下的最主要原因，在于北宋范仲淹所写的《岳阳楼记》为它注入的文化内涵，"先天下之忧而忧，后天下之乐而乐"所表达的思想精神已成为古今仁人志士的座右铭。

千古名楼，千古洞庭，千古君山，人文与自然相互融合，书写了浩大的民族气概和恢宏的创造力，让中华儿女相继品读。

好长的一条冬尾巴

时间已是三月中旬，论农历已是仲春的腰部，也就是说春天已经过了一半，可是春天的迹象却渺无踪影。河北的冬天，把它的尾巴几乎伸到夏天了。一个多月前是春节，按说春天就该来临，王安石在《元日》诗中说的"春风送暖入屠苏"，那绝对是江南的景象，在我们河北，春节的景象是冰天雪地。即便到了眼下，供暖的大烟囱仍然浓烟升腾，人们仍然棉衣棉裤棉帽棉鞋地捂着，那些喜欢耍单的女孩子为了美丽而忍着寒冷，在背人之处跺着脚，抹着鼻涕。这条冬天的尾巴不但长，而且硬得很呢！到哪里去寻找春天的脚步呢？杜甫诗句"泄漏春光有柳条"，是说柳条返青得早，最先泄漏了春天来临的消息。可是，你看现在那些城里城外的柳树们，枝条仍然是铁丝一样坚硬，没有一点绿意。谁说冬季只有三个月呢？

等到一场春雨过后，几乎在一夜之间，就是满城花红草绿、柳絮翻滚如云了。人们好不容易告别了严冬，却连一曲春歌还没来得及唱完，就又开始经受酷暑的考验了。漫长的暑季，烈日炎蒸的暑季，汗水浸泡的暑季，神思恍惚的暑季，它的尾巴又是那样长而且硬，一直伸进了秋天的时令。当凉爽的秋风摘下第一片树叶，没有几天，树叶就全部落光，冬天披着霜衣雪甲，硬生生地大步走来。谁说夏季只有三个月呢？

河北的春天和秋天异常短促。美好的春秋两季何其吝啬于河北人民！河北人民基本生活在严寒与酷暑之中。记得我的童年岁月，只有一身单衣和一身棉衣，穷只是其中一个原因，另一个原因就是气候，有这两身衣服就足够用的了。

气候薄恩于河北人民，却同时又施恩于河北人民。正是这种严酷的气候，锻造了燕赵儿女坚忍、果敢的性格，成为燕赵文化精神的形成条件之一。燕赵自古多慷慨悲歌之士。这种精神、性格的形成,与地域、气候特点是分不开的。司马迁在《史记·货殖列传》中,最先把地域、风俗民情与文化精神结合起来进行考察。他认为,燕赵之地自然环境恶劣,"地薄""地踔远"。于是,燕地民俗是"雕捍少虑",即敢于铤而走险,中山(今定州一带)民俗是"悲歌慷慨",赵地民俗是"好气任侠"。司马迁的考察和结论是有道理的。土地贫瘠,物产不足,这种生态环境必然会迫使人们养成抗拒自然威胁的心态和能力,具备在艰苦环境中生存的毅力,以坚忍的骨骼血肉迎击风霜雨雪、饥寒病痛。同时,为了活命,也就无暇顾及许多,于是便有燕地男儿的"雕捍少虑"、中山男人的"杀人掘墓""女子献身后宫"以取得生活资源的行为。在得其一饭便能活、失之一饭只有死的艰苦生活环境里,这里的人们深深感到义气的重要,为报一饭之恩,甘插两肋之刃,慷慨大义之风由此而生。这也是"任侠使气""慷慨悲歌"的文化精神所得的"江山之助"。

"风萧萧兮易水寒,壮士一去兮不复还!"这千古悲歌的诞生之地就在保定附近。到了唐代,这壮歌遗韵仍然存在,初唐四杰之一的骆宾王在《易水送别》诗中写道:"此地别燕丹,壮士发冲冠。昔时人已没,今日水犹寒。"在抗日战争的岁月里,保定地区涌现出无数英雄义士,谱写出民族斗争历史崭新的篇章。这就是燕赵文化精神、英雄性格的历史传承。这种传承永远不会断绝。

如此说来,冬天的尾巴虽然又长又硬,又有什么不好呢?

汲取无名泉

太行山中有许多无名的泉水。由于无名，这些泉水才没被污染。等到名声显赫，游人接踵，那泉水也就再无清洁可谈了。

星期天，我随同友人驱车奔向顺平县的山野，去那里品尝无名泉水。车子开到大山深处，进入沙石土路，苦于颠簸，弃车步行，沿着山谷间的小溪，寻找泉水的源头。渐行渐远，小路消失在乱石之中，披荆越阻，终于在一座高山脚下的岩石缝隙中发现了一处泉眼。拨开杂草，清理乱石，泉水的容颜宛然而现，亮晶晶，光闪闪，从布满青苔的岩孔中汩汩流出，带出一串低微的声响。忽然想起王维的诗句："泉声咽危石，日色冷青松。"眼前的清幽景象与之相合。这里应是人迹罕至之处。此时，众人或蹲或坐，欣然捧饮，泉水清冽而甘甜，入腹之后，便觉一派清凉沁入肺腑，把五内积存的燥气一荡而尽。众人相视而乐，谈笑风生。

看着涓涓流淌的清泉水，情思也被净化了，变得沉静而深远。泉水啊，你来自哪片云朵？来自哪道冰川？你穿幽越奥，流经了多少世纪？你远避尘嚣，积存了多少哲理！你是无名的，如同这山里的一根小草，一块岩石，不曾被记入史书典籍，然而你是纯洁生命的表征，你是淡定人生的启蒙。你在被人遗忘的角落里，灌溉出无数生命，让山花吐艳，让草木蓊郁，让小鸟欢鸣。只因你是无欲的，才获得了生命的永恒。

沉思间，同行者已经架好了灶头，将这无名泉水汲入锅中。顷刻之间，壶奏琴声，继而水花翻腾。将水斟入茶壶，但见壶中绿芽倒立，茶香随即弥漫山谷。众人围壶而坐，静心品茶，体会卢仝七碗之乐，果然觉得两腋生风。此时，天光朗丽，云影轻移，身边野花含笑，耳畔泉水潺潺，四面青山陪坐，恬静无语，几声鸟鸣传来，更显出环境的清净。清净的山野，清净的泉水，清净的茶道，清净的心灵，一同指向清净人生的向往。

　　日影西斜。山中虽好，却无留宿之处。那就灌上几桶山泉吧，带回去，用这无名泉水洗涤闹市污尘，洗涤心灵的积垢。

去山野感受真淳

在城市农贸市场上买柴鸡蛋，时常买不到真货。单从个头来看倒也很像，等到炒熟才真相大白，却已经晚了。

近日前往狼牙山间闲游，午间在一农家小饭店用餐，特意要了一盘葱炒柴鸡蛋。端上来一看，口水便先自渗出。那是一盘何等软嫩鲜香的杏黄色啊，黄得叫人眼发亮、心发颤；又有少许翠绿的葱花点缀其间，更衬托出品质的纯正。

经过询问得知，这些柴鸡是饭店主人自家养的。问他养了多少只，他说"不清楚"。这就奇怪了，养鸡怎么会不知道数目？店主见我疑惑，就在饭后带我走出去，介绍他的养鸡方式。他说，那些专业养鸡户是把鸡群关在笼子里，用人工饲料喂食，而他的养鸡场是广阔的山野。他挥手指着远远近近的山坡山谷，说那方圆十里的山野，凡是鸡能走到的地方，都是他的养鸡场。每天清早，把鸡群放出去，让它们在山野间觅食，草籽草虫，山花山果，品类多样，营养丰富；渴了，随处都有清澈的泉水。食好水好空气好，再加上鸡们整天不停地游走，所以体质都非常健壮，从来没有闹过鸡瘟。他说，这些柴鸡记性都不错，不管走出多远，天擦黑都能回来。附近的村民也都善良，没有发生过偷鸡的事，野兽也很少见，所以也就没有必要点数鸡的数目。开始只养50只，经过几年繁殖，现在已经有大几百只了，这么多的鸡，也没工夫去数啊！

我对他说，放养山野间固然好，但是鸡随处下蛋，那会丢失许多鸡蛋吧？店主说，多数的鸡都在鸡圈里下蛋，不然我早就破产了；也有下在山野里的，给果树剪枝时常在草窝里发现丢下的蛋。不过那也没办法，它有蛋憋得慌，下就下吧，丢就丢吧，天底下哪有十全十美的事？凡事只需看大局，不能因小失大。

　　店主还告诉我一件有趣的事，说春天里鸡孵窝的季节，有些鸡干脆就在它丢蛋的草窝里孵雏，一孵就是20多天，可以称得上是风雨不动。等到再见面的时候，它们会领着一群鸡雏转回家门。

　　店主的一番讲述，让我感到山野生活的美好。朴素的风物，淳朴的民生，真淳的心灵，绝少经受时代烟尘的污染。此行不虚，临走时买下几篓柴鸡蛋，把山野的纯净收藏在心中。

杜甫饭馆

星期天，韩老夫子前往山间旅游。接近目的地时已到中午，公路两旁的农家饭店也逐渐密集起来。各种各样的门牌字号纷来眼前，字号起得大小不一，有的谦称"乡野小店"，有的夸称"宇宙饭庄"。这些字号都没能引起老夫子太多的注意，唯独在一家取名为"杜甫饭馆"的门口，他停下了脚步，内心掀起阵阵波澜。

一生专事杜甫研究的他，此时感慨连连："真没想到啊，杜甫的影响不仅穿越了遥远的时间，而且渗透到这偏僻的山野！"回想杜甫的一生，那是何等饥寒交迫。"饥借家家米，愁征处处杯"是诗人对其生活的辛酸概括。如今，这位好心肠的饭店主人，以"杜甫"为饭店命名，显然是在怜悯杜甫的身世，要为他解除身后之忧，让他有个饭馆，安顿他漂泊的灵魂。

想到这里，老夫子作出决定：午饭就在这里吃了！

进了农家院，在饭桌旁坐下来，要了几个特色小菜：蘑菇炖小鸡、柴鸡蛋炒韭黄、油炸花椒叶。店里食客稀少，饭菜很快上齐。老夫子今天食欲大开，吃得津津有味。神思飘移之际，仿佛来到距今1250年的成都西郊杜甫草堂，耳边响起杜甫的说话声："'花径不曾缘客扫，蓬门今始为君开。盘飧市远无兼味，樽酒家贫只旧醅。'有劳夫子研究我的诗作，今日略备小吃，作为酬谢，幸勿推辞。"

老夫子有些得意，对一旁站立的店主人说："你会背诵多少杜甫诗篇啊？"

店主人一脸茫然："杜甫诗篇？杜甫是谁？没听说过呀。"

老夫子有些诧异，指着门口的字号："就是那个'杜甫'啊——没听说过？那你怎么把他写在饭馆字号上了？"

店主人笑了："我这里的'杜甫'可不是你说的诗人，是我儿子；也不是一个人，是两个人。"

老夫子晕了头，杜甫是他儿子？而且是两个人？他恳请店主人明示。

店主人说，他家姓王，有两个儿子，老大叫王杜，老二叫王甫。"杜甫"是他把两个儿子的名字组合而成的。

原来如此！老夫子的一腔喜悦顿时落花流水。他把筷子重重地顿在桌上，眼瞅着店老板无可奈何，却又心有不甘，问道："你两个儿子为啥取名叫'杜'叫'甫'？难道就与'杜甫'无关？"

店老板回答说，儿子的名字是他们的爷爷给取的，至于为什么取这个名，我们不知道详情。如果不妥，还请先生原谅，万望先生吃好喝好。

老夫子站起身来，对老板摇了摇头，走出了农家院。百步之后，又情不自禁地转过头来，久久凝望"杜甫饭馆"四个大字。

情满西大洋

当你拧开水龙头,接满一盆清洁的水,洗衣或洗菜;或是在办公室里,冲得一杯新茶,在缭绕的香气中思绪翩翩……朋友,你可曾想到,为了这一泓生命之水,西大洋水库的卫士们付出了怎样的劳动?

8月4日,我随同保定市社科联的两位领导、保定日报副刊部主任及本市诗词楹联学会的几位诗友,应邀前往西大洋水库参观。一路上,脑海里频频浮现水库往昔的肮脏面容:水面上成片的浮沤,岸边随波卷动的死鱼,两万多个养鱼的网箱扎满库区,数百万斤鱼在其间呼吸、饮食、排泄粪便……到去年5月,库里的水质已然下降到了5级!这就是保定近百万市民的饮用水源。在这严峻的时刻,保定市委、市政府及时而果断地启动了生态工程和爱心工程,把净化水源与保障库区移民的利益结合起来,开展了一场意义重大、深得民心的治水运动。从20世纪80年代初期兴起的水库个体养鱼,本来是用以解决库区移民生计的,也确实起到了良好的效益。但是,自从西大洋水库成为保定市民的水源,移民的利益就与市民的利益产生了日益深化的矛盾。手心手背都是连心肉。市领导既要确保市民的用水达标,又要保障移民的利益,于是向市民发起"献爱心"活动——购买移民网箱里的鱼。记得去年的酷暑季节,我所在的学校从库区运来几卡车鱼,当我们去购买时,那些鱼全都臭了。臭就臭吧,扔就扔吧,我们愿意掏这份钱,库区的人民也得活呀。其实,就是不把鱼拉来,让我们出钱,我们也是心甘情愿的。这不只是为了库区移民,也是为了自己。水是生命之源啊,我们立身的地球本来没有水,曾有过漫长的无生命寂寞。后来有了海洋,才出现了单细胞的原生物。生命进化,物种繁衍,方才有了人类。水又是性命攸关之物,据现代科学研究表明,一个人七八天吃不上饭死不了，要是七八天喝不上水，绝对活不成。这里所说的水，当然是指纯净的水，而不是变质的水。那么，今天的西大洋水质如何了呢？

车到库区，李清哲主任热情地接待了我们。他告诉大家，如今库里的水质已经升到2级，达到了安全饮水的标准。我们来到坝上，放眼望去，但见水色澄明，一碧万顷，清风乍起，雪浪偶生，青山呈娇，白云照影，岛屿嵌绿，岸花镶红。往昔那鳞次栉比的网箱，横七竖八的竹竿，纷繁杂乱的渔船，全然不见了踪影。留下来的是令人心旷神怡的静谧和引人作出世之想的清爽。今昔对照，判然两个世界。今日的西大洋，已然恢复了自然生态环境！诗友们不禁为之惊呼，为之喝彩。

李清哲主任为大家讲述了治理水库的艰难历程。问题主要集中在劝说移民收回网箱上。深居山区的百姓，一是生计贫困，二是知识匮乏，他们还不知道如此恶劣的水源对人命的严重影响。李主任在工作中强调了对移民的"水文化"教育，而天性具有社会良知的百姓终于接受了这种教育。这无疑是个充满矛盾和焦虑、循循善诱乃至苦口婆心的思想教育和文化教育的漫长历程。在市领导的支持下，他和他的同事们取得了胜利，以事业热忱和聪明才智，协调了人与人、人与自然的关系。

李主任心直口快，在讲话中也不时发些牢骚。据他说，历来被派遣管水库的，都被认为是没有才干的人。可是，据我看来，他应该属于那种对业务精益求精的有为之士。他对于天象、水文，可谓精通，采用土洋结合的理论和研究方法，准确地判断出年成的旱涝、水质的高低。他还精心于笔耕，随时留心记录天象与水文的关系，研究生态环境与人的关系，出版了两部著作，以受益于后来的水库管理者。他绝不是那种只知道蓄水和放水的"水官"。

我真想在西大洋水库旁边结茅而居，为了这一泓澄碧的湖水，为了这一派清爽的山风，也为了这个远离闹市而又心系红尘的水库卫士。

天桥游记

河北大学在阜平县的铁岭职教中心设立了函授站。暑假期间,我去那里讲课。临近结束,负责站上工作的王键老师执意邀请我前往天桥一游。我的游山兴趣不浓,几十年间游历的山水已然不少,何况年近花甲,足力告衰,然而盛情难却,我还是上了汽车。

天桥在阜平西部的南坨岭上。从地图上看,南坨岭位于河北、山西的边界,海拔1800多米。坐在汽车上,一路感到车是在艰辛地攀行,窗外的山云越来越低,山风也越来越凉了。车子下了公路,又在沙石路上颠簸了20分钟,终于到了目的地。

好一群巍峨峙立的大山!放眼仰望,但见峭壁千仞,如铜如铁;壁间云气翻涌,如浪如潮。森林苍翠,染绿天宇;山巅何在?茫然无迹。真未料到,河北境内还有如此壮美的景观。站在它的脚下,环顾游人的身影,你不能不惊叹它的伟大和超绝。生活在平原上的人,平常并不怎么感到自身的渺小;那就前来此山脚下站一站吧,或许能得到一些理性的启迪。据说,山民的心态是朴素的、谦逊的,愚以为这与高山的启示不无关系。

登山之前,站上的刘老师坚持要为我买一根号称"降龙木"的手杖,这种手杖,质地坚硬而分量很轻。开始,我还为过早地亲近它而难为情,等到走了里许山路,才感到"三条腿"的优越。攀山之路逶迤在幽深的峡谷之间,由大小不同的石块砌成,有些地方则是因石为"路",颇具天然之险趣。从高山上流下来的泉水,汇聚成汹涌的川流,在峡谷间溅起处处浪花,发出雷鸣般的轰响。在山路上攀登,不时要涉越这条川流,有时山路与川流竟然合为一处。第一次涉越川流的时候,看着打着旋涡的大浪,我犹豫了,对同行的人说:"我就在这里等候你们吧。"站上的武老师走过来，不由分说，把我双臂搭肩地背了过去。这让我羞愧而且感动，在伏其肩背的十几秒钟内，我想到儿时让母亲背着的情景，没有料到，老了老了，在这大山的胸膛里，在这山里人的肩背上，我又找回了儿时的感受。

越往上走，山谷越窄，两旁的林荫织成高大的绿帐，飒飒的凉风中，像有雨丝在飘拂。林木的空隙处，可以看到阴湿的石壁上长满青苔，还有各式各样无名的小花在暗自微笑。我在一株开着蓝色花朵的小草身边停下脚步，用手将它轻轻提起，这才看清，它的生存空间竟是方寸之地的石凹，它的生命根基不过是核桃大小的一撮泥土，凭着这样的空间和这样的根基，它描绘着大山的色彩，唱着靓丽的生命之歌。比起平原上的花草，它显得清贫，却更显得坚毅；而平原上的花草，对比之下，则未免有奢侈和软弱之嫌。

在同行者的扶持和鼓励之下，我终于登上了第一级瀑布的所在地。站在一方凌空兀立的巨石上面，抬眼望去，一堵高可百尺的绝壁迎面矗立。绝壁的临顶处，有一孔巨大的石洞遥遥而现，石洞的上面，就是所谓的"天桥"，从天桥下面的石洞里，源源的泉水飞落而下，形成了百尺瀑布。瀑布颜色乳白，宽约丈许，飞泻之际，挟风带雨，滚动雷霆，磅礴之气势，令人瞠目结舌，心旌摇动。李白赞美庐山瀑布，曰"疑是银河落九天"，诚为奇思妙想，若从其气势着眼以形容此地风光，亦足可当之。但若从眼前瀑布那随风袅娜之身影着眼，则壮阔之中又有柔韧在，令人想到白龙出身于洞穴、织女抛绡于九天。同行的孟师傅告诉我，南坨岭的瀑布共有九级，这里的"天桥"是最下面的一级，体力好的也只能登上六七级而已。听罢感叹连连，伟大的造物之功啊，岂能是人力所可比及？这无尽的泉水是从何处而来，何时而生？又到何处而去，何时而止？那百尺瀑布分明是造化书写的一卷长诗，又借着轰鸣的水声在朗诵着宇宙的永恒。而古往今来的游山者们，不过是宇宙之中的匆匆过客，又何必趾高气扬，目空一切！

我在一级瀑布这里等候更上一级的同游者，孟师傅一直陪伴着，是怕我出事。而他的12岁小女儿也随同众人登高了，正需要他的关照。我几次劝说他去照看孩子，可他就是不动。在几十分钟的等候中，我的内心充满了感激和不安。他不爱说话，沉默得像个卫兵，不，应该说他就像我身旁的这座沉默的山。他的这份情感精神，应同青山、瀑布一样属于永恒。

在回来的路上，刘老师告诉我，他们的函授站将要申办本科，希望我继续前来上课，我满口应承下来。我虽说带着博士、硕士研究生，还承担着系里本科的课程，任务确实很重，但怎么可以拒绝他们呢！我必须把他们给予我的深情厚意，一分不少地予以回报，以求得内心的平静。而且，我还相信，今后每一次进得山来，都会获取大山新的培育，使尘染的心灵得到净化。

颇具神秘感的五公村

河北省深州饶阳县有个五公村（现在已发展为五公镇），20世纪中期出了一位被毛泽东誉为"群众所信任的领袖人物"，名叫耿长锁。早在1944年，他就与三户农民在冀中抗日根据地办起了全国第一个"土地合伙组"。新中国成立以后，为了避免出现两极分化，让农民共同富裕起来，国家决定对农业进行社会主义改造，引导农民走合作化的道路。耿长锁领导村民成立了农业生产合作社。由于历史条件的制约，两极分化虽说得到了避免，却共同走向了贫穷。但无论如何，耿长锁这个风云人物是名播全国的。

中国人喜欢把人物与地域联系起来看，这种意识凝结成一个词叫"人杰地灵"。五公这个地方还真的有点灵气。五公，是指五位达官或被封为公爵者的合称。两汉、两晋都有"五公"的具体称名。不过，深州饶阳县的五公村，究竟是出现了哪五位显赫人物，已经不可考知。但完全可以断定这个村名是隋唐之前就有的，依据是初唐人张𬸦写的《朝野佥载》。张𬸦是深州人，对家乡的人物故事熟悉，《朝野佥载》中记载了不少深州以及附近发生的事情，内中有一条记载提到了五公村，原文如下：

> 隋内史令李德林，深州饶阳人也，使其子卜葬于饶阳城东，迁厝其父母。遂问之，其地奚若，曰："卜兆云葬后当出八公。其地东村西郭，南道北堤。"林曰："村何名？"答曰："五公。"林曰："唯有三公在。此其命也，知复云何！"遂葬之。子百药，孙安期，并袭安平公。至曾孙，与徐敬业反，公遂绝。

李德林在隋朝任内史令，内史令相当于唐朝的中书令，也就是宰相，官阶正三品。他让儿子李百药去故乡饶阳，在县城东边寻找一块墓地，待父母百年之后，把父母的灵柩迁葬在那里。李百药找到一位风水先生，把墓地确定下来。回来后，李德林问他墓地找得如何，他说："风水先生占卜显示：把先人葬在此处，后辈会有八人被封为公爵。那墓地所处的地理位置，东边是村庄，西边是城郭，南边是大道，北边是长堤。"李德林又问村庄的名称，回答是"五公"。李德林听罢，感慨说道："八公已经有了五公，就剩下三公了。这是命该如此，虽已知道又能怎样！"于是就把父母葬在那里。后来的事实果然如他所说，只有三代人被封为公爵：李德林被封为安平公，他的儿子李百药、孙子李安期都被袭封为安平公。到了曾孙那一辈，由于参与了徐敬业起兵讨伐武则天，公爵称号就此断绝。

八减五等于三，绝对没错。这究竟是巧合呢，还是风水占卜灵验呢？五公这个地名的确有点神秘味道。

不"教改"了，行不行

"教改"是教育界的经常性话题，好像谁要是不说它谁就犯了大错误。特别是各级领导，整天琢磨如何"教改"，如何弃旧布新，拿这个作为有无"政绩"的尺码。但是，改来改去，改成了什么样子，恐怕连东南西北都分不清了。

我在高校学习工作40多年了，经历了三次大规模的"教改"。第一次是1964年，刚刚入学，学校发动"教改"，"教改"的内容是"让大学生思想革命化"，避免"一年土，二年洋，三年不认爹和娘"的现象发生。有的老师就在专业课的课堂上搞忆苦思甜教育，让一个同学打着快板，说"快板书"，内容是不忘旧社会的苦，常思新社会的甜。同学们暗自发笑，甚是不解。不能说思想教育不重要，但是这活动完全可以在课余时间搞，怎么能占用专业课的教学时间呢？专业课是学习专业知识的啊！那时候，只要是中央发了什么号召，或毛主席有了最新指示，学校都要我们停课，敲锣打鼓，举着赶制出来的小旗上街去游行，这叫"突出政治"。至于各种救灾行动，那更是不在话下了。

第二次"教改"是在"文化大革命"当中，工农兵学员入学以后。"教改"的内容是"把课堂搬到厂矿、农村，在实践中学习"。老师们领着学生，背着行李下去了。人是下去了，大量教学用的书籍却没法带下去，带下去也没时间、没地方去讲。当时这个做法叫"开门办学"，就是下去给厂矿、农村写通讯报道，表彰好人好事。但是学生们根本就写不出文章来，因为写作的基础知识没有讲，与写作相关的专业知识也十分贫乏，脑子里一片空白，能写出什么呢？这次"教改"否定了书本知识，太过强调实践意义。结果是荒废了学生的学业。

第三次"教改"是从"文化大革命"结束开始的，绵延至今，其间从各地传来不少新招数。给人印象最深的是上级提出的"压缩基础课，大力开设选修课"。举个例子，我在20世纪80年代初期讲授唐宋文学史，课时是120节，其后不断地压缩，到现在仅剩68节。课时减少了，讲授的内容自然无法充实，许多问题来不及细说就过去了。而选修课却新开了很多，按说，开选修课的老师应该是在这个课题上有研究成果，可是多数不是这样。如此的课程设置，表面上花样繁多，热热闹闹，实际上学生并没有打好专业基础。

回顾几十年间的"教改"，归纳起来是专业基础知识的教学被轻视了，专业意识被淡化了。这是严重的失误，失去了专业还能叫大学吗？衷心希望不要再做这样的"教改"了，要改就改回到20世纪50年代的做法上去，这也可以称之为"以复古为革新"。

听于连军乐师吹埙

保定诗词方舟聚集了一批坚守中国传统文化的志士，写旧体诗词的，研习书法的，弘扬茶艺的，发掘埙乐艺术的，等等，门类众多，目标一致：回归传统。

迎接新春，方舟雅聚，畅叙之余，来到于连军的土风斋。斋内摆放着数以百计的埙器，大小不一，玲珑可爱，都是连军亲手制作。他发掘埙乐艺术已历多年，成绩斐然，既整理相关文献，又擅长演奏。讲解创业历程之后，他即兴吹奏了几支古曲，埙乐特有的音色和情感，让人耳目一新，把人心引到古代。埙乐古朴、厚重、深沉、悠远、委婉，如在倾诉，如在怀念，使人神思入远，心灵归静，颇能给当今这个嘈杂的时代注入一缕清音，让浮躁的人心得到抚慰。我们的时代是噪声充斥的时代，上街购物，便会听到商家声嘶力竭的叫卖和震耳欲聋的锣鼓；打开电视，便是流行歌手举着麦克风闭着眼睛发出的嘶哑干号。音乐之所以是音乐，它的声音必须是乐音，而不能是噪音。那个"换大米"的吆喝就绝对不是乐音。他们得以走红，是吻合了时代的张狂，合拍了人心的躁动。而时代不会永远张狂，人心也需要安宁。

享受了连军乐师的埙乐演奏，我向他致谢，投以敬慕的眼光，并且建议他加大宣传力度，让埙乐广为人知。比如在明月当空的夜晚，找个宁静的场所，朋辈雅聚，听埙乐在月光下缓缓流动，像一湾清溪淙淙流过人心，如同李白听蜀僧弹琴感到"客心洗流水"那样，洗掉心灵的尘垢，平复过快的心率。大而言之，使天下百姓克服急功近利之心，使民族前进的步伐坚定而稳重，功劳可谓大矣。

毓秀园中风景殊

毓秀园是河北大学一处风光秀丽的园林，其间备有丘陵平野、山石水塘，茂林修竹，小亭回廊，更兼四时瑞草不歇，花翎喜鹊翔集，一派生机勃勃的景象，是河大师生业余休闲的绝好去处。

河北大学校报文艺副刊取名为"毓秀园"，颇具灵气。古人有云：文章需得江山之助。毓秀园的优美景观启迪了编辑们的文思，而作为校报文艺副刊的"毓秀园"也无愧于这个名称，它与作为园林的毓秀园双美相映，堪称联璧。

作为一名老教师，出于爱校嗜文的情感理念，"毓秀园"文艺副刊是我每期必读的文本。它无疑是个绝佳的窗口，从中了解师生的思想情感、文思笔路。多年来，在编辑和作者们的共同努力下，"毓秀园"内呈现出百花齐放、众木争荣的景象。这里有传统文化与新学思潮的对举，有中外学术理念与成果的共存，历史思考与现实关注并驾齐驱，理论文章与抒情文字汇聚一堂。老年教师与年轻学子共同命笔，老树遒枝与新苗嫩叶相映生辉。论文体则诗歌、散文、随笔、杂谈应有尽有，论版面则形式灵活、图文并茂、色彩缤纷。岂止启迪心灵，尚能悦人耳目。

为了提高学生的写作能力，"毓秀园"连续五次举办"校园原创散文大赛"，聘请老师对学生的作品进行严格的评选，而后将获得一、二、三等奖的作品全部登出。这些作品我逐篇读过，由衷感到快慰，虽说还显得有些稚嫩，但已表现出蓬勃的不可遏制的生机。我想到唐代诗人刘禹锡的诗句："芳林新叶催陈叶，流水前波让后波。"自然界的规律如此，人世间的规律又何尝不是？教育界的规律又何尝不是？超越，只有不停地超越，人类社会才会进步。超越你们的老师吧，老师不惜献出自己的肩膀，供你们攀登。

多年来，我应校报编辑之约，一直坚持给"毓秀园"写稿。主编和编辑给我开辟个专栏，名曰"守拙斋诗话"。我把平素研究唐诗的心得写成千字文，采用与学生交谈的口吻，向学生传播有关古典诗词的知识。这些随感性质的只言片语，也为我此后形成论文准备了观点和思路。在此，我要向"毓秀园"的开辟者表示衷心的谢意。

在纪念河大校报创办500期的喜庆时刻，我以恭谨的心情写出上面的文字，并赋七绝一首如下：

毓秀园中风景殊，遒松婉柳喜连株。
天公若许增年寿，举酒频观烟雨图。

儿时的月亮

读唐代诗人张若虚写的《春江花月夜》，尤其迷恋他对皎洁月光的描写："春江潮水连海平，海上明月共潮生。滟滟随波千万里，何处春江无月明。江流宛转绕芳甸，月照花林皆似霰。空里流霜不觉飞，汀上白沙看不见。江天一色无纤尘，皎皎空中孤月轮。"大海涨潮，明月随着翻涌的潮水而生出。潮水涌入长江，不断地提高长江的水位，那水面上闪动的月光随着上涨的江潮向上游推进着，蔓延着，一直伸延到千里万里，最后，整个长江处处都有月光在闪烁了。闪烁着银光的江水婉转曲折地绕过开满鲜花的郊野，月光洒到郊野的花林上，所有的花林都像盖上了洁白的雪粒。月光如同白霜在空中缓缓流动，它太明亮了，使人无法看清江边上的白沙。此时，江天一色澄明，真是一尘不染啊，浩瀚的天宇中，一轮明月寂静高悬。

每逢读到这些诗句，我便油然忆起儿时的月亮。我 1945 年出生，留在儿时记忆中的月亮也是这般明亮。记得在皓月当空的夜晚，在自家的院子里铺上一领苇席，母亲在月光下缝衣裳，纳鞋底，细密的针脚清晰可见。有时她还摇动纺车，把纺出的棉线飞快地绕在线轴上，从无差错。我呢，趴在苇席上写字，做作业："人，一个人。手，两只手。一个人有两只手，左手和右手。"作业做完了，就躺在席上看天河，看天河两岸的牛郎织女星，那时的星星个头大，很明亮。姐姐照看幼小的妹妹入睡，给她唱歌："满天星星亮晶晶，一闪一闪眨眼睛。"趁着明亮的月光，我随同母亲到河边去打水，舀在水瓢里的分明是洁白的月色。站在河边望远处，五里八村，历历在目，笼罩在月光之下，安然于睡梦之中。

这就是儿时的月亮留给我的记忆，吉光片羽，难以忘怀。如今，我的孙子已满 8 岁，在他的眼里，仿佛月亮从来就是这样沉着灰蒙蒙的脸色，不与人亲近；即便是十五的夜晚，也像是罩着面纱，似乎懒得去看地球上的人们。

张若虚用生花妙笔，描绘出月光的皎洁，记录了一种最佳的生态环境。月光之所以如此明亮，原因就是他在诗中所说的空气中"无纤尘"，连一粒微尘都没有。他生活在那个无工厂大烟囱的农耕文化时代，置身于原生态的自然界，深得自然之佳趣，留下了这篇千古传诵的佳作。如今的诗人们再也无法复制这样的作品。工业化虽然方便了人们眼前的生活，却也把无尽的烟尘送入天宇，把无穷的热浪给予地球，使生态环境遭到严重的破坏。从我的幼年到现在，仅仅 50 多年，月亮就已经失去了她的美丽容颜，照这样的速度发展下去，再过 50 年，月亮又会是什么模样？天空又会是什么模样？山川又会是什么模样？人类又会是什么模样？只顾眼前的快乐，忘记身后的祸患，"医得眼前疮，剜却心头肉"，虽愚者而不为。

张鷟及其《朝野佥载》

张鷟,字文成,唐代深州陆泽(今河北深州北)人,历经高宗、武后、中宗、睿宗、玄宗五朝。以文章闻名于海内外,新罗和日本人曾以重金购买他的文章。但他的仕途并不顺利,曾被弹劾,流放岭南,召回之后,任司门员外郎,不久去世。他的著作有《朝野佥载》《龙筋凤髓判》和《游仙窟》,以《朝野佥载》为世人所重。唐代人写的这类笔记体著述并不多见,这也使得它的价值显得珍贵。

《朝野佥载》是一部记载朝野见闻的书,具有一定的史料价值,内容广博,许多记载可补史书之缺。笔者近日闲暇,得以浏览该书全貌,今摘其要点,以飨读者。

书中以大量的篇幅记载了武则天执政时期的黑暗政治,酷吏横行、人命危浅、血腥遍地、动辄灭族,是这个时期的政治特征。盖因武则天夺取李氏政权,改了国号,内心空虚,觉得天下人都在反对她,都想推翻她。于是鼓励人们告密、揭发,冤狱因之而大兴。一些奸诈之徒、地痞流氓,看准了武则天的心思,无中生有地给一些人加上"反叛"的罪名,由此得到信任,获得高官厚禄。武则天采取先定性、后取证的办法,让这些酷吏滥施刑法,被诬告的人被折磨得生不如死,往往屈打成招。例如,侯思止这个人,本来是个卖大饼的小贩,他看到武则天意欲谋害王子,就告发舒王想造反,此举正中武则天的下怀。他向武则天要侍御史这个官职,武则天说:"你不认识字,怎么当官?"他说:"獬豸(古代传说中的异兽,能够分辨坏人)难道识字吗?却能为国家整治罪人。"武则天居然给了他这个官职。他做了侍御史,"凡推勘,杀戮甚众"。还有个叫索元礼的家伙,制作一种刑具——铁笼头,审讯时把它戴在囚徒头上,如不按照他的意思招供,就让衙役往缝隙间钉木楔,直到"脑裂髓出"。周兴、来俊臣、李全交、王弘等人,都是这个时期出现的酷吏,他们发明了许多骇人听闻的刑法,诸如"仙人献果""玉女登梯""犊子悬驹""驴儿拔撅""凤凰晒翅""猕猴钻火"等,制造了数以千计的冤案。张鷟对这些酷吏的可耻下场也都作了记载,字里行间流露出他的正义感。在如此黑暗的政治环境中,出现吏治危机是必然的,不少官吏腐化堕落,荼毒百姓。书中对腐败官吏的种种丑行给予无情的揭露,所列诸事令人发指。

《朝野佥载》还记载了不少趣闻逸事,情节描写生动,具有很强的趣味性。例如下面这个故事:傅黄中做越州诸暨县令期间,其属下有人饮酒大醉,夜间行走在山路上,终因体力不支,睡倒在一处山崖上。酣睡中来了一只猛虎,在他脸上闻气味,以辨别是活人还是死人。此人全然不觉,情况万分危险。这时,一根虎须扎进他的鼻孔,他猛然打了个喷嚏,这声喷嚏震惊了老虎,老虎慌忙一跳,坠落山崖,腰胯摔断,被人抓到。短短几十个字,展示了惊心动魄的瞬间和出人意料的结局,情节曲折,趣味横生,令人捧腹,真可谓打虎岂劳武二拳,一声喷嚏报平安。追求文章的趣味,使这部书具有很强的可读性。

这部笔记还有一个特点,是作者把他的若干具体经历写入其中,时间、地点、事件交代得十分详细,这不但可以补充唐书本传的不足,也加强了本书记事的真实感。

唐代的几种"夫君脸谱"

"脸谱"一词，本义是指戏曲中的角色勾在脸上的各种图案，用来表现剧中人的性格和特征。笔者这里用来代指生活中人的脸相，包括神态、脸色等，因其具有类型化的特点，所以可称之为"脸谱"。"夫君脸谱"就是指做丈夫的在妻子面前呈现的神态、脸色。同其他封建王朝相比，唐朝妇女的社会地位虽说稍高一点，但仍然处于男权统治的大背景下，其在家庭中的处境也好不了许多。又由于她们的丈夫思想各异、品格不同，境遇也是千差万别的，所见到的夫君脸色各有不同。本文从唐代著名诗人中挑选几个代表，归纳出几种脸谱，以便大体透视出唐代的夫妻关系情况。

第一种脸谱可称之为"无奈型"，可以高适、岑参为代表。这种脸谱的情感基调是冷漠，对妻室的存在无动于衷，甚至反感。这种男人功名心切，以封侯为平生追求的目标，把妻子看成是累赘，是负担；但是又不敢奉行独身主义，因为"不孝有三，无后为大"。高适在诗中说："到家但见妻与子。赖得饮君春酒数十杯，不然令我愁欲死。"（《同河南李少尹毕员外宅夜饮时洛阳告捷遂作春酒歌》）老婆孩子还不如几杯春酒味道好，厌弃之情溢于言表。岑参在诗中写道："男儿何必恋妻子，莫向江村老却人。"（《送费子归武昌》）意思是说，身为男子汉，不能抱守妻儿，老死江村，应该追求功名，建功立业。在唐代诗人中，这种脸谱较为多见，尤其是在尚武精神广为流行的初唐、盛唐时期，所谓"儿女情短，英雄气长"被看作是理想男儿的本色。

第二种脸谱可称之为"训导型"，可以白居易为代表。这种脸谱的情感基调是严肃，在妻子面前摆出一副铁青的面孔，能刮得下铁粉来。白居易是很好女色的，年轻时就颇多风流韵事，到六七十岁了，身边还有两个家妓,一个叫"樊素",一个叫"小蛮",他曾以色欲汪汪的眼神审视她们,写诗言道:"樱桃樊素口,杨柳小蛮腰。"赞叹她们的小嘴、细腰之出类拔萃。后来因为年事已高,不得不忍痛割爱,放她们出去嫁人,没走几天就想得要死要活。对自己是这样,对妻室就完全不同了。他训诫妻子杨氏严守妇道,不许乱动心思。在《赠内》诗中,他首先列举古代的四位贤妇——黔娄妻、冀缺妻、陶潜妻、梁鸿妻,要夫人向她们学习敬夫如宾、安于贫困,不要见异思迁。然后大讲其道理:"人生未死间,不能忘其身。所须者衣食,不过饱与温。蔬食足充饥,何必膏粱珍。缯絮足御寒,何必锦绣文。"末了还要求她记住祖先的遗训,一心一意地跟他过日子。这副面孔俨然是老师在教育学生,没有半点夫妻情味在内。

第三种脸谱可称之为"傲视型",可以李白为代表。这种脸谱的情感基调是自傲,总以为妻子沾了自己很大的光,耳朵产生了幻听:"我有李白这样的丈夫是多么荣幸啊!"李白先后娶妻四位:许氏、刘氏、鲁地一妇人(姓氏失考)、宗氏,这些夫人大多不会写诗赠李白,但是不要紧,李白有办法,他代替她们写诗赠自己,来过这份瘾,这些诗叫作"自代内赠",就是用妻子的口吻写怀念他的诗,例如,他曾代替宗氏夫人写诗言道:"妾似井底桃,开花向谁笑?君如天上月,不肯一回照。"(《自代内赠》)在李白的心目中,妻子是井底桃,自己是天上月,一个在地平线之下,一个在高远的天上;一个寂寂无闻,一个举世共仰;一个欲笑无人赏,一个硬是不肯赐清辉。其得意之状,何其鲜明!

第四种脸谱可称之为"愧疚型",可以杜甫为代表。这种脸谱的情感基调是惭愧、内疚,总觉得对不起妻子。杜甫年近三十才结婚,夫人姓杨,小他十岁左右。他们是一对相依为命的患难夫妻。杜甫成家以后直到离世,生活之路越走越难,他深深感到妻子在抚养儿女、支撑家庭上的重大作用。"家贫仰母慈"(《遣兴》),是他对儿女们说的掏心话,在拉扯儿女长大这件事上,他把妻子的地位放在了自己的前面。在许多诗中,杜甫描写了妻子的消瘦形体和惨淡神情,如"妻子衣百结,恸哭松声回"(《北征》),"入门依旧四壁空,老妻睹我颜色同"(《百忧集行》)。在妻子面前,他显露的是一张愧疚的脸,总在责备自己没有尽到做丈夫的责任,叹息"妻孥未相保"(《奉赠射洪李四丈》)。"偶携老妻去,惨澹凌风烟。"(《寄题江外草堂》)"何日干戈尽,飘飘愧老妻。"(《自阆州领妻子却赴蜀山行三首》)这些诚挚的内心独白,令人感到爱情的珍贵。可惜的是,这种脸谱并不多见。

以上归纳的四种"夫君脸谱",大体反映了唐代男人与妻子的关系情况。之所以会有这些复杂的情况,与当事男人不同的出身、经历、处境、思想、性格,有密切的关系。其实,细想起来,这四种脸谱在当今的社会,在我们的周围,也是经常能够看到的。

写诗可以退贼

写下这个题目便有些担心,担心读者说我撒谎:诗这玩意儿也能退贼?你要说刀枪能够击退贼人倒还靠谱,诗算个啥呀?抢匪来夺你的财物,你说:"别,我给你写首诗吧。"那抢匪能听你的?恐怕你诗没写完,东西早就被席卷而去了。

诸君别急,我说的这是唐朝的事。

唐朝长庆年间,诗人李涉去南方游历,入夜时分,来到九江边上的一个荒村,当时天下着雨,他正准备投宿,却被一伙强盗围住了。强盗们喝令他交出财物免除一死。李涉的随从对强盗说,他是诗人李涉,你们不能劫他。强盗首领说,李涉这名字我知道,我还读过他的诗,要真的是李涉,就放你们走。不过,我要的是证据,李涉不是能写诗吗?他能立成一首好诗,就证明是李涉。那李涉稍稍镇定心情,便口吟一绝:"暮雨潇潇江上村,绿林豪客夜知闻。他时不用藏名姓,世上如今半是君。"强盗首领听罢,露出一张笑脸来,连声说,好好,果然是李涉。于是,命令手下把财物奉还。一声呼哨,群盗消失在夜幕中。(事见《唐才子传》)

在唐朝,诗人有着很高的社会声望,是被人崇拜的群体。诗写得好,可以考中进士,得到官职。早从高宗时代起,进士科举就间或以写诗作为考试的内容了。这个做法,一下子就把所有的知识分子统统变成了诗人。诗歌在唐代实际上就是读书人走上仕途的上马石。

那些不想进入仕途或无法进入仕途的人,诸如和尚、尼姑、道士、女冠、隐士、娼妓,他们也都在写诗。为什么?因为写诗可以获得好的声誉,增加社会知名度。写诗怎么就能获得好的声誉呢?原因是皇上喜欢写诗。唐代的皇上人人能诗。《全唐诗》收录了为数不少的帝王诗作,处于前三位的是：太宗的诗作90多首，玄宗的诗作60多首，武则天也不甘示弱，40多首。帝王们带头写诗，这就把诗歌的创作活动推到至高无上的地步。尤其是太宗李世民，这位给唐朝政治、经济、文化诸方面政策奠定基础的人物，《全唐诗》的编者甚至说"有唐三百年风雅之盛，帝实有以启之焉"，说李世民的诗歌创作开创了整个唐代的诗歌繁荣局面。这话说得有一定道理。俗话说："上有所好，下必甚焉。"李世民的意义就在于他充当了诗歌创作的带头羊。诚如杜甫对太宗所作的评价："风尘三尺剑，社稷一戎衣。翼亮贞文德，丕承戢武威。"（《重经昭陵》）前两句说的是太宗以武功夺得天下，后两句说太宗在取得天下之后，以文德治理国家，竭力息止武力。这个评价是中肯的。

如此说来，无论想进入仕途的或不想进入仕途的，都在写诗。这就形成了一支空前庞大的诗歌创作队伍。正如明朝胡应麟所说："唐诗人上自天子，下逮庶人，百司庶府，三教九流，靡所不备。"（《诗薮》）在唐代，那真的是朝野上下、城镇乡村、为官为民、犄角旮旯，到处都是写诗的人，人人都是诗歌的崇拜者。

即便是不会写诗、只会背诵诗歌的人也因此而身价倍增。史料记载，节度使高霞寓看中了一名歌妓，想要纳她为妾。双方商讨迎娶的规格，这名歌妓认为规格过低，她说，我能背诵白居易的《长恨歌》，岂能与一般歌妓相提并论？就是因为这个，高霞寓不得不提高迎娶的规格。试想，要是处在不重视诗歌的社会环境里，你莫说会背诵《长恨歌》，就是把《全唐诗》都背诵下来，又能怎样？

唐朝人爱诗爱到痴迷的程度，有些做法令人难以置信。举个典型的事例，据《酉阳杂俎》记载，荆州人葛清，由于酷爱白居易的诗，竟然往身上刺字，从脑门到脚趾，从前胸到后背，胳膊大腿屁股上，刺满了白居易的诗，竟至于"体无完肤"。如今在闹市中，时或见到文身的人，却再也见不到诗句在身了。

从李百药说到宋祁

中国作为诗的国度,国人对于诗歌确乎有一种独到的情感。自从《诗经》被确定为儒学经典之后,诗人的身价也被提高了许多,一个人诗歌写得好,会获得超乎寻常的待遇。

本文要说的这个李百药,是隋末唐初人。幼年时他身体不好,总是闹病,一年四季药罐子不离嘴,父亲就给他取了这么个名字。也许是由于众芳的滋养,成人以后不但身体健壮,相貌也非常俊美,诗也作得出色,经常出入于达官贵族之门。没承想,这些长处却给他埋下了祸根。

隋朝的宰相杨素,生活豪奢,后房妻妾竟有千人之众。这么多的女人,他哪里照顾得过来?果不其然出事了,他的宠妾爱上了年轻貌美的李百药!一个夜晚,李百药应约入室相会,却被杨素捉个正着。杨素大怒,把他们两个捆绑在庭院里,就要问斩。借着火光把百药看了看,确实相貌出众,虽说平素几经见过他,却不曾十分留意。这么年轻就死掉了,岂不可惜?何况他的诗也作得好,诗名震动京城。想到这里,杨素就说:"听说你擅长作诗,你把自己的事情写一首,我满意了就放了你。"说罢,让仆人给他松了绑,给他纸和笔。李百药不假思索,挥笔立成。杨素看了,十分高兴,就把宠妾交给他带走做媳妇,还送了几十万的陪嫁费用。(见刘𫗧《隋唐嘉话》)

李百药凭借一首诗,不但逃过一劫,还得了个美貌佳人。这事也只能出在尊重诗歌、崇拜诗人的国度里。下面要说的宋祁,与百药有近似的经历,比百药的恩遇还要高些。

宋祁是北宋著名词人,以"红杏枝头春意闹"这个词句,闹得名满京都。有一次,他在京都大街上漫步,迎面来了一队皇家的轿车,是郊游的宫女们回归了。轿车从他身旁鱼贯而过,其中有一辆车子经过时,车窗的帘子掀起,从里面飞出一声招呼:"小宋!"这肯定是以前相识的人了,宋祁望着远去的车子痴呆了很久,于是填了一首词《鹧鸪天·画毂雕鞍狭路逢》。这词作得很好,很快就传遍了京都,而且传到了宫中,传到了宋仁宗的耳朵里。仁宗就把那天出去郊游的宫女们叫过来,问这是怎么回事。那个向宋祁打招呼的宫女没有隐瞒。然后,仁宗又把宋祁召了来,说起这件事。宋祁一听吓坏了,没想到这首词会被皇上知道。仁宗说,你别怕。既然她对你的才华很崇拜,那就把她许配给你好了,孤家给你们做红媒了。于是宋祁谢恩,把那位宫女领回家中。(见张宗橚《词林纪事》)

　　皇上肯把自己的眷属让给宋祁,这足以说明词人在当时的社会地位。孔子曾说:"诗可以兴,可以观,可以群,可以怨。"诗歌的作用确实不可小看。

令人喷饭的许彦周

晚唐诗人杜牧,有一首咏史的七言绝句《赤壁》,诗云:

折戟沉沙铁未销,自将磨洗认前朝。
东风不与周郎便,铜雀春深锁二乔。

唐武宗会昌二年(842),杜牧出任黄州刺史,《赤壁》这首诗就是他在任上所作。黄州西边的江畔有一座山,山呈红色,名叫"赤鼻矶",当地人附会为"赤壁",说那里就是赤壁之战的战场。杜牧取用了这种说法,写成了这首咏史之作。

此诗的意思不难理解,首联是记事,作者说他在江边上散步,不经意间,脚尖蹚出来埋在沙滩里的一根断戟,这是什么时代的兵器呢?作者把它捡起来,走到江边,用江水把它洗磨了一番,经过考古辨识,得出了结论:是三国时候的兵器。特定的环境,折断的兵器,引发出对赤壁之战的联想,从而为后面的议论作出了必要的铺垫。尾联是作者对赤壁之战的胜利者周瑜作出的评论:如果东风不给周瑜以火攻的方便,那么二乔就会被曹操占有(铜雀台是曹操的纳妃之处)。作者的意思是说,不要把周瑜说得那么神,他的取胜是很侥幸的。史料记载,杜牧喜读兵书,有军事谋略,在这首诗中,他是借评论周瑜来申述个人的大将才略。作为一首咏史诗,作者对周瑜作出了全新的评价,推翻了千古定论,应该说是一首成功之作。

但是,后代某些人对这首诗的解读却出现了偏颇。宋代有个叫许彦周的,写了一本《彦周诗话》,其中一节狠狠批评了杜牧,说他是不知好歹的"措大"(穷书生),说道:"孙氏霸业,系此一战。社稷存亡、生灵涂炭都不问，只恐捉了二乔，可见措大不识好恶。"许彦周认为，杜牧在诗中只关注了二乔的命运，而不问社稷存亡、生灵涂炭。这实在是冤枉了杜牧，是不通"诗道"的结果。事实上，杜牧是使用了"以小见大"的方法，表达了对东吴政权的关注。"以小见大"是诗歌表情达意的常用手法，就是用细微而典型的个别，去反映重大的问题。二乔与吴国相比，自然为小，但是她们不是平常女子，她们若被曹操占有，意味着吴国灭亡，"铜雀春深锁二乔"是对吴国灭亡的一种艺术性表达，其意味让读者自去体会。须知，这样写出来才是诗，而不是带韵脚的史学论文。按照许彦周的意见，应该写成"东风不与周郎便，吴国肯定要灭亡"才好，这样写，严肃是严肃了，庄重是庄重了，诗味却没有了，这样的说教岂不令人喷饭！所以我说许彦周这个人是不通"诗道"的。许彦周的意见也遭到了后人的驳斥，清代人何文焕在《历代诗话》中说："诗人之词微以婉，不同论言直遂也。牧之（杜牧字牧之——笔者）之意，正谓幸而成功，几乎家国不保。"何文焕的意见是正确的，诗人的语言特点一个是"微"，一个是"婉"，"微"就是含蓄，"婉"就是委婉，是不同于论文的语言那样"直遂"——那样直截了当的。

许彦周斥责杜牧只关注二乔，这已成了千古诗坛的笑柄。至于把赤壁之战说成是为了争夺一个女人，这应该说是对"东风不与周郎便，铜雀春深锁二乔"又一新的解释，比起许彦周来，这种解释则又等而下之。许彦周只是不通"诗道"，这种人则是不懂历史。不懂历史还要写什么历史剧，拿来给懂历史的国人看，不被扫进垃圾堆那才叫怪！

我国最早的征婚广告诗

用诗歌表达求偶的心愿,早在先秦时期就有了。《诗经》里有一首写道:"摽有梅,其实七兮。求我庶士,迨其吉兮!"意思是说:"树上的梅子往下落,如今只剩下七成了。追求我的小伙子啊,选个吉日把门过。"有人把这首诗看作我国最早的征婚广告诗作。笔者以为,把它作为婚恋求偶的诗歌尚可,若作为征婚广告诗歌,还不够格。理由是,诗歌中仅仅表达了求婚的愿望,却没有自我介绍的内容,没有向他人介绍个人的长处,自然起不到征婚的作用。

我国最早的征婚广告诗歌,应该是汉朝李延年的《北方有佳人》。据《汉书·外戚传》记载,李延年天赋通晓音律,擅长歌舞,武帝很喜欢他。他每次为君臣演唱,闻者莫不感动。有一次,他为武帝起舞,唱道:"北方有佳人,绝世而独立。一顾倾人城,再顾倾人国。宁不知倾城与倾国,佳人难再得。"武帝听了,叹息说:"好啊!世上难道真有这样的人吗?"坐在一旁的平阳公主说,李延年有个妹妹,就是这样漂亮、能歌善舞。于是,武帝召见了她,果然妙丽善舞。李延年的妹妹由此得幸,深受宠爱。

仔细阅读这首六句诗歌,可分为三个层次:前两句是第一层,先以"绝世""佳人"这样的耸人听闻之语,引起听者的注意;三四两句是第二层,介绍她的风容魅力之大——她只要对守城的士兵回头瞧上一眼,便可让士兵神魂颠倒,失去作战的能力,导致城池失守,倘若她对君主回头看上两次,君主就会神不守舍,无心理政,导致国家灭亡!这显然是夸张之辞。然而也正因为有这样的夸张,才引起了武帝的高度注意。这两句没有对李氏的美丽容貌作具体的描绘,采用的是间接表现手法,也就是通过别人对李氏容貌的反应,来表现她的强大魅力,从而给听者留下想象的空间,完成对李氏容貌的"再创造"。李延年的这个艺术手段实在是高。最后两句是第三层,用提醒和警示性的语言——如此佳人不可多得,劝告听者及早出手。应该说,这样的诗歌才具有征婚广告的意义和价值。事实也证明了这一点。

　　李延年在君臣面前给他的妹妹作征婚广告,这行为是泼辣的;而且他在广告中所用的言辞"一顾倾人城,再顾倾人国",如此夸饰也是够大胆的,他就不怕言辞有失,犯下"欺君之罪"吗?笔者认为,他不怕,他有这个胆量。这与他生身之地的民风有直接的关系。李延年是中山人,中山即今河北省定州一带,其祖先原是蒙古高原的白狄族,后来,白狄人南下进入陕西北部,继而又进入山西北部,最后落脚在这一带地方。关于中山地域的民风,司马迁在《史记·货殖列传》中作过介绍:这里的民众不屑于从事农耕,仰仗投机取巧来生活,男人们劫路取财,或掘墓盗物;女人们则弹奏乐器,趿拉着鞋子,游走献媚于贵富之家,以求衣食。这是个敢于铤而走险,活着干死了算的人群,与从事农耕的中原地域民风完全不同。《史记·佞幸列传》载:"李延年,中山人也。父母及身兄弟及女,皆故倡也。"李延年全家都是倡优,这种身份使他敢于冒险,敢于夸饰,敢于为他的妹妹进身受宠而牺牲自己,而一旦得逞,自己也能够享受荣华。

古代的吝啬鬼

法国著名作家莫里哀所写的喜剧《悭吝人》,由于刻画出一个吝啬鬼的典型形象而享誉世界文坛。剧中主人公阿巴贡爱钱如命,为了攒钱,招待客人时往酒里掺水;他还自制日历,把吃斋的日子延长;还到自己的马棚里去偷马料,结果挨了车夫的打。为了省钱,他让儿子娶寡妇,而他也可以为此放弃心爱的姑娘。这些"事迹"堪称典型,然而比起中国古代的那些吝啬鬼来,终有小巫见大巫之憾。笔者近日阅读唐人张鷟写的《朝野佥载》,其中记载了不少吝啬鬼的"事迹",读来令人捧腹,远比莫里哀所写来得精彩。今略举几例,供读者一笑。

唐朝有个叫夏侯处信的人,做荆州长史,为人吝啬超常。某日,有客人来访,时近中午,他让仆人去准备午饭。仆人凑近他耳边小声问道:"和多少面?"他说:"就两个人吃,和两升面吧。"两升,就是两斤,唐代一斤是今日的661克,两升面粉就是1322克,用这么多面粉做面条,两个人怎能吃得了?但你要以为他这是对客人的盛情招待,那就错了。仆人遵嘱下了厨房。须知,把这么多面做成面条,那是需要较长时间的。果然,客人见天已至午,饭还没做成,就告辞而去了。夏侯处信百般"挽留",也没留住。回来见了仆人,他打了个"鸣指"(用拇指迅速划过中指和食指),意思是说"干得漂亮"!比较一下《悭吝人》中的阿巴贡,他虽说在酒里掺了水,毕竟还招待了客人,我们这位夏侯氏却用技术让客人空腹而归。夏侯氏喜欢吃醋,把醋装在一个小瓶子里,独自食用,家里人休想沾上一滴。某次吃饭时,仆人告诉他醋已吃尽,他把醋瓶夺过来,瓶口对着手心,使劲撞击,终于撞出几滴来,用舌头舔着吃了。他这样做,绝不是家境清贫,他的官职是荆州长史,长史的官阶是五品,月俸是相当可观了。

  还有一位叫郑仁凯的，做密州刺史，他的童仆把鞋穿破了，要求给买双新的。他不肯，怕费钱，但是又考虑随身童仆穿着破鞋，自己的脸面也无光，于是处处留心找窍门。过了几天，主意终于想出来了：他看见门夫穿着鞋，就让门夫去爬院子里的一棵大树，去树上掏啄木鸟的窝，抓幼雏，说啄木鸟的幼雏特好玩。乘着门夫脱鞋爬树的机会，他让童仆把鞋穿走了。门夫从此只好光着脚走路。看着随身童仆有了鞋穿，他面带得意之色，认为自己居官有德。

  还有一个叫韦庄的人，这个人应该不是唐末的那个诗人韦庄，因为《朝野佥载》的作者是初盛唐时人。这个韦庄是"数米而炊，秤薪而爨"的主，数准了米粒下锅，秤准了柴火做饭，多一粒米、多一两柴都不行，吃剩下的肉还有几块，都牢牢记在心里，少一块必严厉追查。他有个儿子，八岁上死了，妻子按照当时通行的衣服予以装殓，他很心疼，就把装殓的衣服剥下来，用破旧的席子裹尸体，等到把尸体放进墓穴，他又把那破旧的席子扛回了家。难道他不疼爱自己的骨肉吗？不是，《朝野佥载》说："其忆念也，呜咽不自胜，唯悭吝耳。"悲痛是悲痛，只是舍不得财物，哪怕是一领破席！

  十分遗憾，莫里哀没有听说过这些"事迹"，否则他的典型人物会更加生色。

武则天的嗜好

作为中国历史上唯一的女皇帝,武则天柔弱的身体包容的是一颗勃勃雄心。质弱而心雄,构成了人世间少见的表里矛盾体。她的个人嗜好,也与一般女性截然不同,她不喜欢纤细,不喜欢柔美,而喜欢硕大,喜欢壮美。

高宗死后,她不失时机地夺取了唐朝的政权,把国号改为"大周",为了给新国个标志,她建造了一个震惊世人的巨型铜柱,立在京都长安定鼎门内。这个铜柱名叫"大周万国颂德天枢"。中唐刘肃在《大唐新语》卷八中详细地记载了"天枢"的情况。书中说,长寿三年,武则天征集天下五十多万斤铜,三百三十多万斤铁,二万七千贯钱,在定鼎门内铸造八棱铜柱。铜柱高达九十尺,直径一丈二尺,上面题写"大周万国颂德天枢"八个大字。柱子的底座是铁山,铁山由铜龙、狮子、麒麟环绕。柱子的顶端有云盖,云盖上面筑有盘龙,龙嘴衔着一个巨大的火珠,火珠的直径为一丈,周长三丈。远远望去,"金彩荧煌,光侔日月"。这么一个金光闪闪、顶天立地的家伙,往长安城里一戳,着实令人心惊目眩,由衷感到王朝的新变。武则天眼瞅心乐,她是在用这么个巨大的东西来"纪革命之功,贬皇家之德"。到了开元初年,玄宗即位之后,就下达诏书把它毁掉了,史料记载,焚烧铜柱的烟火"弥月不散",也足以见其规模之大。还有一事,著名的龙门石窟大佛也是以武则天时期所造者最为雄伟壮观,传说最大的那个佛像头部是仿照武则天的面容而雕刻的。这都说明她对于硕大之物的倾心迷恋。

对于人物的鉴定,武则天也赏识那些胆大过人、心怀壮志的臣子。例如她对郭震这个人的使用。郭震在做通泉县尉的时候,为了应付开支,竟私自铸造钱币，还贩卖人口达1000多人，百姓深受其苦。按唐朝的刑律，私自铸造钱币者，处以3000里的流放刑，贩卖人口者，处以绞刑。郭震罪行披露之后，武则天审问他，他痛诉身居下位，雄才大略难以施展。武则天见他谈吐不凡，大为惊奇，又向他索取诗文，他呈上所写的《宝剑篇》，诗中以"龙泉宝剑"自比，表达自身才干之卓绝，"龙泉颜色如霜雪"，"错镂金环映明月"，然而生不逢时，无人赏识，只好"零落漂沦古狱边"，"虽复尘埋无所用，犹能夜夜气冲天"。一腔英雄壮怀，深深感动了武则天，认为眼前这人虎胆雄心，是条真汉子，不但把他的罪刑赦免，还当即授予他右武卫铠曹参军的官职。

对于诗文创作的审美取向，武则天也以宏壮为美，追求景观的宏大、情感的雄豪、意境的开阔，完全不同于一般女性的手笔。《全唐诗》收录武则天诗歌46首，这些诗歌多写高山、大川、风云、日月，如《石淙》所写："三山十洞光玄箓，玉峤金峦镇紫微。均露均霜标胜壤，交风交雨列皇畿。万仞高岩藏日色，千寻幽涧浴云衣。且驻欢筵赏仁智，雕鞍薄晚杂尘飞。"石淙，在今河南省登封县东南，此处高山屏列，气象万千，久视元年五月十九日，武则天带领群臣来此处游览，即兴成诗，首联赞美此地群山壮美，道教辉煌。颔联歌唱圣土风调雨顺、霜露均匀。颈联笔墨尤其宏大，万仞高山，遮天蔽日，千寻幽谷，纳雾藏云。诗境之大，气象之雄，使唱和的群臣黯然失色。

爱硕大之物，喜胆大之人，作境大之诗，加之取名"则天"，国号"大周"，将这些加以综合，断定武则天的嗜好为一"大"字，当不为虚妄。

古代诗人与毛驴

中国古代诗人大多有骑毛驴旅行的经历,诗人喜欢骑驴,似与毛驴有着不解之缘。骑驴几乎成了诗人的标志。《唐诗纪事》引《古今诗话》中的一条记载:有人问诗人郑綮新近有无诗作,郑綮回答说:"诗思在灞桥风雪中驴子上,此处何以得之?"这位诗人回答得很果决,诗思只有在驴背上才能产生,离开了驴背,哪还会有诗情?细想起来,他这话还真有道理。

唐代大诗人李白就有个生动的骑驴故事。据《唐才子传》记载,李白云游四方,某日,他想去登临华山,便醉醺醺地骑着毛驴向华山赶去,经过华阴县的衙门口,他没有按规定从驴背上下来,县令大怒,派衙役把李白抓来堂下,怒问:"你是什么人?竟敢这般无礼!"拿出笔墨纸张,让李白写供词。李白在供状上没有写自己的姓名,只写道:"曾令龙巾拭吐,御手调羹,贵妃捧砚,力士脱靴。天子门前,尚容走马,华阴县里,不得骑驴?"意思是说,你问我是谁,请看我的经历:我曾酒后呕吐,皇上用他的手绢给我擦嘴,皇上还亲手给我调制醒酒的汤。我写文章的时候,杨贵妃给我捧砚台,高力士给我脱靴子。天子门前,尚且允许我骑马奔跑,你华阴县里,竟然不允许我骑驴吗?这位县令虽不认识李白,但是对这段佳话早已听闻。于是慌忙下座,向李白道歉说:"不知李翰林到此,得罪,得罪。"李白大笑,爬上驴背,扬长而去。

被后人称为"诗圣"的杜甫,也有骑驴的经历,而且骑驴的年头还不短,他在诗中说自己"骑驴十三载,旅食京华春"(《奉赠韦左丞丈二十二韵》)。毛驴是他主要的交通工具,"平明跨驴出,未知适谁门"(《示从孙济》)。后来他做了官,上朝也是骑驴:"东家蹇驴许借我,泥滑不敢骑朝

天。"(《逼仄行赠毕曜》)

中唐诗人李贺,也是个终日骑驴游走的主,《新唐书》本传说,李贺每天早上太阳一出,就骑上毛驴到山野间转悠,背着个古旧的破锦囊,东瞧瞧,西望望,有了灵感就在驴背上记下来,装进锦囊里,晚上回家整理成篇。

晚唐诗人贾岛也有许多骑驴吟诗的佳话,略说一二。《唐才子传》记载,有一天,贾岛骑驴行走在京都大街上,当时秋风正紧,黄叶满街,于是吟道:"落叶满长安。"想对个上句,做成一联,却难以找到佳句。苦思片刻,忽然蹦出个"秋风吹渭水"来,一时乐得不知如何是好,正得意间,却唐突了京兆尹(相当于今北京市市长)的大驾,结果被关押了一夜。"秋风吹渭水,落叶满长安"是贾岛的名句,能写出这样的好句,虽被关押一夜我看也值。还有一事也发生在驴背上,那是在他骑着毛驴拜访李凝幽居之后,他写出两句诗来:"鸟宿池边树,僧推月下门。"他对这个"推"字不太满意,整天思索好词。有一次他骑着毛驴在大街上行走,在驴背上沉吟这两句诗,一会用手作推门状,一会用手作敲门状,引得路人万分惊愕,以为他是个疯子。正在这时,京兆尹韩愈的车驾过来了,他也没看见,依然处在"推""敲"的冥想之中,结果冲撞了韩愈的马头,韩愈的随从把他抓住,韩愈问他怎么回事,他告诉了实情。还好,韩愈也是个诗人,不但没有治他的罪,还帮助他选定了"敲"字。

南宋爱国诗人陆游,曾与抗金志士王炎屯兵南郑,准备收取关中地区,进而收复中原。后来遭到投降派的打击,被调任到成都做闲散官员。他在由南郑前线开赴成都途中,经过剑门关的时候,写了一首七绝《剑门道中遇微雨》:"衣上征尘杂酒痕,远游无处不消魂。此身合是诗人未?细雨骑驴入剑门。"作者一路风尘,一路饮酒,心情黯淡,神色沮丧。自我问道:难道我这辈子就该当个诗人(而不是抗金的将军)吗?不然的话,我怎么也骑上毛驴了呢?显然,作者把"骑驴"看作是成就诗人的标志了。

以上事例说明了古代诗人与毛驴的密切关系。那么为什么会有这样的关系?我以为可能是出于以下的几个原因:一是毛驴比较驯顺,便于力气不大的诗人们驾驭;二是毛驴行走比较缓慢,便于诗人们在驴背上细致观察、凝神思索，而"走马观花"向来是被人们比喻为匆忙、粗略地观察事物的，这显然不利于作诗；第三个原因更为重要，在诗人的心目中，他们是一个散漫、洒脱、不修边幅、摆脱物欲、甘任贫穷、随情任性、浪漫不羁的群体，他们用不着高头大马以炫耀声威，摆弄阔气、散发铜臭是为他们所不屑的，他们自命为精神世界的骄子，为此，他们以毛驴为伴，这也真是天缘之合。

毛驴有幸啊，陪伴着千古诗人一路走来。

猫儿、狗子助诗名

唐代以诗取士,读书人参加进士考试,其中有一张考卷就是写诗。由此,诗歌在唐代获得尊贵的地位。一个人诗写得好,就会受到人们的尊敬,仕途就会顺利。但是,要想把诗写好也是不容易的。首先是题材问题,陈旧的题材难能写出新意,总是高山大川,总是大漠长云,总是老梅新柳,人们一看题目就厌烦了,何谈交游效果。于是,题材创新就成了诗人们追求的目标。晚唐诗人卢延让在这个方面收效甚大,他的一生官运亨通,诗名显赫,靠的就是写了许多前人未曾写过的猫儿、狗子之类,他把这些诗作投给公卿大人,赢得了青眼相看,晚年时他总结平生诗歌创作的体会,说:"平生投谒公卿,不意得力于猫儿狗子也。"庆幸之意,溢于言表。

据孙光宪《北梦琐言》记载,卢延让凭着这类写猫儿、狗子的诗,前后获得了三次嘉赏。第一次是他把诗卷投给租庸使张濬,卷中诗有一联是"狐冲官道过,狗触店门开",张濬对此联大为赞赏,说他曾经亲眼见过这种景象,写得特别真实,每逢官员聚会,就朗诵这两句,卢延让从此声名鹊起。此联妙处何在?想来倒有可说,狐狸冲过的是官道,而不是山野小路,可见官道上行人稀少;店门由狗子触开,而不是由人打开,可见市面冷清。这一联正是从动物的角度下笔,写出人世的萧条,视角新颖,也深切和合古典诗学"含蓄"为美的艺术追求,联想晚唐的社会局面,应该说是真实反映。

第二次是他把诗卷投给中书令成汭,卷中诗有一联是"饿猫临鼠穴,馋犬舐鱼砧",成汭读到此联,激赏不已,多次为卢延让张扬诗名。究其原因,笔者以为描状真切,写出了猫儿、狗子的饥饿程度,又由此反映出人世间的饥荒。

　　第三次是他获得蜀主王建的赞美。卢延让晚年来到西蜀，依附王建。在他投给王建的诗卷中，有一联写道："栗爆烧毡破，猫跳触鼎翻。"王建读罢，觉得眼新，便记住了。后来，某年冬夜，王建与臣子在内殿商议国事，令宫人在火炉中烤栗子，有几颗栗子爆裂蹦出，落在地毡上，把地毡烧出几个破洞。与此同时，又有宫中的猫儿相戏，把煮茶用的鼎器撞翻了。这两件事，让王建忽然想起卢延让的那一联诗，情况正好相合，不禁感叹道："乃知先辈裁诗，信无虚境。"不久，王建就把卢延让的官职提升为工部侍郎。但是他没有深究此联的酝意，"毡破""鼎翻"分明预示着国家的败亡。

　　导致卢延让诗名彰显、官运亨通者，不过就是六句三十个字。但却不可小视之。前文已经说到，他在诗歌题材上的执意创新，刷新了天下人的耳目；同时，以眼前俗事寄寓国运民生的感慨，于游戏的文字中表达凝重的主题，令人玩味。除此以外，从对仗的角度看，这三联对仗工巧，用语传神，其间付出多少心血，读者自可感知。他曾经写诗自道创作的辛苦——"吟安一个字，捻断数茎须"，信哉此言！

老槐留下苏轼影

前些年河北省保定地区文艺会演,定州参演的节目一直是大秧歌。演出者扮装成男女农民,头戴草帽,高挽裤腿,手舞足蹈,跳跃腾挪,模仿插稻秧动作,伴以锣鼓管弦,节奏欢快,场面热烈,颇受观众欢迎。要说起这个节目的来历,还与苏轼有密切的关系。

宋哲宗元祐八年(1093),新旧党争异常激烈,苏轼由于反对王安石的新法而遭到打击,于是请求出任边郡,为百姓做些有益的事情。宋哲宗批准苏轼的请求,任命他为定州知州。宋代的知州相当于唐代的刺史,是一个州的最高长官。苏轼来到定州,整顿了涣散的军备,惩治了扰民的官吏,上书朝廷请求赈济灾民,赢得了百姓的爱戴。作为当时的文坛领袖,他是个在衙门里坐不住的人,经常到城外郊野体察民情。当时,定州城北面有一片土地,地势低洼,长年积水,约有两三千亩。苏轼看到水田荒着,觉得很可惜,就想在这里种植水稻。于是他找到当地的老农,询问愿不愿意种植。老农听了很高兴,但是苦于一无稻种二无技术,又怕种不成。苏轼下定决心让本地人民吃上稻米。他派人从南方运来稻种,并教给农民种稻技术,还亲自下到水田里示范插秧动作。

在水田里插秧,弯着腰低着头,是个很单调、很繁重的体力劳动,定州百姓初行此事,感到十分疲劳。为了缓解农民的劳作之苦,苏轼调动了他的文学长处,编了歌词谱上曲,名曰"稻秧歌",让农民边插秧边歌唱。这办法果然奏效,欢乐的歌声驱散了单调寂寞,在一定程度上缓解了疲劳。在他的具体指导和关怀下,当地农民很快学会了育秧、插秧、薅草以及稻田管理事宜。

"稻秧歌"后来俗称为"大秧歌",演出的内容也由模仿插秧而到歌唱四季劳动,地点也由田间而到舞台。演出内容和地点虽说发生了变化,但寻其根源却是出自苏轼的创意。一个州官能够如此关心百姓的生活和劳作,能够如此潜心为百姓做一些实际的事情,表现出他的社会良知和完美人性。定州大秧歌已把苏轼的美好人格永远烙印在音乐和舞蹈之中。存在于人民的记忆之中才是一座真正不朽的丰碑,苏轼来定州工作时间仅半年,留给定州百姓的忆念却是永世的。

定州一带多槐树,槐树木质细致坚实,枝繁叶茂,花香宜人,苏轼很喜欢这种树木,他在文庙里栽种的槐树至今犹存。笔者前年去定州文庙,看到了那棵槐树,树的主干虽已干枯,但从树的根部又长出许多新枝来,而且枝叶十分茂盛。那条干枯的主干呈现弧状,梢头接近地面,颇似人的躬身之状。这形象突然使我产生了联想,我想到了当年苏轼在水田里给农民作插秧示范的姿态,有情的槐树把那个历史的瞬间定格下来了。于是写了一首七绝《东坡槐》,诗云:

斯人已作千秋逝,此地犹存一树凉。
老干折腰还俯首,似教黎庶插粳秧。

嗜好改名的武则天

近些年来,更改地名的苗头颇有长势。河北省的"完县"改成"顺平县",大概是认为"完"有"结束"之嫌,于发展不利,却不知道古人是取其"完善"之意,"完县"乃是"完善之县",意思本来很好。还有人认为河北省省会"石家庄"名字不响亮,提议改个响亮动听的,后经明达人士反对,没有弄成。日前媒体报道,江苏有着千年历史的"骆马湖",最近也闹起了一场改名风波,有人把湖名改成了"马上湖",据说是因为"骆马"谐音"落马",于前途不利,"犯了忌讳"。如此更改地名,显示出更名者文化层次的低下和迷信思想的抬头。名称其实只是个符号,与事业的发展并无因果关系。但是,人一旦对自己失去信心,便只好听命于鬼神,寄望于名称了。

更名改字,在中国历史上时有发生,比如武则天就是个典型。武则天对自己的名字是煞费苦心的,她嫌"照"字太抽象,就造了"曌(音照)"字和"瞾(音照)"字代替之。《旧唐书·则天皇后纪》载:"则天皇后武氏讳瞾。""曌"的字形,上为日月,下为虚空,这是武则天对自己的"光辉形象"作出的描画:如同日月高临天空,光芒普照天下。"瞾"的字形,是双目之下,空无余物,这个字则表现出武则天居高自圣、目中无人的狂妄心态。但是这个名字并没有给她带来好处,她并没有如同太阳月亮那样永远光照人间,终归一个"土馒头"而已。

迷信思想严重的武则天,还对"国"字作了反复修改。从先秦到唐朝初年,"国"字都写为"國",到武则天执政期间,这个字形却经历了几番变化。唐人张鷟在所著《朝野佥载》中说:"则天好改新字,又多忌讳。"他举例说,有个幽州人,给武则天上疏,说"國"字中间是个"或"字,这个"或"字不好,理由是"或乱天象"。"或乱天象"是什么意思?此人认为,"或"字与"惑"字相通,而"惑"又可以指"荧惑",荧惑就是火星,火星隐现不定,令人迷惑,所以说它"乱天象",他请求把"或"字换掉,用"武"字代替,"以武镇之"。他的用意很清楚,就是要尊定武则天为一国之主,让武则天一统天下。武则天看了奏疏,大喜过望,深以为然,立即下达诏书:把"國"字的字形更改,挖掉中间的"或"字,把"武"字填进方框内。

过了一个多月,又有人上疏,说这样的字形更不好,理由是:把"武"字填进方框里,"是与'囚'字无异,不祥之甚"。他把那个方框想象为四面环墙的牢房了,把武则天的姓氏弄进牢房里,那还了得吗?武则天看了奏疏,吓了一跳,立刻有身陷牢房的感觉,于是急忙追回诏书,重新下令:赶紧把"武"字撤掉!

但是,方框里面是不能空着的,如果里面空无所有,岂不更是不祥!她经过苦思冥想,决定在方框里写入"八方"两个字,那意思是八方都来归属,疆土辽阔。如此造字,简直是不伦不类。直到武则天寿终正寝,"国"字才恢复了本来面目。

历史舞台,过客匆匆,虽心机费尽,亦难留住脚步。一抔黄土,几行文字,面对的是不老的青山、长流的江河。

打喷嚏也能杀虎

说起打虎英雄，人们自然会想起宋代那个山东好汉武松。他在醉酒的情况下，居然凭着过硬的身手把老虎打死，传为千古佳话。不过，他也着实费了一番气力，出过一身大汗。唐代也有一位在醉酒中杀虎的人物，同好汉武松相比，他却没费吹灰之力。

他的尊姓大名已不可考知，据唐人张鷟《朝野佥载》记载，他是越州诸暨县（今浙江诸暨）人，在诸暨县令傅黄中手下当差。一次，他外出办公，傍晚在一家酒店吃饭，多喝了几碗酒，觉得天旋地转。店主留他住宿，他不肯，踉踉跄跄上了路。山间小径，曲折迂回，坎坷不平，他不停地跌跤，实在走不动了，就想找个地方躺一会，歇歇腿脚。此时正值三更时分，一钩淡月遥挂西天，借着暗淡的月色，他找了一块大方石，躺倒便睡着了。他万万没有料到，这块方石正处于悬崖边上，身旁就是千尺深渊。酒醉加上劳累，此时的他睡得太舒畅了，打着鼾声，吧唧着嘴，还不住地翻身倒换姿势，有好几次他的一小半身体已经悬空，仰仗他的命大，居然又翻了回来，没有掉下崖去。

天色微明，他还在酣梦之中。这时，一只饿虎出窝寻找食物，远远看见有个人躺在石头上，便急匆匆跑过来，站在他身旁，闻他身上的味道。原来，虎是不吃死尸的，必须检查出是活人才下嘴。这老虎检查得很仔细，把鼻子凑近他的头部，感觉到这个人还在喘气，心中大喜：早餐有了！而这位官差一点儿都没有察觉，依然做着美梦。就在老虎张开大嘴准备用餐的时候，一根虎须刺进了官差的鼻孔，他何曾受过这样的刺激，猛然一个喷嚏打出来，声如雷鸣炸响；那老虎何曾受过这样的待遇，心中一惊，忽地抬起上身躲避，却因用力太猛，把整个身子后仰，坠下悬崖，落在深谷，发出一声惨叫。这时，官差才觉得有情况了，睁开惺忪睡眼，察看睡觉的地方，不禁倒吸一口凉气。停了一会儿，听到山下人声喧嚷，有个声音喊过来："山崖上的那壮士，你好身手啊！你把老虎推下了山巅！老虎的腿骨都摔断啦！"

说到这里，便有几句顺口溜来到嘴边：武松打虎太费力，血染铁拳汗水洗。难比唐人酣睡足，天机巧运一喷嚏。

唐人过冬

唐朝人的取暖设备相当简陋，冬天是他们难熬的季节。农村人有土炕，烧火做饭也就取了暖，境况或许稍好一些；苦的是那些在长安机关上班的臣子。三省六部、九寺三监这些官署，只能放置火炉，燃烧木炭，但由于房间较大，也解决不了取暖的问题。据王仁裕《开元天宝遗事》记载，李白在长安供奉翰林，曾在便殿里为玄宗撰写诏书，"时十月大寒，笔冻莫能书字。帝敕宫嫔十人，侍于李白左右，令各执牙笔呵之，遂取而书其诏。"毛笔都被冻结，可见便殿里温度之低。为了撰写诏书，皇上下令后宫过来十个嫔妃，把李白围起来，每个嫔妃都手握一支毛笔，用牙齿叼着，把笔头放进嘴里，靠肚子里呼出的热气维持它不被冻僵，这才完成了诏书的撰写。设想当时的李白，一定是不停地搓着手，哈着气，鼻涕眼泪一齐流。便殿的温度尚且如此，其他官署的苦境可想而知。在唐代，作为文房四宝之一的砚台，冬季结冰是常见的事。据说，玄宗有一方名砚台叫"七宝砚炉"，它的奇妙之处是，"每至冬寒砚冻，置于炉上，砚冰自消，不劳置火。冬月，帝常用之。"（见《开元天宝遗事》）这条记载说明，即便是皇上用的砚台，冬季也要结冰的，足见后宫室内之寒冷。

即便是在官员的府邸，冬天也是不好过的。为了取暖，他们想出了各种招数。《开元天宝遗事》记载："杨国忠于冬月常选婢妾肥大者，行列于前，令遮风，盖藉人之气相暖，故谓之'肉阵'。"这是用人的气息来挡风御寒。好在盛唐时期社会的审美思潮是以"丰腴"为美，妇女大多是肥胖型的身材，体内热量充足，才使得杨国忠能行此道。这种做法大有人在，尤其是王子们多采用之，《开元天宝遗事》记载："申王每至冬月，风雪苦寒之际，使宫妓密围于坐侧，以御寒气。自呼为'妓围'。"岐王李范则是更进一步,"每至冬寒手冷,不近于火,惟于妙妓怀中揣其肌肤,称为暖手"。这些用人气、人肉取暖的宰相、王子们,无疑是一群瑟缩于严寒中的怯弱的灵魂。

　　皇上和贵妃是怎么过冬的?史书记载,天宝之际,每年十月初一,玄宗就带着杨贵妃到骊山行宫里去避寒,整个冬季都在行宫里度过。骊山距离长安60里,行宫有温泉池,暖气宜人,君王日夜行乐,不再过问朝政,致使奸相杨国忠乱政于内,叛臣安禄山发难于外。就在安史之乱已经爆发而朝廷尚未得知之际,杜甫从长安前往奉先县探望家属,经过骊山脚下,他想到了玄宗君臣的腐化生活,作诗言道:"凌晨过骊山,御榻在嵽嵲。蚩尤塞寒空,蹴踏崖谷滑。瑶池气郁律,羽林相摩戛。君臣留欢娱,乐动殷胶葛。"(《自京赴奉先县咏怀五百字》)在寒雾弥天、冰天雪地之季,玄宗君臣躲在暖气蒸腾的行宫里,举办通宵达旦的音乐会。杜甫认为朝政如此,国家将要发生动乱。事实不幸被他言中,此时安禄山已经起兵范阳。玄宗君臣长期住在骊山行宫,身上是暖和了,但唐王朝的政治寒流就此到来了。

唐人避暑

唐代京都长安的夏季异常炎热,纪实诗人杜甫在诗中写道:"飞鸟苦热死,池鱼涸其泥。"(《夏日叹》)又说:"七月六日苦炎蒸,对食暂餐还不能。"(《早秋苦热堆案相仍》)即便到了初秋,依然热得连饭都吃不下。在热浪的煎熬中,那些权贵人家便去想法子避暑,主要有以下几种措施。

一是窖冰驱暑。每年隆冬季节,流经长安北郊的渭水河河面结出一尺来厚的冰凌,权贵人家动用民工去河面凿冰,把冰凌凿成长方形的冰块,运回城中,放在宅院附近的地窖里。地窖深广,底部铺上柴草,四周立有木桩,把冰块一层层码好之后,再用厚厚的柴草和泥土封顶,搞得严严实实,风丝不透,里面的冰块不会融化。到了盛夏,挖开窖口,把冰块取出来,放在房间里,用冷气驱除暑气。王仁裕《开元天宝遗事》记载:"杨氏子弟,每至伏中,取大冰,使匠琢为山,周围于席间。座客虽酒酣,而各有寒色,亦有挟纩者。其骄贵如此也。"把冰块雕琢成冰山模样,颇能引发人们的联想,心理上增加了寒冷的感觉。难怪宾客们各有寒色,甚至还有人盖上丝绵了。杨国忠子弟还用这些冰块交结朝臣,"每至伏日,取坚冰令工人镂为凤兽之形,或饰以金环彩带,置之雕盘中,送与王公大臣"。伏天送冰如同雪中送炭,这种交结方法不可谓不高。

二是高搭凉棚。夏天屋里如同蒸笼,太阳伸出无数只手掌,把人们从屋里抓了出来。然而暴晒在太阳底下也不是办法,于是人们想出了高搭凉棚的对策以遮挡阳光。《开元天宝遗事》记载,长安富家子"每至暑伏中,各于林亭内植画柱,以锦绮结为凉棚,设坐具,召长安名妓间坐,递相延请,为避暑之会。时人无不爱羡也"。不但能取凉,而且有坐具,还有名妓唱小曲,这在当时也算是高级的消夏方式了。

三是各寻出路。夏天最难熬的当属杨贵妃了。这位以肥胖著称的女人，冬天她可以用手玩弄房檐垂挂的冰柱，不觉得冷；到了夏天可就傻了眼，"贵妃每至夏月，常衣轻绡，使侍儿交扇鼓风，犹不解其热"(《开元天宝遗事》)。轻绡是一种特别薄的丝织品，一匹（约合33米）的重量才二两半，这样的东西做成衣服，穿与不穿相差无几，但是她仍然热得难受，一天到晚让侍女们不停地给她摇扇子。她还把玉石含在嘴里，多少得些凉意，"贵妃素有肉体，至夏苦热，常有肺渴，每日含一玉鱼儿于口中，盖借其凉津沃肺也"(《开元天宝遗事》)。这种做法其实也起不了多大作用。

皇上的日子也不好过，当太监们轮番扇起的热风无法解除暑热之后，他们想到了进山，躲到深山里去避暑。当然不能住在山洞里，需要在山里建造离宫。而建造离宫要耗费巨大的人力物力，折中的办法是简易行事。例如太宗在山里建造的玉华宫，只在所居的正殿上加瓦，其余偏殿都用茅草苫顶。(《寰宇记》)

这就是大唐王朝君臣子民的夏季生活。要说起避暑的条件，今天的人们已经高居皇帝之上了。

杨玉环的"诃子"

　　题目中的"诃子"就是胸罩,但杨玉环的胸罩是用黄金薄片制成的,那自然是非常高级,非常漂亮。其实,她戴着这玩意儿心情并不好,恐惧之感时时窝在心头。因为这"诃子"遮盖着她与安禄山的私密:安禄山的粗手抓伤了她的胸乳。

　　堂堂国母失身于番将之手,说来蹊跷。其根本原因在于唐玄宗晚年的昏庸。这位曾经亲手缔造"开元盛世"的皇帝,到了晚年,内信李林甫,外信安禄山,直接导致了安史之乱。他对安禄山的信任异乎寻常,不但把东北三镇交给安禄山管辖,还想让安禄山做宰相。超常的待遇刺激了安禄山的野心。这个体重350斤的番将,外蠢而内奸,对唐王朝的政权和杨玉环的美貌垂涎三尺,于是采取了一系列行动。先是请求当杨贵妃的干儿子,唐玄宗、杨贵妃欣然同意,虽说干儿子的年龄比干妈大十几岁。有了这层关系,安禄山取得了出入后宫的自由,唐人姚汝能在《安禄山事迹》中记载:"禄山恩宠寖深,上前应对,杂以谐谑,而贵妃常在座。"杨玉环对安禄山也是心有灵犀一点通,为了向后宫众人明确干娘、干儿子的身份,她在后宫搞了一场"洗儿"的闹剧,"召禄山入内,贵妃以绣绷子绷禄山,令内人以彩舆舁之,欢呼动地"。绣绷子就是裹小儿的花布,用花布把安禄山包起来,让太监用彩轿抬着他,在后宫里游行。这个事玄宗事先不知道,听到巨大的欢呼声,派人去问缘由,才得知贵妃在"洗儿",于是前去看热闹,看罢,龙颜大悦,"赏赐贵妃洗儿金银钱物,极乐而罢。自是,宫中皆呼禄山为禄儿,不禁其出入"。这位昏头昏脑的皇上不知道,一顶绿头巾就此悄悄戴在了头上。

　　唐人著作以"不禁其出入"后宫作为煞笔,含蓄之语隐藏着耻辱之心。其实，他们对这两人的关系是心知肚明的。举个例子，当安史叛军逼近长安，玄宗带着杨国忠、杨玉环等人弃城西逃，走到马嵬驿的时候，护驾的陈玄礼将军借机杀死了杨国忠，按说这已经了结了安禄山的心愿，因为安禄山起兵是打着铲除杨国忠的旗号的，可是陈玄礼还要求杀死杨贵妃，原因之一就是让安禄山断绝占有她的念头，不再追击这支逃难的君臣队伍，从而完成护驾的任务。

唐朝人出于耻辱心不便明言，宋朝人自然不管这些，曾慥在其所著《类说》中直言不讳地披露了安禄山与杨玉环的苟且之事："贵妃日与禄山嬉游，一日醉戏，无礼尤甚，引手抓伤妃乳间。妃泣曰：'吾私汝之过也。'虑帝见痕，以金为诃子遮之。后宫中皆效之。"宋人高承在其所著《事物纪原》中也记载了这件事，文字大同小异。唐代妇女的胸部袒露面积较大，杨玉环的忧虑是自然的，倘若她紧锁胸衣，反倒会引起人们的怀疑，她以装饰物来遮丑，小鬼点子竟能蒙混过关。

曾慥的记载有"后宫中皆效之"这句话，想来当属实录，这是由于杨玉环特殊的地位造成的，作为"三千宠爱在一身"的贵妃娘娘，她的一举一动，自然会引来后宫嫔妃和宫女们的关注和效法——说不定这个"诃子"一经戴上，会引来皇上的光顾呢！至于有人从这句话产生联想，进而作出结论，说杨玉环的"诃子"开创了使用胸罩的先河，说杨玉环是胸罩的首创者，笔者以为，这种说法缺乏历史文献的依据，谁敢断定此前没有类似的衣物呢？须知，历史上有关饮食衣物失于记载的是难以数计的。

王子们的丑行

中国的封建帝王们，例行广选嫔妃的罪恶制度，妻妾成群结队，有所谓"三宫六院七十二嫔妃"之称，再加上为数众多的宫女，足有一个军的兵力。有学者统计，中国皇帝从黄帝到溥仪，人均占有女人多达3000。以唐代而论，李世民听取臣子的进谏，曾一次放出宫女3000人，当然他还得留下一批。这足以说明封建帝王拥有妻妾之众多。这么多的妻妾，自然会生出大批的王子来。据《唐书》记载，高祖李渊有儿子22个，太宗李世民有儿子14个，玄宗李隆基有儿子23个。虽说朝廷给这些王子确定了老师，教之以仁心善行，那也只是门面而已。当老师的装装样子，混个清闲自在；倘若当真行事，就得换个地方了。于是，王子失教就成了普遍的现象。这些人仗着自己是皇上的儿子，胡作非为，胆大包天，干出许多令人不齿的丑事。笔者近日读唐人笔记史料，列举几事，以见一斑。

那座号称"江南三大名楼"之一的滕王阁，是李渊儿子滕王李元婴任洪州都督时建造的，据史书记载，永徽三年（652），李元婴调任洪州都督时，从苏州带来一批歌舞乐伎，终日在都督府里盛宴歌舞。后来又临江建此楼阁作为别居，滕王阁实乃歌舞淫乐之地。这位花花王子还有另类嗜好：奸淫属官的妻子，而且无论属官的官阶高低，一个都不放过。他假托自己的妃子召唤属官之妻闲聊，把人引入室中，即行奸污。那些被奸污的妇人，慑于王威，不敢抗拒；那些属官也无可奈何。不过也有例外，有个叫崔简的属官，他的妻子郑氏也被召唤，去不去呢？去了肯定会被侮辱，不去吧又怕王子陷害。郑氏说："事在人为，看他会把我怎么样！"到了王府，她被带入一间小屋子，滕王已在屋里等候，一见人来，便像饿狼一样扑上去。郑氏大声呼叫，左右侍从说："你别叫喊，这是王子。"郑氏说：

"王子怎么会做这种事?肯定是你们这些家奴干的!"说着,脱下一只鞋子,猛击滕王的头部,又用手抓他的脸,霎时间头破血流。这时候,滕王的妃子闻声赶到,郑氏得以平安归还。这就是滕王阁的建造者李元婴的丑恶行径。滕王阁的规模是如此辉煌壮丽,而它的主人竟是如此灵魂卑下,二者之间很难找到相通之处。

还有一个号称"成王"的,是唐肃宗的儿子。他出使岭南,花天酒地自不必说,还以戏弄地方官为乐事。所到之处,当地官员都要拜访他,他想出了不少损招来取乐。据张𬸦《朝野佥载》记载,他曾经找来八九尺长的巨蛇,用绳子把蛇嘴捆住,把蛇放在门槛后面。晋见的官员迈进门槛,就会踩到蛇而跌倒,那蛇就把人缠住,吓得官员魂飞魄散,成王见了哈哈大笑。他又找来大龟大鳖,命令晋见的官员脱下衣服,让龟鳖去咬官员的肉,这些龟鳖们一旦咬上了肉,就舍不得撒嘴,你越是拽它,它咬得越紧,官员疼得哇哇大叫,成王和他的姬妾坐在一旁观赏,直到看够了,才让侍从用竹尖扎龟鳖的嘴,或者用艾火熏烤龟鳖的背,龟鳖们这才撒开嘴。有些胆小的官员被活活吓死,有的吓得失魂落魄,从此疯疯癫癫。

中国封建社会有所谓"王子犯法,与庶民同罪"之说,其实那只是个美丽的说辞,顶多是臣子们的政治理想,那些被处死的或被贬谪的,多是因为他们阴谋篡政或被认为是阴谋篡政的。

品尿、耍鸟与摇舌

古代官场历来多谄媚之徒,这类人往往胸无点墨,腹无经纶,本事全在于谄媚上司,投机逢迎,阿谀奉承,一天到晚快速挪动两只腿脚,奔走于权门之下,厚着一张脸皮,做些令人作呕之事。此辈真如野草,世代繁衍不绝,即便在政治相对清明的唐代,也是野火不能烧尽的。今举若干丑类的行径,让读者捧腹一笑。

据唐人刘肃《大唐新语》卷二十一记载,御史大夫魏元忠得了病,御史台所属的官员们结伴同去探望,人群中只少了一个,这个人叫郭霸,他并非不想去,而是另有打算。等到别人探视完了,他只身一人前往魏家,进门之后,便立即将满面春风换成了一脸愁容,装出万分关切的样子询问病情,还要求察看魏元忠的尿液,用嘴尝尝它的味道,说这样做能够检验出病的轻重来。这个要求太出格,魏元忠予以拒绝。但郭霸苦苦哀求,表现出"一片赤心,天地可鉴"的样子。病中的魏元忠被纠缠不过,只好撒了点尿让他品尝。郭霸如获至宝一般,把尿液倾入口中,不住地摇动唇舌,咂摸滋味,高兴地说:"大夫泄味甘,或难瘳;而今味苦矣,即日当愈。"用嘴尝尿,致贺吉祥,郭霸何以如此下贱?原因就是撒尿者是御史大夫,是他的顶头上司。唐代御史台是国家最高监察机构,而御史大夫是御史台的长官,负责检察、弹劾百官,官阶从三品,位高权重。郭霸当时是侍御史,官阶为从六品下,是魏元忠的下属。把这位顶头上司伺候好了,就等于给自己的仕途进取铺平了道路。不过,让他没有想到的是,魏元忠生性刚直,对他的行径十分厌恶,不但没有领他的情,还在朝廷上揭露了他,弄得他声名狼藉。

以探病为名而献媚求宠的不乏其人。宰相姚崇得了病,时任大理寺正卿的成敬奇,前往姚家探望,他带的礼品与众不同,可谓绞尽脑汁,独出心裁。进了房门,小心翼翼地来到姚崇的床前,坐定,突然间失声痛哭,泪水横飞,哭得姚崇好生烦恼。哭罢,从怀里掏出一只麻雀,放在姚崇的手里,让他放生,在一旁念念有词:"愿令公速愈。"姚崇放走一只,他又从怀里掏出一只,放在姚崇手里让他放生,又在一旁念道:"愿令公速愈。"如此,折腾了五六次,方始罢休。姚崇皱紧眉头,勉强听他摆布。等他走后,姚崇对子弟们说:"你们知道他的眼泪是从哪里来的吗?"意思是并非来自真情,是为了讨好而勉强挤出来的。从此,不再接见成敬奇。

　　以上二人品尿、耍鸟,枉费了一番心计,落了个不妙的下场。却也有凭借三寸不烂之舌保全自身的人,这个人叫宇文士及。有一次,他跟随唐太宗闲游,太宗在一棵树下停了脚步,说这棵树是"嘉树"。宇文士及赶紧接过话题,跟着叫好,说这棵树如何如何好,根好、干好、枝好、叶子也好,好得不能再好,絮絮叨叨,没完没了。太宗听罢,严肃地对他说:"魏徵尝劝我远佞人,我不悟佞人为谁矣,意常疑汝而未明也,今乃果然。"士及一听吓得魂不附体,急忙磕头谢罪,但他很快就冷静下来,巧言辩解说,朝廷里的群臣,整天给您提意见,弄得您抬不起头来。今天我有幸陪伴您,如果再不顺从您的心思,您岂不是白当皇上了吗?太宗听罢,居然消了怒气。可见,所谓一代明主,也终究不能时时处处战胜佞臣。

二月曲江的乐与悲

唐代实行科举考试以选拔官吏的制度。考试的时间在每年正月,经过考官的阅卷,一般在二月里放榜,每年录取的进士人数在30个左右。那些金榜题名的新科进士们,要举行一系列的庆祝活动,关宴就是其中最为盛大的宴会活动。

关宴在曲江边的亭子里举行。曲江实际上是一条狭长的人工湖,它处于长安城的东南角,一半在城里,一半在城外,岸边楼阁林立,花圃连绵,是人们游览的好去处。每到上巳节、清明节,长安士女如云而至,杜甫《丽人行》写的"三月三日天气新,长安水边多丽人",就是写的曲江景象。参加关宴的人除了及第者,还有"座主",也就是本次的主考官也要参加,有时皇上也来赏光。那些有女待嫁的达官贵人前来选择女婿。商贩们也摆出珍奇商品,想趁机发一笔财。更多的是长安市民,纷纷赶来看热闹。二月的曲江岸边,人如潮涌,欢声笑语,上达云霄。

宴会结束,还有杏园探花、雁塔题名、乘舟畅游曲江等活动。新科进士们个个精神抖擞,意气风发,十年寒窗,一朝得中,怎不心花怒放!正如孟郊诗中所写的"春风得意马蹄疾,一日看尽长安花"。尤其是他们乘彩舟游曲江那情景,真是令人羡慕不已,几十个人聚集在大船上,神采奕奕,水面上吹来阵阵春风,摆动着他们的衣袍。两岸人群齐声喝彩,欢声雷动。须知,中国之大,每年及第的就这么30个左右的人,绝对是国家的精英啊!

不过,人世间有乐也有悲,谁敢保证这些新科进士们平安无事?比如开元五年就出了件让人惊骇的事。这年正月,天象官给朝廷上了一道奏疏,说他观察天象得知,今年当有30位名士同日冤死,而今年及第的进士正好是 30 人。玄宗听罢，大惊失色，然而天意难违，只好任之。在这 30 名进士当中，有个叫李蒙的，是某贵族的女婿，玄宗秘密告诫这位贵族，让他把女婿关闭在家里，别让女婿参加大型的游宴活动。贵族问为什么，玄宗没有回答，是所谓"天机不可泄漏"吧。

关宴的那一天，曲江依旧热闹非凡，新科进士们聚集在江边，准备乘舟畅游，他们清点人数，发现少了一个，这个人就是李蒙。按照规定，人数不齐不能登舟，大家都埋怨李蒙扫了兴致，个个伸长了脖子盼望他快点到来。此时的李蒙被关在家里，耳听曲江岸边传来了鼓乐之声，有如百爪挠心，情急之下，他翻越了墙头，一口气跑到江边。大家看见他来了，就朝他喊话："快点跑啊，就等你了！"

人数凑齐，正好 30 个，大家上了彩船。船离江岸，渐渐漂到江心，怪事出现了，只见那大船平着往下沉，刹那间江水涌入舱中，这些读书人都不识水性，在水里扑通一阵，都淹死了。

上述故事见于唐人张鷟的《朝野佥载》。张鷟是初盛唐时人，玄宗时期曾任司门员外郎等官职，所记开元间事不会有错，况且此事为国家大事，没有编造的可能。他所著的《朝野佥载》是记载朝野见闻的一部随笔，向来被史学家看重。

现在悬而未决的问题在于，是果真存在天象预兆灾变的事呢，还是一种巧合呢，或者是人为造成的悲剧呢？笔者无力探讨，交由读者思考之。

冯梦龙的失误

明代白话小说家冯梦龙，创作了三部短篇小说集——《喻世明言》《警世通言》《醒世恒言》，文学史上号称"三言"。"三言"描写了时俗的人情百态，尤其是反映了晚明时期重视商业的价值取向，突破了传统的价值观念，可以说是当时社会的一面镜子。但是，"三言"也有明显的失误，其中一点，就是对历史人物故事的任意编造，对于读者正确认识历史产生了误导作用。

毫无疑问，历史人物故事是小说创作的一大素材来源，后代作家完全可以根据其基本史实作出演绎，创作出生动的故事情节和人物形象来。这里，需要的是作家对历史背景的正确认识、对历史人物性格的准确把握、对基本史实的遵从；而不可以随心所欲，无中生有，胡编乱造，把历史人物弄得面目全非。近日阅读有关苏轼的历史文献资料，反观"三言"中写的有关苏轼的故事，发现冯梦龙犯的正是这样的错误。且看"三言"中的两个故事。

第一个故事是《警世通言》中的《王安石三难苏学士》。小说讲的是苏轼三次遭到贬谪，是由于他与王安石在私交上出现不和谐，比如，把苏轼被贬到黄州的起因说成是苏轼批评王安石作诗不慎重。说有一天，苏轼去拜访王安石，在客厅里等候，看见桌子上有王安石没有作成的两句诗："西风昨夜过园林，吹落黄花满地金。"苏轼认为菊花是不凋落的，于是续写了两句："秋花不比春花落，说与诗人仔细吟。"结果触犯了王安石，把他贬到黄州。事实如何呢？正史记载得很清楚，苏轼遭受贬谪，是因为他与改革派的政见不合，他在被外放做湖州知州的时候，写了一些反对变法的诗文，被改革派罗织罪名，投进了监狱，一个多月以后，经过包括王安石在内的一些人士的援救（此时王安石已经罢相，退居金陵），免去死罪，出任黄州团练副使。宋神宗在他临行时告诫他，此去黄州，要悔过自新，不得签办公事。这才是事情的真相，哪里是因为他批评王安石的作诗呢？把一场政治斗争篡改成私交不谐引起的纷争，不仅低估了苏轼的政治立场，也把王安石写成了器量狭小的政治庸人。

第二个故事是《醒世恒言》中的《苏小妹三难新郎》。小说讲的是苏轼的妹妹与秦观的婚恋故事，说在洞房之夜，苏小妹给新郎秦观出了三道题，答好了才允许进屋亲热。前两道题顺利答出，第三题是对对联，小妹的出句是"闭门推出窗前月"，秦观一时应对不出来，在院子里急得打转转，这时，不知怎么苏轼竟然也转进了院子，得知妹夫的难处，就把个石子扔进水缸，于是秦观受了启发，作出了对句"投石冲开水底天"，于飞之乐才得实现。这故事讲得虽然有趣，却是编造得无根之谈。因为苏轼根本就没有妹妹。笔者查阅了苏轼父亲苏洵写的《极乐院造六菩萨记》等文献，在这些文献中，苏洵详细记载了他与程氏夫人生养儿女的情况：婚后一年，生下长女，随即夭折；其后又生一子，取名景先，又病故；其后又生一女，又死去；接下来生的是女儿，活下来了；接下来生的是苏轼；三年之后，生苏辙。此后没再生育。可见，苏轼并无妹妹，只有一个姐姐。那么，是否他的姐姐嫁给秦观了呢？也不是，据上述文献记载，苏轼的姐姐嫁的是舅舅程浚的儿子，程家是眉山县的恶霸，横行乡里，为富不仁，糜烂声色，苏轼的姐姐16岁嫁出，不到两年就被折磨死了。为死，苏洵还写了一首《自尤》诗，"自尤"就是自我检讨错误，诗中说道："嗟哉此事余有罪。当使天下重结婚。"希望天下做父母的能够从自家汲取教训。

冯梦龙编造的这个故事，流毒甚远，直到前些年还有人根据它拍电视剧，不知误导了多少年轻人对历史的认识。笔者以为，编写历史人物故事并非轻易的事，它比编写当代人物故事要困难得多，不要以为过往之事没人知道，可以任意操纵笔墨。编写历史人物故事，必须懂得历史，也只有尊重基本史实，才可以驰骋艺术想象而不被人们诟病。冯梦龙的失误足可引为当今历史剧作家和编导之借鉴。

唐代的神童们

近日看电视,有个显示记忆力的节目:把100个阿拉伯数字无规律地连排成一串,有个人看了几分钟之后,就能背诵下来,而且还能倒着背诵。这个人的记忆力确实很强。中华大地向多奇才,我由此想到了古代的神童们,他们也都有超乎常人的好记性,真所谓"一目十行,过目不忘"。这个长处极大地扩展了他们的读书面,大脑的知识储存量远远超过一般儿童。这些神童往往在少年时代就已经进入仕途,而且干得不错。本文根据唐人刘肃《大唐新语》中的记载,向读者传述唐代的几个神童故事。

卢庄道,年十三,有一次去父亲的朋友高士廉家中做客。起初,高士廉并没有把他放在眼里,只因为是朋友的孩子,不好意思拒之门外,就让他坐在客厅里。当时,客厅里有个人正在向高士廉进献文章,卢庄道从旁把文章偷偷看了一遍。客人走后,他向高士廉说:"这篇文章是我写的。"高士廉责备他:"你这后生怎敢如此轻浮!"他就请求背诵这篇文章,果然一字不差地背诵下来。接着又请求让他倒着背诵,结果也是一字不差。高士廉晕了,真以为是来客抄袭了他的文章。这时候他才说出实情:是刚才趁着主客交谈之际,偷看了文章背下来的。这么短的工夫就能背下如此的长文?高士廉不相信,就把自己的文章拿出来,让他看,听他背,都是看一遍后,倒背如流。又把案上的公文翻开来,让他看,听他背,也是一字不漏。高士廉又让他呈上个人的文章,看了以后大为赞赏。第二天上朝,高士廉就把这桩奇事面奏给皇上。太宗听罢,立即召见了卢庄道,当场考了策论,授以河池县尉的官职,后来又改任长安县尉。一次,太宗要检查长安县的囚徒情况,须由县尉作出报告。县令对此深感忧虑,因为全县的囚徒有400多人,生怕这位少年县尉对答不上,就想让别人代替。卢庄道坚决不肯。第二天，他带领400多囚徒前来，把每个人的犯罪情况、罪行轻重、入狱时间，一一作了报告，对皇上的提问对答如流。太宗听罢，十分惊讶，当日授予他监察御史的官职。

高宗时期，有个名叫贾言忠的儿童，四五岁时就开始读书、背书，一天能背诵上万言。七岁时参加神童科目的考试，一举及第。守选期满，官拜监察御史。当时，朝廷要征伐辽东，高宗向他询问征讨事宜，他坚定地说"辽东可平"，又画出辽东的山川地图，非常细致，如同亲身所见。高宗又问他如何遣将，他对诸将的情况了如指掌：李勣是前朝旧臣，忠于皇室；庞同善虽非斗将，但治军整肃；薛仁贵勇冠三军，名可震敌；高侃俭约自处，果断有谋。若派遣这些大将出征，而以李勣为元帅，定可讨平辽东。高宗完全采纳了他的意见。

超常的记忆力既是天赋，也与后天的发现和培养有关系。家庭文化环境的缺失，会使那些有天赋的孩子遭到埋没。同时，如果孩子不具有超常的记忆能力，也不可硬性地去培养，一定要孩子去大量背诵诗文，也是一种戕害行为。总之，是应该顺其自然的天性，去做应该做的事情。

李世民的胸襟

在中国历史上，唐太宗李世民算得上是一位少见的开明天子。他的政绩是一手创造了"贞观之治"，"贞观四年，天下安康，断死刑至二十九人而已。户不夜闭，行旅不赍粮也"（刘餗《隋唐嘉话》）。由于实行了均田制和租庸调制，极大地调动了广大农民的生产积极性，粮食堆积如山，一斗米仅值三四文钱，出门旅行的人都用不着自带干粮了。若问他的能耐在哪，一句话，他的能耐就在于他不把自己的能耐看成是天下最高的能耐。他不以自己的智慧取代天下人的智慧，有了这个胸襟，他就能团结一切可以团结的人，甚至任用曾经与自己为敌、本该杀头的人，充分调动这些人的聪明才智，共谋兴国之大业。

李靖这个人有胆有谋，早年贫困，一次路过华山神庙，向神灵询问自己的进退机缘，对神灵发出警告：如果你沉默不语，就说明你有名无实，枉受人间香火，我就要砍了你的头，毁了你的庙！这种大胆的举动，吓得香客们面如灰土。后来，他做了隋朝的大将，曾在大业年间向隋炀帝上书，说李渊有造反之心，请求立即除掉。后来，李渊造反，夺取长安，李靖被俘，李渊要杀掉他，而李世民深知此人有大将之才，终于说服了父亲，免其一死，让他以布衣身份跟随赵郡王南征，果然屡立战功，迅速统一了南部山河。武德末年，突厥40万众大举入侵，杀到渭水河北岸，李世民总领兵马抗敌，但长安兵力只有几万，各州部队又难以及时赶到，情况万分危急。突厥骑兵每日挑战，李渊发怒，要出兵回击，但结果只能是惨败。危急关头，李世民召来李靖，问以对策。李靖说，突厥人是为财物而来，不如把国库里的财物都拿出来给他们，与他们讲和，同时派出部队在险要之处设下埋伏，利用地理优势阻击之。这一招果然奏效，突厥人猝不及防，丢弃老弱残兵和几万匹战马，将国库里的财物全数夺回。试想，若无李靖之策，李渊的天下几乎不保。李世民保下一个想杀他父亲的人，从而保住了大唐王朝，这是他具有阔大的政治胸襟的结果。

还有那个魏徵，他原是太子李建成的谋士，为了保驾李建成顺利继位，他提出杀死李世民的主意，计谋泄露，李世民发动玄武门兵变，杀了李建成，逮捕了魏徵。按封建帝王的一般做法，杀掉魏徵乃是必然之举。魏徵也明白自己的结局，所以在审问期间慷慨陈词，说后悔没有早一天动手杀了李世民。然而这李世民又做出惊人之举，非但没有杀他，反而让他做了重臣。因为他了解魏徵其人具有济世之才，而且性情耿介，是难得的朝廷栋梁。果然如其所望，魏徵做了重臣之后，忠诚履行谏官的职责，每每当着满朝文武的面，批评李世民的过失。他写的那篇著名的《上太宗皇帝十思书》，要求李世民每天在十个方面进行自我检查。正是得益于他的批评，李世民节制欲望，体恤民情，少犯了许多错误。魏徵死后，李世民失声痛哭，对臣子说："以铜为镜，可以正衣冠；以古为镜，可以知兴替；以人为镜，可以明得失。朕尝宝此三镜，用防己过。今魏徵殂逝，遂亡一镜矣。"为自己失去一面"人镜"而痛惜不已。

不以身居皇位而自傲，放下架子，宽厚待人，是李世民的长处。在私下与臣子交结的场合，他每每不向对方称"朕"，而是称兄道弟，或自称世民。刘餗《隋唐嘉话》记载："太宗燕见卫公（李靖），常呼为兄，不以臣礼。初嗣位，与郑公（魏徵）语恒自名，由是天下之人归心焉。"

在封建专制的国度里，君主的言行决定着国家的兴亡。匡正君主的言行向来是治国的关键。但是，忠言往往逆耳，谏臣每每遇害。"文死谏，武死战"概括了数千年血淋淋的历史。唐人有幸，他们遇到了李世民这样的君主。

王安石的二三细事

一般说来，王安石在历史上留名，一是由于他推行了新政，他的名字进入了《列宁全集》，被列宁称为"中国十一世纪的改革家"，他在实行变法时所表现出的果决立场，集中地反映在"三不足"上——"天变不足畏，祖宗不足法，人言不足恤"。二是他在文学界的影响，他是北宋四大诗人之一，词作不多但有新意，政论文章以严谨著称。尤其是后期的诗歌，颇有流传之佳句，如"春风又绿江南岸，明月何时照我还""一水护田将绿绕，两山排闼送青来"等，可谓脍炙人口。但是，如果仅仅停留在以上两个层面，我们对他的认识还显得不够，须知，他是个生活习惯独具特色、个性也十分鲜明的人物。今举二三事例，与读者共赏。

一是衣着邋遢，不讲个人卫生。据史料记载，王安石穿衣服，脏了不洗，旧了不换，直到穿破了为止。穿着污迹斑斑的官服出入朝廷，泰然自若，不管他人侧目。更有甚者，一年到头也不洗一次澡，连脸都不怎么洗。家人看他面色黧黑，还以为是得了什么病，急忙找来郎中，逼他就诊。那郎中看到他的脸色，也觉得反常，就给他号脉，脉象却正常，再次号脉，还是正常，心想自己行医多年，从没遇到过这种怪事，莫非自己的名声今天要砸在这位相爷的手里？于是忐忑不安地往他跟前凑了凑，仔仔细细地端详那张黧黑的脸，看着看着就情不自禁地用手去摸，这一摸不要紧，相爷脸上留下了一道白印，自己手指头则染上了一层污垢。紧张的心情为之释然，笑着说道："这是汗泥，相公没病。"

二是就餐从简，不追求美食。他吃饭时，不管桌子上摆了多少盘美味，只向离他最近的那盘菜去夹，从不愿伸长了胳膊去够，省心省力，吃饱为止。有一次，某人给他家送来许多獐子肉，对他夫人说，曾经跟相公一起进餐，知道相公喜欢吃獐子肉。他夫人听后大为惊奇，说两人生活了这么多年，没发现他有这个嗜好。那人坚称事实如此。夫人转了下心思，问道："那盘獐子肉放在什么位置？"回答说："就在相公跟前。"夫人笑了，说："相公吃饭向来如此，你搞错了，他没有这个偏食，请你把獐子肉带回。"

三是不贪女色，且能急人之难。某日，王安石散朝回家，发现屋里站着一位陌生的女人，他夫人说："刚才在街上溜达，发现有人卖媳妇，看这女人长相不错，就领回来，给你做二房，你要是看着满意，就成交。"王安石听罢，一脸怒气，埋怨夫人做事荒唐。稍后，他询问这女人为何落得如此地步，才得知事情的原委。原来，这女人的丈夫是个漕运官员，在押运途中翻了船。宋朝的制度，损失国家财务，由官员个人照数赔偿。这位官员把家产卖光，还是不够，只好卖掉媳妇来凑数。王安石听罢，叹息良久，问夫人家里还有多少钱。夫人翻箱倒柜，把多年的积攒拿出来，数了数，勉强够数。王安石让这女人带上这些银两，与丈夫团聚。

以上诸事，与王安石在政治上、文学上的业绩相比，自然有大小之别、轻重之分，它们属于个人生活习惯和品格范畴。然而，它们又是全面认识人物的不可或缺的部分。从文学创作角度来看，这些细小之事，是丰满人物形象的必要环节，是使形象典型化、从而形成"这一个"的必要手段，大节与小节并重，方能避免人物形象的概念化。

古代的"起居注"

从两汉开始,封建朝廷设置了"起居注"这个官职。这个官职的任务是记录皇帝的言行,无论大事小情、善行劣迹都统统记录,以备后人修史时用。例行的规定,皇帝对所记的内容是不得过问的,所以历代的皇帝们都对"起居注"放心不下,生怕把自己那些不够光彩的事情记录下来。担任这个官职的人一般都享有正直果敢的社会声誉,敢于碰硬;同时,也都冒着风险,倘若遇到开明的皇帝,那还好说,若遇到昏庸君主,其下场便不甚美妙。今举唐宋两代的两人两事,以便窥见这两代君主的心胸和品格。

据《大唐新语》卷三记载,唐太宗贞观年间,褚遂良担任起居郎(唐代负责写"起居注"的称起居郎、起居舍人)。一次,太宗问遂良:"卿知起居注,记何事?大抵人君得观之否?"意思是说,你执掌"起居注",都记录了我的什么事?我这个当君主的能看个大概吗?听这口气,皇上不要求细看,只求看个大概。这调门并不高,你该怎么办?褚遂良给予严词拒绝,说:"今之起居,古之左右史,书人君言事,且记善恶,以为检戒,庶乎人主不为非法。不闻帝王躬自观史。"说得很明白,搞"起居注"的目的就是约束君主的言行,使他不做非法的事,不说非法的话。至于皇上您要看这记录,对不起,没有这个先例。太宗又问:"朕有不善,卿必记之耶?"遂良回答说:"守道不如守官,臣职当载笔,君举必记。"我的职责就是记录君主的言行,无论君主做何举动,都一定要记的。这话说得够硬气。太宗碰了一鼻子灰,却也不曾发怒,仍然让遂良担任这个官职。这是他的英明之处。能够约束自己的言行欲望,任用正直敢言的官员,这是"贞观之治"得以形成的必要条件。有唐一代奉行开明政治,太宗奠定了基础。

到了宋代就不行了。赵家皇帝是靠兵变谋得的政权，人心未顺，根基不稳，故时时刻刻绷紧了神经，警惕人们效法他们的做法，夺其天下。为了引导人们忽视武功，他们采用了"崇文抑武"的国策。对文人则采取两手策略，拉拢与恫吓，一只手抓着大把的胡萝卜，满足他们的物质欲望，另一只手则高举大棒，不老实就收拾你，文字狱就是他们的具体做法。他们最怕有人说他们的不好，对"起居注"格外关心，不但要审查所记的内容，还要让起居郎按他们的意思来记，你要是不听话，就把你治罪。北宋时期，有个影响最大的诗歌流派——江西诗派，其首领黄庭坚，早年就曾担任起居舍人，参加编写《神宗实录》，凭着年轻气盛，想效法唐人，把神宗皇帝的言行无论善恶皆加记录。结果遭受了政治迫害，被贬谪到荒蛮的南方，少壮情怀从此一蹶不振，再不敢放言国是，所作诗篇，大抵描摹山水、题咏书画，兴趣落在花草树木、禽鸟虫鱼上面。有宋一代的诗歌缺乏深度，弱于气象，与赵家皇帝的心胸气度直接相关。

笔者纵观中国诗歌发展史，历览各朝各代的诗歌面貌，发现一条规律，那就是有什么样的政治就有什么样的诗歌，有什么样的皇帝就有什么样的诗歌。唐诗的恢宏气派，与以李世民为代表的唐代皇帝的心胸气度直接相关；宋诗的细密理性，与宋代统治者的谨慎细密的品格直接相关。这条规律或许不为那些想让诗歌摆脱政治影响的文学史家们所认可，却是客观存在的。

君主的包袱

唐代大文豪韩愈有句至理名言："闻道有先后，术业有专攻。"人生在世，生命历程短促，加上天赋的因素，是不可能精通世间所有学问和技术的。你打仗行，搞经济就不一定行。你治理国家有一套本事，盖房造桥却往往是门外汉。你喝酒行，写诗就不一定在行，"李白一斗诗百篇"，并非是说喝了大量的酒之后就能写出诗来，酒只是外因，它必须面对诗人才有作用。这应该说是常识。可是，封建时代的君主们一旦登上皇位，这个君临天下的位置就成了他们的包袱：老子事事都在行，事事都精通，事事都是天下第一，第二都不行。如若不然，何以为皇为帝？于是，便有一些残害人才的事情被他们干了出来。

曹操这个人虽说没有当上皇帝，却也是一方首领，他号称爱惜人才，但是这些人才的才能都是不许超过他的。一旦哪位超过了他，就要倒霉了。举个例子，杨修这个人天资聪颖，博学多才，是属于曹操人才库里的人物。由于在几个小事上露出才气，让曹操脸上无光，被曹操借故杀掉了。有一次，曹操视察新建的花园，看了以后，什么都没说，只在门上写了个"活"字，是想露一手难住别人，让自己风光风光。果然如其所料，众人看了，不解其意。只有杨修解出谜底：门里加"活"字就是"阔"，曹公是嫌门造得太宽阔了。谜底迅速被揭穿，这让曹操好生恼火。还有一事，有人送来一盒酥，曹操在盒上写了"一合酥"三个字，把它放在案上，众人不解其意，也是杨修揭出谜底，说这是曹公体恤诸位，大家每人都吃一口酥，因为"合"字包含着"人一口"三个字，所以"一合酥"就是"一人一口酥"。这个事也让曹操暗地咬牙。不过，以上两事是曹操出谜，杨修揭底，顶多是两个人打了个平手，最让曹操不能容忍的是下面这个事。一次，曹操等人在蔡琰家中，看到蔡邕手书在曹娥碑阴上的"黄绢幼妇，外孙齑臼"八个字，曹操等人百思不解，又是杨修道出个中意思：这八个字蕴藏的是"绝妙好辞"，这是蔡邕在赞美曹娥碑文。理由是，黄绢是有色的丝织品，"色"与"丝"组合成"绝"字；"幼妇"是"少女"，"少女"组合成"妙"字；"外孙"是女儿的孩子，"女"字与"子"字组合成"好"字；"齑臼"是捣草药用的器具，而草药用舌头一尝着是苦的，"舌"字与"辛"字组合成"辞"字。揭谜若此，的确颇费周折，的确需要学力。才高过主，这使曹操下定了杀死杨修的决心。

再说隋炀帝这位花天酒地的皇上，还偏偏想当诗坛盟主。隋朝的诗坛上，享有盛名的诗人是薛道衡，他的名作《惜惜盐》，"暗牖悬蛛网，空梁落燕泥"，脍炙人口，广为传诵。隋炀帝对他怀恨在心，据刘悚《隋唐嘉话》记载："炀帝善属文，而不欲人出其右，司隶薛道衡由是得罪。后因事诛之，曰：更能作'空梁落燕泥'否？"古时以"右"为上，"不欲出其右"就是不愿意别人比他名气高，杀了薛道衡，吐了口恶气，看你还能写出好句来吗？写不过你就杀了你，杀了你我就是天下第一。《隋唐嘉话》还记载隋炀帝的又一杀人事件：隋炀帝写了一首《燕歌行》，文人们齐声叫好，纷纷唱和，只有著作郎王胄没有理睬，认为这样的东西不值得酬唱。炀帝怀恨在心，把他投入监狱，杀了他。王胄也是富有诗名的人物，他如果来唱和，对隋炀帝的诗作无疑是个莫大的肯定。隋炀帝杀死王胄以后，背诵王胄诗的警句"庭草无人随意绿"，得意地说，你还能写出这样的句子吗？一副残暴的流氓嘴脸。

至于清代乾隆皇帝，据说治国有功，缺点是也来附庸风雅，平生作诗4万首，数量超过了中国文学史上的所有诗人，可谓天下第一了。可惜的是连一句也没传诵下来，造成了空前的笔墨纸张浪费。中国的封建君主背的包袱真是太重了。

大诗人给孩子取名

古今中外的著名作家无不具有鲜明的个性,有了鲜明的个性,才有他体察生活的独特视角、反映生活的独特方法,从而形成作品的独特风格。可以说,作品的风格就是作家性格的体现。李白之飘逸、杜甫之沉郁、苏轼之旷达,其作品风格如此,其性格亦如此。他们的性格特征固然可从他们的作品中求得,也能从他们的生活细事中认知。给孩子取名,就是一个认知的角度。

先说李白。李白性格豪放、爽朗,心胸坦荡,直言快语,追求明朗无藏的人生境界。为此,他很喜欢透明发光的物体,月亮、水晶、明镜、露珠,经常出现在他的诗句中,如"举杯邀明月""床前明月光""二水夹明镜""不知明镜里,何处得秋霜""玉阶生白露,夜久侵罗袜。却下水精帘,玲珑望秋月",等等,可谓俯拾皆是。他喜欢这些透明发光物体,给孩子取名也认准了这些东西。他有两个儿子,给老大取的乳名叫"明月奴",给老二取名叫"玻璃"。玻璃这东西在今天触目皆是,在唐代那可是稀罕物,据《新唐书》记载,它是从西域引进来的,李白接受新事物超过一般人。但重要的是玻璃透明,与他的爱好相吻合。两个儿子的名字,一个亮堂,一个透明。这个生活细事见出李白的个性特征。

再说杜甫。杜甫一生奉行儒家学说,个性温柔敦厚,敬妻爱子,珍重友情,忧国忧民,怜爱生灵,真正做到了"亲亲而仁民,仁民而爱物"。他也有两个儿子,给老大取名"宗文",老二取名"宗武"。什么意思?"宗"的意思是效法、继承,"文、武"指的是周文王、周武王。在儒家眼里,以周文王、周武王为代表的"岐周文化",乃是儒家学说的思想源头。杜甫给孩子取这样的名字,就是希望他们能够继承儒家之道,为国家、社会、百姓做些有益的事情。这样的取名思路也体现了杜甫的精神性格。

苏轼给孩子取名也富于个性特点。他一生多灾多难,从家庭角度来看,婚姻不幸,频遭丧妻之痛,原配夫人叫王弗,婚后11年就病死了。第二任夫人是王弗的表姐,没过几年也死了。第三任夫人叫朝云,本是苏轼的丫鬟,也没活上几年。朝云死后,苏轼仿佛悟出点什么,没有再娶,光棍儿一条,一直到死。从仕途上看,由于他心性耿直,也是频遭打击。初入仕途不久,便遇到王安石变法,他反对新法,被外放做地方官,这个时期他写了一些对新法不满的诗文,被投入监狱,险遭不测。后来,守旧派当权,他从地方上回到京都,当他看到守旧派要把新法一废到底,便根据在地方上执行新法的体验,提出对新法应该"较量利害,参用所长"的主张,结果被看成是第二个王安石,又被外放,而且放得更远。等到革新派重新当权,他被贬到海南岛去了。去世前,他总结自己一生经历,写道:"问汝平生功业,黄州惠州儋州。"(《自题金山画像》)越贬越远,却说成是平生"功业",够诙谐,够风趣。的确,苏轼是个乐观旷达的人,面对家庭、仕途的双重打击,他始终没有消沉,做到随遇而安、超然物外,总能从不幸的境遇中发现积极因素。例如,他被贬到黄州,写诗说道:"长江绕郭知鱼美,好竹连山觉笋香。"被贬到更远的惠州,他又写诗说:"日啖荔枝三百颗,不辞长作岭南人。"被贬到海南岛,他又写诗说:"九死南荒吾不恨,兹游奇绝冠平生。"他的一生长期处于调动工作的状态中,不停地走路,足迹遍布大半个中国,北至河北定州,南至海南岛,东至登州(今山东蓬莱),西至陕西凤翔。他有四个儿子,这些孩子跟着他南北东西地赶路,乐观的他索性给儿子取名都带上"走之儿":子迈、子迨、子适、子遁。那意思是说:"儿子们,跟着老爹赶路吧!哈哈!"

酒瓶上的笑料

笔者并不嗜酒，酒量也可怜，属于那种一盅即醺，两盅可倒的行列。但是对白酒的瓶子很感兴趣，每当看见新品种，总要阅读那上面介绍性的文字，关注的是该种酒的生产历史有多悠久。我的这个嗜好源于一件往事：我的一个学生毕业后到一家白酒厂从事宣传工作，一天，他来找我，拿出他写的介绍该酒的文字材料，让我看看有无不妥。材料文字流畅，颇具诱惑力。但其中说到该酒已有1500年的生产史，让我大吃一惊，我问他中国白酒是从何时才有的，他说这个不清楚，但现在大家都这么写，还有写2000多年的呢。听罢愕然。从此开始了对酒瓶子的注意，那些胡吹乱捧夸耀历史悠久的文字给我单调的生活增添了不少笑料。

中国的白酒产生于何时，当代著名宋史学者李华瑞先生做过专题研究，结论是宋末元初，也就是13世纪后半期，随着蒸馏技术的发明而产生了制作白酒的工艺。那么算起来，至今不过700多年的历史，哪里会有1500年、2000多年的可能？

白酒产生之前，中国的酒只有果酒、米酒等，度数很低，难以存放，时间长了会变味，所以人们喜欢喝新酿出的酒，这从宋代以前的诗歌中可以得到印证。白居易邀请他的朋友刘某来家中喝酒，写了一首小诗："绿蚁新醅酒，红泥小火炉。晚来天欲雪，能饮一杯无？"（《问刘十九》）绿蚁，是指酒面上漂浮的酒渣，是刚刚酿成的，还没来得及过滤。白居易强调酒是新酿的，味道醇正，目的是吸引对方前来赴宴。那么可见，这种酒是存放不住的，显然是低度的酒。如果是白酒，时间越久，味道越佳，还需要强调是"新醅酒"吗？杜甫写诗讽刺玄宗君臣的奢靡生活，说"朱门酒肉臭，路有冻死骨"（《自京赴奉先县咏怀五百字》），酒肉堆积如山，吃不完，变臭了，这也说明当时的酒度数很低。杜甫还有一首写待客的诗，向客人道歉说，由于家贫，酒和菜都不好："盘飧市远无兼味，樽酒家贫只旧醅。"(《客至》) 旧醅，就是陈旧的酒。上述这些材料充分证明，唐人喝的酒是低度的酒，绝不是白酒。由此亦可知，唐代诗人那样昏天黑地地痛饮，是绝无生命之忧的。李白说"会须一饮三百杯"，也不会酒精中毒的，他顶多闹个肚子胀。

中国人看重历史，推崇"老字号"，于是厂家便在"历史悠久"上大做文章。然而古训说得好：过犹不及。你把话说过了头，不但说明你没有历史文化常识，还说明你在造假蒙人，你的酒是没有好销路的。

"玉糁羹"和"槐叶冷淘"

陆游《即事》诗中写道:"渭水岐山不出兵,却携琴剑锦官城。醉来身外穷通小,老去人间毁誉轻。扪虱雄豪空自许,屠龙工巧竟何成?雅闻岷下多区芋,聊试寒炉玉糁羹。"诗写作者在南宋朝廷投降主义路线的压迫下,从南郑前线退居成都的愤慨之情。尾联说道,要用岷山脚下出产的山芋,做"玉糁羹",聊以改善饮食,这是自我解嘲之词。那么,这"玉糁羹"是一种什么样的食品?又是谁首创的呢?

近读苏轼诗篇,找到了这种食品的发明者,就是苏轼的小儿子苏过。苏轼有一首诗对此作了记录:《过子忽出新意,以山芋作玉糁羹,色香味皆奇绝。天上酥陀则不可知,人间决无此味也》,诗云:"香似龙涎仍酽白,味如牛乳更全清。莫将南海金齑脍,轻比东坡玉糁羹。"从诗的题目可知,"玉糁羹"是苏过创制的,其原料就是山芋。诗歌盛赞这种食品的"色香味",称之为"奇绝",可比龙涎、牛奶、金齑脍。

宋人杨湜《古今词话》也记载了这件事:"《词品》曰:'苏过,字叔党,坡公少子,所著词,人以小坡目之,有《斜川集》。常以山芋作玉糁羹进公,公喜而为诗。"

至于这种食品的制作程序,苏轼父子没有留下文字材料。清人屈大均《广东新语》卷27有这样一段话:"凡广芋十有四种,号'大米',诸薯亦然。番薯近自吕宋来,植最易,生叶可肥猪,根可酿酒,切为粒,蒸曝贮之,是曰'薯粮'。子瞻称:海中人多寿百岁,由不食五谷而食甘薯。番薯味尤甘,惜子瞻未之见也,芋则苏过尝以作玉糁羹云。"

这段话有几点值得注意:一是说广东的土产芋薯有14种,当地人称之为"大米"。二是说近期从吕宋(菲律宾)引进了"番薯",这种东西容易种植,而且有多种用途。其中一种用途就是可以做成"薯粮","薯粮"的做法是,先把生薯切成细粒,然后上锅蒸熟,再把它晒干,贮藏起来。三是说苏轼认为海中人多有百年之寿,原因就是不吃五谷,而吃甘薯。四是说苏轼的时代还没有引进"番薯",苏过制作的"玉糁羹"原料是山芋。

  由此可以推论,苏过制作"玉糁羹"的方法,大概也同于"薯粮"的制作。相比之下,杜甫在诗中提到的"槐叶冷淘"这种小吃的制作方法就详细多了。杜甫客居夔州期间,发现当地的一种小吃很有特点,并亲手制作,写成《槐叶冷淘》记录制作的方法:

    青青高槐叶,采掇付中厨。
    新面来近市,汁滓宛相俱。
    入鼎资过熟,加餐愁欲无。
    碧鲜俱照箸,香饭兼苞芦。
    经齿冷于雪,劝人投比珠。

  首先是采来新鲜的槐叶,把它剁碎,然后连汁带渣掺入面里,和匀,做成面食,上锅去蒸,但火候不宜过大,火候大了,味道就变了,食欲也就没了。这种面食蒸熟之后,其色"碧鲜",咀嚼之间,口齿清凉。显然,这种面食适合夏天食用。我们不妨按照杜甫的说法试做一做,因为杜甫不说谎话,杜诗是纪实的,可信的。

萧琛投栗击君主

梁朝人萧琛，为人性情放达，不拘小节。有一次，梁武帝设宴，召群臣饮酒，萧琛也去了。宴席上，萧琛巨杯畅饮，很快就喝得酩酊大醉，只好趴在桌上迷糊着。梁武帝在即位之前，就与萧琛交情很好，所以萧琛才敢如此放任。眼下，武帝见萧琛醉态可笑，就想捉弄他，取取乐，信手从果盘里取一颗红枣，瞄了瞄准儿，用力一抛，就听"嘟"的一声响，那枣儿正好击中萧琛的脑瓜。萧琛一惊，抬起头来环顾四周，略加思索，就断定这枣儿是皇上打过来的。看着同僚们在嬉笑，他感到有些窝囊，寻思报复之策。他拿醉眼一瞧，发现桌上的果盘里有几枚栗子，就取了一枚，一抖手，栗子"嗖"的一声飞出，还真准，正好击中武帝的脑门。那武帝毫无思想准备，只见萧琛向自己一甩手，正不知他是什么意思，便觉得脑门被狠狠地敲了一下，随着一声响亮，眼前金花乱迸，不禁用手捂着前额，大叫了一声。

群臣见状，大惊失色，臣子击君，这还了得！都为萧琛捏着一把汗。

武帝哪里受过这个！不禁满脸怒色，正要发作，只见萧琛不慌不忙地站立起来，和颜悦色地说："古人有'投桃报李'之说，刚才陛下投给我一颗大枣，我岂能无动于衷？况且，大枣颜色鲜红，犹如一颗赤心，陛下把赤心投给我，我怎能不表达战栗之情呢？所以才把栗子回报给您啊。"这话说得太妙了，妙在把"战栗"的"栗"与"栗子"的"栗"扭合到一起，顷刻之间，辱君之举变成了忠君之情。

一席话，把武帝说得眼睛发直，欲辩无词，只好忍着疼对群臣说道："讲得好，讲得好啊！"群臣也都随声附和，气氛顿时活跃，大家又愉快地喝起酒来。

萧琛在酒醉之中，尚且能够巧设辞令，既平息了怨气，又让皇上服输，可谓富于辩才。《梁书·萧琛传》上说他"少而朗悟，有纵横才辩"，看来不假。

他为官多年，身居显位，却不治私家产业，算得上是个清廉的官。晚年以读书为乐事，说自己壮年时有三大爱好——音乐、书籍、酒，到晚年只剩下读书了。他临终时叮嘱后代：丧事从简，动用十辆车出殡即可，祭祀使用蔬菜，不须酒肉。

唐代人喜欢胡人的服饰

唐朝实行文化开放政策,异族文化的进入是很普遍的现象。来自域外的音乐、舞蹈、各种技术也确曾推动了唐王朝经济文化的发展。唐代人对来自北方突厥族的服装也持有浓厚的兴趣,不止在京都如此,浸淫所及,几乎遍布全国,甚至在安史之乱发生之后,仍然如此。

唐人对胡服的好尚,起于何时?据现有文献可以得知,这种好尚早在高宗武后时期就已经出现了。《新唐书》卷一百一十八记载,中宗神龙元年(705),宋务光上书言政,对当时社会上出现的"胡服"好尚提出了批评:"比见坊邑相率为浑脱队,骏马胡服,名曰'苏莫遮'。"玄宗即位之后,于开元二年(714)十二月七日颁发《禁断腊月乞寒敕》,对这种"胡服"风气痛加申斥,力图断绝之。全文如下:

"敕:腊月乞寒,外蕃所出,渐渍成俗,因循已久。至使乘肥衣轻,竞矜胡服,阗城隘陌,深点华风。朕思革颓弊,返于淳朴。《书》不云乎:'不作无益害有益,功乃成;不贵异物贱用物,人乃足。'况妨于政要,取紊礼经,习而行之,将何以训?自今已后,即宜禁断。"(《四库全书·唐大诏令集》)

乞寒,又称"乞寒胡",是胡人的一种杂戏,传入唐朝,由胡人在腊月演出,内容是相互往身上泼水为戏。胡人的服装,由此而被"乘肥衣轻"的贵族们所青睐,他们争先恐后地身穿胡服,在城乡招摇。玄宗认为这是"妨于政要,取紊礼经"的行为,于是敕令断绝之。但是,这道敕令显然没有产生效果,此后"胡服"之风竟由京都弥漫到乡野。在安史之乱爆发之前,胡服向唐王朝士民的渗透已经非常广泛,以致被后来的人们认为这是安史之乱的前兆。《旧唐书·舆服志》写道:

"开元初,从驾宫人骑马者皆著胡帽,靓妆露面,无复障蔽。士庶之家,又相仿效。……太常乐尚胡曲,贵人御馔,尽供胡食,士女皆竟衣胡服,故有范阳羯胡之乱,兆于好尚远矣。"

可知,对胡服的喜好首先起于宫中,而后弥漫于朝野士民。史家所谓"范阳羯胡之乱,兆于好尚远矣",就是认为这种胡服的好尚是数十年之后发生的安史之乱的前兆。《新唐书·车服志》也有类似的记载和认知:

"开元中,初有线鞋,侍儿则着履,奴婢服襕衫,而士女衣胡服,其后安禄山反,当时以为服妖之应。"将胡服视为"服妖",将"士女衣胡服"看作是安史之乱的"服妖之应"。

上述这些史料说明,唐代人所好尚的胡服是突厥族的服装,其泛滥之广远,势头之强大,连朝廷禁令都未能阻止得了。即便在安史之乱发生之后,风气也没有断绝,有杜甫诗歌为证。杜甫晚年漂泊到长沙,作《清明二首》,诗中写到长沙一带的少年们仍然是"胡童结束",也就是说还穿着胡人的服装。这使饱受战乱之苦的杜甫深恶痛绝。杜甫《清明二首》作于唐代宗大历四年(769)清明节,距平息安史之乱(763)已有六年。诗中反映的长沙少年的胡服装束,充分说明了胡服对唐人服饰文化的影响之深远。

到了中唐时期,这种风气更加强盛。当时的妇女完全采用胡服扮装,身着宽袍广袖,脚上穿的是大头鞋,而且面部化妆也是胡人的样式,嘴唇不再涂红胭脂,而是涂黑色油膏,眉毛画的形状也变了,不再是细而长,而是短而阔,外梢下垂,像个"八"字形。白居易在诗中记录了这个模样:"乌膏注唇唇似泥,双眉画作八字低。"(《时世妆》)显然,他对妇女的这种服饰是非常反感的,但是个人的力量终究无法扭转潮流。

古代书画家的艺术痴情

在中华传统艺术领域内，书画家对艺术的痴迷程度令人叫绝，他们心无旁骛，如醉如痴。汉代书法家张芝为了洗笔方便，干脆把书案搬到池水岸边，一天到晚不停地写写涮涮，以致把池水都染成黑色。晋代书法家王羲之说："张芝临池学书，池水尽黑，使人耽之若是，未必后之也。"（《晋书·王羲之传》）他效法张芝的苦学精神，果然成为中国历史上第一书法家。唐代书法家虞世南，把自己关闭在楼上，断绝人事交游，一直到学成才下楼，写秃了的笔头足足装满一瓮。（见刘餗《隋唐嘉话》）正是他们有这种不达目的决不罢休的拼命精神，才绽放出书坛历史上永鲜不萎的艺术花朵。

也有半道改行的，那是由于他有远大的许身目标，比如唐代的画家曹霸，起初是学习书法的，学的是晋代书法家卫铄的书法。为什么要学卫铄的书法，那是因为当年王羲之就是学她的书法而成功的。曹霸学了几年，感觉无法超越王羲之的水平，就决然改学绘画，终于成为当时最著名的鞍马画家。杜甫写《丹青引赠曹将军霸》这首诗专门为他立传，诗中说道："学书初学卫夫人，但恨无过王右军。丹青不知老将至，富贵于我如浮云。"半道改行是由于不能超越前人，这种誓做古今第一的精神尤其可嘉。一旦确立了进取方向，就把富贵看成过眼云烟，潜心于艺术，日夜兼程，惨淡经营，不知老之将至。

学习书法有两道必下的功夫：一个是执笔苦练，一个是研味经典。前者是手功，避免心到手不到；后者是眼功，开阔艺术视野，避免坐井观天。古人在这两个方面都下了大功夫的。前文已经说到了手功之刻苦，接下来再说眼功之勤奋。

初唐书法家欧阳询,有一次出行,途中见到一通古碑,是晋代索靖所书。索靖是中国书法史上成就卓著的书法家,善草书,风格峻险坚劲,自名曰"银钩虿尾"。著有《草书状》一篇,对书法演变、风格、气韵、用笔及章法等作了全面精辟的论述。且说欧阳询见到索靖书写的碑文,如获至宝,停下马来,认真观看了很久才离去。走出几百步之后,又返回来,下了马,站在古碑前仔细揣摩。站累了,就在地上铺一块毯子,坐着观看。天黑了,也不肯投宿旅店,就在古碑旁边住下来。天一亮,继续观看,精心揣摩。就这样一连看了三天,直到把索靖的书法艺术领会在心,才满意地离去。此事见于刘悚《隋唐嘉话》记载,该书还记载了画家阎立本的故事。阎立本家世代工于绘画,有一次,阎立本前往荆州,考察张僧繇的旧作,张僧繇是南北朝时期梁朝画家,长于写真,并擅画佛像、龙、鹰,多作卷轴画和壁画。阎立本初来乍到,把张的壁画草草一看,说道:"不过是虚得名声罢了。"第二天他又来观看,看得较为仔细,说道:"还算是近代佳手。"第三天又来观看,终于看到了高妙所在,感慨地说:"果然名不虚传。"于是,坐卧在壁画跟前精心揣摩,夜晚就睡在那里,一连观察了十天还迟迟不肯离去。

如此风餐露宿,不避辛苦,为的是借鉴前贤,为的是攀登书艺高峰。在庸人看来这或许是精神病发作,却不知这正是艺术家的精神境界,真正的艺术家是把生命作为追求艺术的筹码的。

作为中华文化传统的书画艺术流传至今,像古人这样孜孜矻矻献身艺术的精神应该继承和发扬。那种舍弃基本功,以诡怪笔墨惊惧俗眼,妄想一夜成名的做法,是违背艺术良心的,是写不进历史篇章的。

李林甫的奸臣伎俩

中国历史上出了不少奸臣，奸臣的伎俩五花八门。李林甫的伎俩是"阴毒"，嘴上说好话，脚下使绊子，让人防不胜防。"口蜜腹剑"这个成语，就是后人从他身上总结出来的。

他登上宰相的高位，就是用阴谋手段赚来的。当时，宰相李适之深得玄宗的赏识，李林甫一方面向李适之献殷勤，一方面谋划计策陷害他。有一次他对李适之说，华山里有金矿，开采出来，国家定能富强，可惜皇上不知道。李适之对他没有防备，信以为真，第二天上朝就把这事呈报给玄宗。玄宗听罢很高兴，就向朝臣询问开矿事宜。当问到李林甫时，李林甫作出大惊失色的样子，对玄宗说，华山是皇上立命的根基，那里的土石是万万动不得的，不知这个馊主意是谁想出来的，分明是对皇上不忠！由此，玄宗罢免了李适之的宰相职务，李林甫乘机当了宰相。

李林甫当了宰相，开始排除异己，许多正直的臣子被他陷害了。他的府邸里有一座房子叫"月堂"，是个僻静的地方，每天夜晚，李林甫独自坐在里面，谋划下一个陷害对象，只要他笑眯眯地走出月堂，保准第二天有人要倒霉。他儿子曾经提醒说："你这样害别人，难道就不怕别人整治你吗？"他说："反正是害了，害一个是害，害一百个也是害。"为了预防夜间来刺客，他府邸的墙壁都弄成双层的，很坚固，挖不透。夜里睡觉也是打游击，一夜之间要更换好几个地方，连他的家属也不知他睡在哪间房里。说来他也真够辛苦的。

唐代的宰相任职时间都不长，三年五年算是常例，短的只有几个月。李林甫却当了十几年，直到天宝十一载病死为止。在这漫长的时间里，他网罗死党，权倾朝野，一手遮天，朝纲瓦解，人心涣散，导致了大唐盛世走向衰落。天宝五载，玄宗要通过制举选拔人才，制举本是由皇帝亲自主持的一种考试，李林甫害怕那些来自民间的考生在皇帝面前揭他的短，就假借保护圣体安康的名义，代替玄宗主持了考试。结果使包括杜甫、元结在内的考生统统落榜，向玄宗上表祝贺说："主上英明，野无遗贤。"这个家伙是处处留心，严密设防。李林甫死了以后，杜甫写诗说他"阴谋独秉钧"，精炼地概括了他的奸臣伎俩。

安禄山镇守东北三镇，早就有夺取大唐天下的野心，但是在李林甫的威慑下一直不敢动作。他每次回京汇报工作，面见李林甫时，都吓得浑身冒冷汗，生怕李林甫看出他的私密来。直到李林甫死去，他才松了口气。接替李林甫做宰相的是杨国忠，杨国忠是个大草包，安禄山根本没把他放在眼里，于是加快了造反的步骤。

李林甫在处理家事上却与众不同，比如在对待女儿们的婚事上，他没有专横包办，必须等到孩子们同意才拍定。他在厅堂里设置了一个机关，就是在厅堂的侧室墙壁上挖出一个小洞，洞口垂挂一条纱帘，这纱帘很奇特，从厅堂往侧室里看，什么也看不见，从侧室往厅堂里看，清清楚楚，一目了然。每当他看中了某个年轻人，就事先把女儿安置在侧室里，然后把这个年轻人带进厅堂，与之交谈。这期间，女儿就把来者的身高长相、言谈举止看个全面、看个仔细。满意了，再往下行事；不满意，另换他人，决不嫌麻烦。想来，他这样做也是有他的特殊条件，他有一人之下万人之上的身份，有着挑选女婿的广阔天地，绝无借女儿婚事巴结别人的尴尬。

李林甫死了以后，被他提拔的杨国忠跳出来，诬告他阴谋造反，遭到开棺鞭尸的惩处。李林甫这个名字也成了历代奸臣的代表，遭到后人的切齿唾骂。宋人苏轼写诗说："至今欲食林甫肉，无人举觞酹伯游。"(《荔枝叹》)吃其肉，寝其皮，是极言对他的痛恨。不过，后句话则表现出许多遗憾来。伯游是汉代人，本名唐羌，字伯游。汉和帝永元年间，朝廷责令交州进贡荔枝、龙眼，由快马送进京都来，运送者疲于奔命，死伤无数。唐羌给朝廷上书，请求罢免这种扰民之举，被和帝采纳。苏轼的意思是说，人们对李林甫恨得咬牙切齿，却对敢于上书言事的伯游不予祭奠，这未免有装怯作勇之嫌，倘若臣子们都有伯游那样的果敢精神，李林甫之流是没有立身之处的。苏轼这话显然是针对宋朝的昏暗政局而说的。

有感于"寒士"之辩

杜甫诗《茅屋为秋风所破歌》结尾处有二句写道:"安得广厦千万间,大庇天下寒士俱欢颜!"诗中的"寒士"指的是什么人?杜甫在为谁的生活着想?这是一直辩论不休的问题。大体说来,观点有两种。一种是以郭沫若为代表的观点,认为这里的"寒士"是指"没有功名富贵的或者有功名而无富贵的读书人",也就是穷苦的读书人。郭氏认为,这样的人不属于"人民"的行列,杜甫同情的不是劳动人民,所以他并不伟大。(见郭沫若《李白与杜甫》)另一种观点则认为,诗中的"寒士"所指并不限于穷苦的读书人,还应包括其他的穷人。有许多研究者持此观点,引经据典,考察"士"的历史内涵,证明"士"的涵盖较宽,其中是包括了人民群众的,因此,不能说杜甫的思想不伟大。

我每逢读到关于"寒士"的辩论文章,心中就隐隐作痛。因为上述两种观点虽异,却都在遵循着一种尺度,那就是"穷苦的读书人"是不值得同情的,谁同情了他们,谁的思想就不伟大了。郭沫若也罢,学界众多的专家也罢,想来都是读书人,应该明白中国知识分子在历史发展中的巨大作用,怎么如此轻贱自己的阶层,连被同情的资格都自我取消了呢?先哲曾说"仁者爱人",孔子所说的"人"是应该包括读书人的,而"仁者"的思想自是伟大的,怎能如时贤所说,如果关爱了穷苦的读书人,其思想就不伟大呢?试问时贤:可曾把知识分子当成"人"看了吗?

同情穷苦的民众,便会得到赞扬;同情穷苦的读书人,就要遭受指责。这种域外绝无、国史罕有的念头,也许是在特殊的年代里知识分子在政治高压下扭曲了的心灵的产物。记得在"文化大革命"时期,社会将知识分子称为"臭老九",前八位是地主、富农、反革命、坏分子、右派、资本家、小业主、走资派。这九种人都是当时整治的对象。知识分子遭此厄运，多数人为保存性命（或其他什么原因），当不起"贫贱不能移，威武不能屈"的大丈夫了，只能与世沉浮，跟着喊叫，说自己这群人不是东西，久之，意识渐渐形成，自认为低人一等，不值得同情，谁同情了我们这伙知识分子，谁就存在立场问题，谁的思想也就不能伟大了。

可悲啊，中国的知识分子！

前几天翻阅古代文献，偶然读到元朝人谢枋得《送方伯载归三山序》，其中说道："七匠、八娼、九儒、十丐。后之者，贱之也；贱之者，谓无益于国也。"元朝的统治者按贵贱把国人分为十等，读书人位居第九，仅仅高于乞丐，还不如娼妓于国有益。另据清朝人赵翼说，前六等分别为"一官、二吏、三僧、四道、五医、六工"（见《陔余丛考·九儒十丐》）。令人难以想通的是，作为社会主义时代的思想家，怎么仍然如此轻贱知识分子？而且，"老九"与"九儒"，"九"字相重，这等刺眼！

如今，政府文件中认为知识分子是工人阶级的一部分了。至此，中国的知识分子总算有了名分。既然如此，知识分子就不必把自己的阶层打入另册了，就不必认为自己这个阶层没有被同情的资格，就不必再说"同情穷苦的读书人这种思想不够伟大"之类的丧失人格的话，就不必再去争论"寒士"的所指了。应该理直气壮地说，即便杜甫在这首诗中同情的就是穷苦的读书人，他的推己及人、宁苦己以利人的思想境界，仍然崇高，仍然伟大。

王翰张贴"大字报"

"葡萄美酒夜光杯,欲饮琵琶马上催。醉卧沙场君莫笑,古来征战几人回。"这首著名的《凉州词》把盛唐人的豪迈精神挥洒得淋漓尽致。历代的著名唐诗选本、现代的几种文学史书,从无遗落对这首诗的选录或评述。作者王翰是盛唐诗坛的骄子,凭着这首诗,他的名字流传千古,家喻户晓。可见,作诗原不在多而在乎精。乾隆作诗4万余首,却无一句流传,人们只知道他是个皇上,从未把他纳入诗人之列。倘若乾隆地下有灵,岂不汗颜?

说起王翰,他还有个让后人惊骇的故事。唐睿宗景云元年(710),他考中了进士,在参加吏部铨选之前,他在吏部东街贴了一张文告(类似于"大字报"),文告中把天下文人分为九等,第一等仅有三人:一个是被时人誉为"一代文宗"的张说,一个是大名士李邕,还有一人就是他自己。对于王翰的这种举动,有人很不理解,例如有的文学史编者就说他此举"近于狂妄"。

笔者以为,这话说得过头了。何谓"狂妄"?放肆妄为,妄自尊大是也。倘若王翰本无实才,却自命不凡,那倒可以这么说他。然而,笔者经查阅有关文献,得知王翰之才确属非常。

《新唐书》卷二百二载:"王翰,字子羽,并州晋阳人。少豪健恃才,及进士第。然喜蒲酒。张嘉贞为本州长史,伟其人,厚遇之。翰自歌以舞属嘉贞,神气轩举自如。张说至,礼益加。复举直言极谏,调昌乐尉,又举超拔群类。方说辅政,故召为秘书正字,擢通事舍人、驾部员外郎。"这段史料使我们得知:一是王翰确实有才可恃,他在进士及第之后,又举"直言极谏"和"超拔群类"两制科;二是他的才学受到前后两位宰相（张嘉贞、张说）的器重。《旧唐书》卷九十九载：开元初，张嘉贞历任秦州都督、并州长史，"为政严肃"，开元八年，迁中书令。张嘉贞在任并州长史的时候，对王翰"伟其人，厚遇之"，这足以说明王翰才学的超常。《旧唐书》卷九十七载：开元初年，张说任中书令，开元七年，检校并州长史。上面引《新唐书》所云"张说至"，就是指张说任检校并州长史之事。张说来到并州，对王翰"礼复加"，又足以说明王翰的特殊才学。《旧唐书》卷九十七载：开元十年，张说代张嘉贞为中书令，正是由于器重王翰的才学，才召他"为秘书正字，擢通事舍人、驾部员外郎"。

杜甫对王翰也有超常的赞誉，在《奉赠韦左丞丈二十二韵》诗中说："甫昔少年日，早充观国宾。读书破万卷，下笔如有神。赋料扬雄敌，诗看子建亲。李邕求识面，王翰愿为邻。"这首诗是杜甫投赠给韦济（韦济当时任尚书左丞）的，他所说的李邕表示希望跟他见面、王翰表示愿意跟他做邻居，这情况应属不虚，否则韦济会怎样看他呢？杜甫写此诗的时候，已在长安困居多年，投诗给韦济，是为了求得对方的援引，故诗中伸张个人的文学才能，必然要竭尽其词，把"过硬"的材料拿出来给韦济看。说自己获得名流的器重，举出李邕、王翰二人，而不及其他人，这也足以说明王翰在时人眼中的崇高地位。

具有非常之才的王翰，为了给自己在吏部铨选时铺平道路，用张贴文告的方式张扬声名，这种做法是不能称之为"狂妄"的。他之所以这样做，与他出身的地域文化风俗和盛唐人的时代精神有着密切关系。

王翰是并州晋阳（今山西太原）人，自古以来，幽、并之地，民风豪爽，良多豪侠之士，一旦理据在手，便敢于行事言事，非江左之委婉、中原之淳朴风气所可相比。唐代诗人歌咏幽、并民风者颇多，如杜甫诗云："高生跨鞍马，有似幽并儿。"（《送高三十五书记》）刘禹锡诗云："借名游侠窟，结客幽并儿。"（《和董庶中古散调词赠尹果毅》）王翰出生在这样的地方，他所受到的文化习染自然是侠胜于儒，由此而形成的性格也必然是豪爽、旷放，他的代表作《凉州词》所表现出的豪迈乐观、视死如归的情怀，集中反映了他的性格特征。

王翰生活的时代正值盛唐,盛唐的时代精神是乐观向上、积极浪漫、敢作敢为,他所接受的时代习染自不必多说。然而时过境迁,后代文人能够真正理解盛唐精神者究竟能有几人,实在不敢估量。以所谓"谦谦君子之风"来评论唐人,未免不合时宜。

谁给杜甫封的圣

何谓"圣"？道德修养极高者称为圣，精通一事者也称为圣，唐代画家吴道子被称为"画圣"，汉代草书家张芝、唐代草书家张旭被称为"草圣"，这都是因为他们有一技称绝而得名。杜甫被称为"诗圣"，其内涵应该包括两个方面：一是指他的完美人格及醇厚的伦理风范；二是指他精深的诗歌造诣和承前启后的诗坛地位。杜甫博得这顶桂冠是经历了一个较为漫长的历史过程的。

杜甫（712—770）的诗歌在其有生之年是未曾被世人重视的。在他生活的几十年间，先后有四种唐诗选本问世，杜甫却连一首都没入选。杜甫曾写诗赞美过当时的名家如李白、王维、孟浩然、高适、岑参等人的诗艺，也没有得到反馈的佳音。诚如他晚年的自叹："百年歌自苦，未见有知音。"这种现象如何解释？新中国成立初期的学术界用阶级分析的方法解释说：由于杜诗深刻地揭露了唐王朝社会的黑暗，使得统治者及其士林对杜甫加以排斥。这种解释是站不住脚的。因为在有唐一代，统治者奉行的是开明政治，文禁松弛，对来自朝野的批评意见持欢迎的态度，与唐以后的文化高压政策完全不同。20世纪30年代，苏雪林在她所著《唐诗概论》中从时代的审美思潮角度作出科学的解释，认为杜甫"沉郁顿挫"的诗风与盛唐人的理想主义、浪漫情怀大相径庭；而时代的审美思潮并不因为政治局面的改变（安史之乱爆发）而立即改变，它会有个延续的过程。杜甫死后的第二年，樊晃为杜诗编了选集，序中说："江左词人所传诵者，皆公之戏题剧论耳"。就是由于这些"戏题剧论"之作有些浪漫的因子，故能被时人欣赏。

杜甫去世80多年以后，他的诗名才被中唐诗人韩愈、白居易、元稹等推崇,"李杜"并提成为时尚。中唐诗人能够发现杜甫,是与这个时代的政治情况和审美思潮有紧密关系的。安史之乱以及其后唐与吐蕃的战争、军阀之间的争斗,严重地动摇了唐王朝的政治经济基础,诗人的心态发生了巨大变化,盛唐时代的理想主义、浪漫情怀消失了,诗人们的双脚从云端落实到地面,现实主义的诗歌风气开始盛行。而杜甫正是现实主义的开山大师,再加上杜诗在若干方面具有开辟诗歌新天地的意义,于是杜甫才取得了诗坛上的重要地位,但此时尚未给杜甫以"诗圣"的桂冠。

杜甫被看作诗国圣人,是在两宋时期。最先把杜甫与孔子作出比较的是北宋人秦观,他在《韩愈论》中说:"子美之诗,实积众家之长,适其时而已。""孔子圣之时者也。孔子谓集大成。呜呼,杜氏、韩氏,亦集诗文之大成欤!"这段话里把孔子、杜甫并提,说两人都具有"集大成"的地位,虽未明白说出杜甫是诗圣,但诗圣的意思已隐约可见。秦观之后,用"集大成"来评价杜甫的人接踵而来,例如,陈师道说:"苏子瞻曰:'子美之诗,退之之文,鲁公之书,皆集大成者也。'"(《后山诗话》)严羽说:"少陵宪章汉魏,而取材于六朝,至其自得之妙,则前辈所谓集大成者也。"(《沧浪诗话》)南宋杨万里则直接称杜甫为"圣于诗者"(《江西宗派诗序》)。杜甫在两宋时期获得"诗国圣人"的尊号,是那个时代的政治、文化等多种因素造成的。宋代国力虚弱,外患增多,农民起义时有发生,统治者需要加强对臣民的思想制约,需要提倡"忠君"思想,而杜甫具有浓厚的忠君意识,正好为其所用。当时的文人不提杜甫深刻批判现实的精神,而扩张了杜甫的忠君意识,苏轼就曾张扬杜甫"一饭不曾忘君"。更重要的是,由于宋代统治者采取政治高压手段,对文人实行"文字狱"打击,致使诗人不敢写深刻批评朝政的诗歌,而把主要的心思用到追求诗歌艺术上来,而杜诗在艺术上又确实给后人提供了广阔的引领和发展的空间。例如,北宋的重要诗派——江西诗派的领袖黄庭坚,就看准了杜诗用典艺术,指出杜诗"无一字无出处",提倡化用前人诗句,以便"点铁成金"。此外,杜诗的谋篇、构句、炼字艺术,也成了宋代诗人研习的重点。杜诗的有法可循,成了这个时代诗人的兴奋点。两宋时期,注杜之风盛行,有百家注杜、千家注杜之说,收集杜诗、注释杜诗、集注杜诗、评点杜诗、编写年谱,各类著述层出不穷,形成了杜诗学史上第一次研杜高潮。杜甫在宋代获得"诗国圣人"的称号不是偶然的。

但是,明确取用"诗圣"二字来美誉杜甫,却是在明代。明代著名诗人、学者杨慎在《词品·序》中首次拈出这个词语来称呼杜甫。此后,"诗圣"这顶桂冠便牢牢地戴在杜甫头上,直到今天。从"集大成"到"诗之圣者"再到"诗圣",经历了600年而最终圆满敲定。

"诗仙"的由来

李白被称为"诗仙",是在他活着的时候时人送给他的雅号。据李白《对酒忆贺监二首》诗前小序记载,李白初次来到京都长安,拜见诗坛名宿贺知章,将其诗作《蜀道难》奉上。贺知章读罢,惊讶不已,称李白为"谪仙人",且邀请李白来酒店畅饮,解下所佩带的金龟作为沽酒之资。此事在杜甫诗中也有反映,杜甫《寄李十二白二十韵》中写道:"昔年有狂客,号尔谪仙人。笔落惊风雨,诗成泣鬼神。"贺知章雅号"四明狂客",诗的前两句说的就是这个事。杜诗以纪实见称,足见"谪仙"之说当有其事。后世遂以"诗仙"称呼李白。

现在要讨论的是,人们何以对李白的"诗仙"之名有如此广泛而长久的认可?笔者以为,可以从以下几个方面作出解答。

其一,李白天性放任,行为超迈,摆脱拘束,追求人格独立,与当时一般循规守矩的知识分子不同。他虽然也有意于仕途进取,但绝不走科举之路,一生都没有进过考场;他要依凭自己的才干,等待皇上请他去做官,从而一鸣惊人,一飞冲天。在他的心里,封建社会的君臣秩序观念十分淡薄,在任翰林学士期间,他"戏万乘若僚友,视俦列如草芥",把皇上看作自己的同僚,把同僚看成是小草。甚至连皇上的命令也等闲视之,如杜甫所道:"李白一斗诗百篇,长安市上酒家眠。天子呼来不上船,自称臣是酒中仙。"(《饮中八仙歌》)他不屑于为皇上作诗取乐,大声疾呼:"安能摧眉折腰事权贵,使我不得开心颜!"末了,唐玄宗给他作出一个政治结论:"非廊庙器。"说他不是一块正经材料,不适合在朝为官,让他下野了。李白的这种性格,致使他的行为与世俗伦常格格不入,在一般世人看来,他确乎不是红尘中人。

其二，李白思想受道教影响很深，访道求仙是他一生的狂热追求。少年时代，他的家乡附近紫云山就是道教圣地，环境使他对神仙产生了信仰，"十五游神仙，仙游未曾歇。"(《感兴》) 25 岁离开四川以后，他的主要活动就是求仙，"五岳寻仙不辞远，一生好入名山游。"(《庐山谣寄卢侍御虚舟》)他曾去王屋山依寻华盖君，又去山东齐州拜高天师学道，注册成为道教徒，支起炉灶炼起丹来，一心向往羽化飞升。炼丹是需要资金的，刚好他的父亲是个大富商，有足够的资金供济他。杜甫年轻时也曾动过求仙的念头，但是他没钱，"苦乏大药资，山林迹如扫。"(《赠李白》)炼丹的愿望就实现不了。李白的神仙向往与他的富裕生活有直接关系。大体说来，世上不幸的人不求长命百岁，故多信仰佛教，以修来世之福；生活富裕的人则留恋此生，故多信仰道教，以酬长生之愿。李白一生锦衣玉食，"金樽清酒斗十千""千金骏马换小妾"，这样的生活自然会让他留恋不舍，所以他想长寿，想成仙。他在求仙的岁月里，创作了许多向往仙境的诗歌，这也使他在世人的心目中呈现出一身的仙风道骨。

其三，李白诗歌的内容以描写仙人仙境的奇光异色、五彩缤纷而引人注目，给人留下极为深刻的印象。他以丰富的想象力、生花之妙笔，描绘出一幅幅神话世界的奇异景观。写仙境则是"青冥浩荡不见底，日月照耀金银台"，写仙人则是"霓为衣兮风为马，云之君兮纷纷而来下。虎鼓瑟兮鸾回车，仙之人兮列如麻"(《梦游天姥吟留别》)，一派光怪陆离的景象，令人惊愕。在《古风五十九首》第十七首中，他写自己登上华山西峰——莲花山，远远地看见了明星玉女，这位仙女用洁白的手指捏着莲花，在天空中款款飞行，她穿着云霓做的衣裳，长长的衣带在风中摇摆着，好一副仙姿仙态！仙女见到李白，邀请他一同前往云台峰，去拜见仙人卫叔卿。于是，李白就恍恍惚惚地随她去了，骑着鸿鹄升到了高空。这自然是道教信奉者的白日梦，然而梦得离奇，梦得美妙。入仙人境，与仙人游，是他一生的追求。李白留诗近千首，描写这类神仙道教的诗就有 100 多首。在人们的心目中，若非"诗仙"，谁能有这副笔墨？

其四，李白被称为"诗仙"，还与他敏捷的诗思、飘逸的诗风有关。李白作诗，不同于他人的惨淡经营、刻苦推敲，他的诗思往往是飘然而至，挥笔而成，来无踪，去无迹。正如杜甫说的那样："李白一斗诗百篇",真可谓诗思泉涌。杜甫还说:"白也诗无敌,飘然思不群。"(《春日忆李白》)如此的诗家快手,诗风独运,也只有诗之仙者才能做到。

杜甫有两句诗可以看作是对李白的一生定评:"敏捷诗千首,飘零酒一杯。"(《不见》)前句说的是李白何以称为"诗仙",后句说的是李白仕途寂寞。李白之后,中国诗坛再无第二个李白这样的诗仙,一道诗仙异彩存留于历史的时空中。

也谈李白的故里

最近，媒体报道中国三地（四川江油、湖北安陆、甘肃天水）与吉尔吉斯斯坦的托克马克市争夺李白故里的事，4个城市纷纷自称是李白的故里，展开了李白故里的争夺战。由于有外国人的介入，这场争论就格外引人注目。

李白的故里究竟是哪里？要回答这个问题，先来搞清楚什么是故里。据《现代汉语词典》的解释，故里就是故乡，而故乡是指出生地或长期居住过的地方。按照这样的解释，四川江油、湖北安陆、吉尔吉斯斯坦的托克马克市，都有资格称自己是李白的故里，谁也别说自己是唯一的。

先说吉尔吉斯斯坦的托克马克市（唐时称"碎叶"），这确实是李白的出生地。依据是，李白的朋友范伦之子范传正，在给李白写的墓碑中，明确说出李白的出生地是碎叶，请看墓碑中的这段文字："公名白，字太白，其先陇西成纪人。绝嗣之家，难求谱牒。公之孙女搜于箱箧中，得公之亡子伯禽手疏十数行，纸坏字缺，不能详备，约而计之，凉武昭王九代孙也。隋末多难，一房被窜于碎叶。流离散落，隐易姓名。"（《唐左拾遗翰林学士李公新墓碑》）郭沫若先生在《李白与杜甫》中对"碎叶"作出了考证，认为就是指"中亚碎叶"，即"托克马克"，郭老以大量的历史文献和李白诗歌作为依据，证实这里就是李白的出生地，同时还考证出碎叶在唐代属安西都护府管辖，也就是说，碎叶属于唐代的版图之内。时代更替，山河易主，如今那个地方已经属于吉尔吉斯斯坦了。但李白的汉人血统是任何人也改变不了的，他从小接受的是汉文化熏陶，他说自己"五岁诵六甲，十岁观百家"，六甲、百家，指的绝对是汉文化典籍。如今，吉尔吉斯斯坦愿意为中国的大诗人李白在托克马克"修建一个纪念雕像，推动两国李白文化的经济合作",我们对此应该表示欢迎,因为李白出生在那里毕竟是历史事实。

根据"故里"一词有"长期居住过的地方"这个义项,四川江油也可认为是李白的故里。李白在5岁的时候随父亲移居到江油县,在这里居住的时间长达20年之久,直到25岁才由三峡出川,来到湖北的安陆。李白的幼年、少年和青年时代,是在四川度过的,在这20年里,他读书、学剑,还到家乡附近的紫云山接受道教,紫云山是道教圣地,对他形成神仙道教信仰影响很大,他说,"家本紫云山,道风未沦落"(《题嵩山逸人元丹丘山居》),"十五游神仙,仙游未曾歇"(《感兴》),可以说,主导李白一生的道教思想就是在四川奠定的基础。既然如此,四川江油称为李白故里也是没有问题的。

李白25岁时"仗剑去国,辞亲远游"(《上安州裴长史书》),离开四川后,云游洞庭、庐山等地,然后落脚在湖北安陆,并且定居下来,和故宰相许圉师的孙女结了婚,妻子知书能文,又多才情。据《柳亭诗话》记载,李白曾写了一首《长相思》,诗中有"不信妾肠断,归来看取明镜前"之句,妻子看了以后说,你这两句是从武则天诗里趸来的,武则天有诗言道:"不信比来长下泪,开箱验取石榴裙。"可见,这位娘子读书很多,还有鉴赏诗歌的能力。夫妻生活虽说和美,但李白并没有沉浸其中,而是以安陆为中心,开始干谒和漫游,寻求政治出路,以实现自己"安社稷、救苍生"的宏伟抱负。然而仕途坎坷,虽经多方努力,亦未能如愿,"酒隐安陆,蹉跎十年"(《秋于敬亭送从侄耑游庐山序》),是他对安陆十年生活的总结。十年,在人的一生中也算是"长期"了。因此,安陆称为李白的故里也没问题。

接下来,该说甘肃天水了。说李白的故里是天水市秦安县,是近期出现的说法,而且认为"李白真正的、唯一的、被史书早就无数遍肯定下来的故里,只能是陇西成纪(现今甘肃天水秦安县,秦属陇西郡,汉属天水郡)"。言辞十分果决,但依据不足。笔者认为,依据《现代汉语词典》对"故里"一词的解释,天水市秦安县既不是李白的出生地,也不是他长期住过的地方。持论者引用"陇西成纪"作为依据,岂不知"陇西成纪"只是李白先人的居住地,笔者前文引用唐人范传正写的《唐左拾遗翰林学士李公新墓碑》中明确地说:"公名白,字太白,其先陇西成纪人。"至于李白诗文中说"白陇西布衣,流落楚汉""家本陇西人,先为汉边将",这其实是古人的习惯性说法,用祖居之地来称呼某人是哪里的人,例如,唐肃宗给杜甫发的"告身"(即委任状)上,称其为"襄阳杜甫",其实襄阳既非杜甫的出生地,他也从来没有去过那里,襄阳只是杜甫祖先的居住地。考察李白一生的行迹,他没有去过天水市秦安县,更不用说长期居住过了。

笔者以为,除天水秦安外,其余三个城市都有称为李白故里的资格;同时,谁也别妄称自己是"唯一"的,那样做显得缺乏历史知识。都别争了,都别吵了。要争就在弘扬李白诗歌的思想和艺术上去争,那才是有品位的。如果仅仅打着李白的旗号去吸引游客——只需到我这里来,不必到他那里去,那岂不是玷污了我们这位伟大的诗人!

"文赤壁"与"武赤壁"

备受世人关注的电影《赤壁》开演了。由此想到三国时"赤壁之战"的战场——赤壁究竟在哪里？由于历史久远以及国人具有崇尚历史英雄的情结——愿意把自己的家乡看成历史英雄演出的舞台等原因，历来说法众多。其中流传最为广泛的有两说，即"文赤壁"和"武赤壁"。

"文赤壁"在湖北省黄州附近，因苏轼的《念奴娇·赤壁怀古》词和两篇《赤壁赋》而得名。宋神宗元丰四年（1081），苏轼因"乌台诗案"被贬谪到黄州，过着半是罪人、半是闲人的生活，长达四年之久。这对于胸怀壮志奇才的他来说，是个沉重的打击。作为文人，他在贬谪的岁月里免不了要用文学作品来表达和排遣苦闷的心情。事有凑巧，在黄州西边的江岸上，有座山叫"赤鼻矶"，山呈红色，当地人说那里就是当年周瑜打破曹兵的赤壁战场。一石激起千层浪，他由周瑜建立的丰功伟绩而想到自己的蹉跎岁月老大无为，不平之气油然而生，人生如梦的感慨亦随之而起，于是创作了这首驰名千古的《念奴娇·赤壁怀古》。词云："大江东去，浪淘尽，千古风流人物。故垒西边，人道是，三国周郎赤壁。乱石穿空，惊涛拍岸，卷起千堆雪。江山如画，一时多少豪杰。　遥想公瑾当年，小乔初嫁了，雄姿英发。羽扇纶巾，谈笑间，樯橹灰飞烟灭。故国神游，多情应笑我，早生华发。人生如梦，一樽还酹江月。"词的上片以雄劲的笔墨描绘了黄州赤壁的壮美景色，"乱石穿空"写出山岩的峭拔恣肆，是绘形之笔；"惊涛拍岸"写出水石相击的声势，是绘声之笔；"卷起千堆雪"写出浪花的重叠、洁白，是绘色之笔。这壮美的江山景色描写为下片所写的壮美英雄人物周瑜提供了一个恰当的背景。下片写周瑜形象从四个角度下笔："小乔初嫁"是以美人为英雄增辉，"雄姿英发"写周瑜身姿壮伟、谈吐不凡,"羽扇纶巾"写周瑜的儒将风度,"谈笑间,樯橹灰飞烟灭"写周瑜从容临战、指挥若定。如此,一个相貌堂堂、风流儒雅、胸有成竹的将军形象跃然纸上。苏轼缅怀周瑜,实际上是在憧憬自己,在塑造周瑜形象上,显然是依据了自己的审美标准。在他赞美周瑜的言辞中,始终蕴含着这样的潜台词:"为什么周瑜能够建功立业,而同样具有才能的我却不能够?"人生如梦,难操命运,是自古以来失意英雄的共同慨叹,遂使这首词作博得了后世的广泛共鸣,成为千古绝唱。黄州赤壁之说,也就因此而形成,并且产生了深远的影响。作为一个历史文化亮点,历代营修不绝。王安石、范成大、陆游、辛弃疾等都曾来此游览,留下诗词作品。清康熙年间,黄州知府、画家郭朝祚把黄州赤壁定名为"东坡赤壁",并题了匾额。现有面积四百余亩,建筑物有九亭(放龟亭、睡仙亭、坡仙亭、酹江亭、问鹤亭、快哉亭、览胜亭、望江亭、羽化亭),三楼(栖霞楼、涵晖楼、挹爽楼),二堂(二赋堂、雪堂),二阁(碑阁、留仙阁),一斋(慨然斋),一像(苏轼塑像)。二赋堂内有一块巨大木壁,正反两面分别刻着前、后《赤壁赋》全文。碑阁内有石碑百余通,皆刻苏轼的书法。

《念奴娇·赤壁怀古》词中所说的"故垒"就是指的黄州城。苏轼给他的朋友范子丰的书信中解释说:"黄州少西,山麓斗入江中,石室如丹,传云曹公所败所谓赤壁者。或曰非也。"(《与范子丰》)这段话明白表示,曹公所败的赤壁在黄州之西的说法,是取用"传云",也就是当地人的传说,并非依据史料记载,"或曰非也"则又补充了否定的意见,词中的"人道是,三国周郎赤壁",也是强调了取用人们的一种说法而已,并非认定这里就是赤壁之战的战场。应该说,在赤壁之战的地点问题上,苏轼是采取了谨慎态度的。文学创作不同于科学考古,文学创作往往是借题发挥,目的在于抒发生活感受。作为后世读者,也不应该把文学作品作为考定古迹的依据。由此来看,黄州赤壁之说实在是一种历史的误会,是把文与史混为一谈而产生的误会。

赤壁之战的战地实为湖北省蒲圻县(1998年更名为赤壁市)的赤壁,即后人所称"武赤壁"。唐人杜佑《通典》说:"今鄂州之蒲圻县有赤壁,即曹公败处。"唐人李吉甫《元和郡县图志》说:"赤壁山在蒲圻县西一百二十里，北临大江，其北岸即乌林，与赤壁相对，即周瑜用黄盖策，焚曹公舟船败走处。"这些史料说明，赤壁之战的地点是在蒲圻县，并非黄州附近（蒲圻在黄州西面数百里处）；其位置在长江南岸，并非北岸；周瑜火烧曹操战船处是在乌林。东汉建安十三年（208），曹操败袁绍，破乌桓，基本统一北方后，又向南方进军，破荆州，下江陵，率水军沿江东进，到达赤壁，与孙刘联军相遇，进行水战，曹军失利，军卒染疾者甚多，曹操败退江北之乌林，与孙刘联军隔江对峙。其后，周瑜用火攻之战术，烧毁曹军战船于乌林。有以下史料为据：《三国志·周瑜传》记载："权遂遣瑜及程普等与备并力逆曹公，遇于赤壁。时曹公军众已有疾病，初一交战，公军败退，引次江北。"《三国志·刘备传》记载："权遣周瑜、程普等水军数万，与先主并力，与曹公战于赤壁，大破之。"《三国志·曹操传》记载："公至赤壁，与备战，不利。于是大疫"。《三国志·孙权传》记载："瑜、普为左右督，各领万人，与备俱进，遇于赤壁，大破曹公军。公烧其余船引退，士卒饥疫，死者大半。"综合上述史料，可以大体理出当时战争的情况，孙吴联军与曹兵战于赤壁，是这场战争的第一役，此时周瑜并未使用火攻战术，及至曹兵败退到江北的乌林，周瑜才用火攻之术，一举烧毁曹操的战船。因此，"火烧赤壁"这种说法是不科学的。

武赤壁在今赤壁市西北36公里的长江南岸，与乌林隔江相望。赤壁遗址由三座小山组成，即赤壁山、南屏山和金鸾山。赤壁山的临江处，怪石穿云，江涛澎湃，声如雷鸣。断崖上刻有"赤壁"两个楷书大字，字旁有诸葛亮、刘备、关羽和张飞的画像石刻。南屏山顶有拜风台，相传为诸葛亮祭东风时的七星台。

"滚滚长江东逝水，浪花淘尽英雄。是非成败转头空。青山依旧在，几度夕阳红。"明代人杨慎的《临江仙·滚滚长江东逝水》词唱出了对于人类历史的感受。个体生命短促，而宇宙时空永恒。虽说如此，历史人物毕竟留下了他们的足迹，供后人登临、凭吊，其精神遗产也将与青山同在。

苏轼的性格和宿命

说起苏轼的性格，我以为正直和旷达是两个闪光点，这两大性格特征也决定了他一生仕途多舛而文学辉煌的命运。

苏轼的正直性格似乎是天生的，他幼小的时候就想做个范滂那样的人。他母亲曾教他阅读《汉书》，读到《范滂传》，他得知范滂是个勇敢反对宦官专权、不怕杀身的正直人士，幼小的心灵泛起仰慕的涟漪，对母亲说："我如果做个范滂那样的人，母亲允许吗？"母亲回答说："你愿意做范滂那样的人，我为什么不能做范滂母亲那样的人呢？"如果要从遗传学来解释苏轼的耿直性格，现有的文献还提供不出依据来，反面的材料却有，苏轼的远祖苏味道，初唐著名诗人，却是个善于圆滑处世的主，他曾说过怎样当官才稳妥："凡事模棱以持两端，可也。"观点要含糊，立场莫固执，凡事亦好亦坏，亦是亦非，两头都占着，就可以永远立于不败之地了。"模棱两可"这个成语就是后人从他身上概括出来的。苏轼的性格显然没有继承这位远祖的基因。

苏轼21岁进士及第，走上仕途那年恰逢王安石变法。由于长久的书斋生活，他对变法的意义认识不足，加入了反对新法的行列，于是被外放做地方官。在地方任职的岁月里，在执行新法的过程中，他发现新法的有些条文是正确的，有利于国计民生。等到王安石罢相，守旧派当权的时候，他被召入京都，将被委以重任。但是，当他看到守旧派要把新法条文彻底废除，觉得很不妥，就站出来表示反对，提出对新法"较量利害，参用所长"的主张，这显然是不合时宜的，结果被守旧派看成"第二个王安石"，继续外放做地方官。假如苏轼不去坚持真理，他完全可以在政局变动中青云直上，他的正直性格决定了他不以私利昧公理，也决定了他不会有畅达的仕途。后来，改革派重新当权，人们不再记得他曾给新法说过好话，把他贬谪到荒凉的海南岛。

苏轼仕途多舛，家庭生活也很不顺。28岁那年原配夫人就病死了，夫人名叫王弗，是个知书能文、聪明贤惠的女性，最可贵的是她还有察人观世的头脑，帮助苏轼处理人事关系。她的病逝对苏轼打击很沉重，以致10年之后还出现在苏轼梦中。苏轼后来娶了王弗的表姐，但是方方面面都无法跟原配相比，不承想，没过几年，第二任夫人也过早驾鹤。此时，苏轼的身边只剩下几个丫鬟，经受重重打击的他已然鬓发斑白，有一次，他指着自己的肚子问丫鬟们："你们说，我这里都是什么？"一个丫鬟说："相公满腹经纶。"苏轼摇了摇头，另一个丫鬟说："相公满腹文章。"苏轼仍不以为然，轮到丫鬟朝云说了，她说："相公一肚皮的不合时宜。"苏轼听罢，哈哈大笑，说："你讲得好，讲得好！"于是把朝云视为知己，成为伴侣。没几年，朝云也命染黄泉。朝云死后，苏轼似乎发现了命中的什么，不再想娶妻的事，孤身生活了十几年，直到去世。

苏轼虽然在仕途和家庭生活上频遭打击，却能够在文学创作上获得巨大的成就，这是什么原因？是他性格中的旷达发生了作用。"一蓑烟雨任平生"，既表达了他平生遭际之艰难，也表达了他性格之旷达。苏轼遇事想得开，能够随遇而安，超然物外。几次遭贬，都能泰然处之。他被贬到黄州，尽管环境荒凉，却能在其中发现可乐的东西，作诗说道："长江绕郭知鱼美，好竹连山觉笋香。"他被贬到更远的惠州，同样不气馁，作诗说道："日啖荔枝三百颗，不辞长作岭南人。"最后，他被贬到儋州（今属海南岛），和他的大儿子苏过一起生活，爷俩和泥盖草房，历尽人间的种种艰辛，他照样保持乐观的态度，作诗说道："九死蛮荒吾不恨，兹游奇绝冠平生。"去世前，他给自己的画像题了一首小诗，对一生作个总结，说道："问汝平生功业，黄州惠州儋州。"把越贬越远的仕途生涯说成是"平生功业"，鲜明地表达了旷达的性格。

中国古代文人中，有几位是以自己独特的生活态度和方式为后人建立精神家园的，陶渊明的躬耕自适，李白的放浪求仙，杜甫的忧国忧民，苏轼的超然物外，就是其中杰出的代表。诗人不朽，家园长在，后世文人有了精神的皈依之所。

雪花的联想

雪花纷纷扬扬,随风飞舞,引发出人们对它的诸多联想。不同身份和性格、不同胸襟和志向的人,对它的联想是不同的。于是就有不同的咏雪诗歌出现。

晋代名相谢安,曾于大雪纷扬之际,与他的侄儿、侄女联句作诗。谢安言道:"白雪纷纷何所似?"这个发问是要后辈们对雪进行联想,侄儿谢朗接着说:"撒盐空中差可拟。"侄女谢道韫不满意哥哥的比喻,说:"未若柳絮因风起。"比较来看,把雪比为"空中撒盐",确实没有"风吹柳絮"来得传神,所以谢道韫深得谢安的嘉赏。谢道韫写出这样的诗句,表现出她作为女性观察事物之细致,体物心态之婉约,这些是她粗心哥哥难以做到的,谢道韫由此赢得了"咏絮才"的美名。

唐代诗人岑参作《白雪歌》,有"忽如一夜春风来,千树万树梨花开"的名句,描写雪花落在万树枝头那种盛大的景象。身处严冬,却能感受春风到来,联想到梨花开放,生动地表达了作为豪放诗人的逸兴。

武人眼中的雪花像什么?孙光宪《北梦琐言》记载了这样一件事:唐代的高崇文,河北渤海人,曾在蓟州边防任军官,后来因为讨伐有功,做了西川节度使。一天早晨,天降大雪,军营里的属官来了兴致,在酒席间对雪赋诗。高崇文走了过来,笑着说:"你们在这里自顾饮酒作诗,怎么不请我来参与?我虽说是个武人,也能作得一首的。"于是口占一绝:"崇文崇武不崇文,提戈出塞号将军。那个髯儿射落雁,白毛空里落纷纷。"首联虽说与雪无关,只是申明自己的身份(将军)和兴趣(崇武),却也为尾联的奇特联想作了铺垫。面对纷纷大雪,他想到的是:不知哪个家伙(髯儿,渤海地方的俚语,指的是人)射落一只大雁,大雁的羽毛撒满天空。武将以骑射为职业，把雪花联想成大雁凋落的羽毛，是很合乎他的身份特点的。唯其如此，才能体现出一个"真"字来。

政治家、军事家眼中的雪花又是另一番景象。诸葛亮的岳父黄承彦精通兵法，又有改天换地的宏伟志向。诸葛亮的政治蓝图、军事谋略其实是他一手制定的。当他得知东吴大将陆逊必定会身陷诸葛亮预先布下的八卦石阵，从而遭到覆灭时，深感政治时局的严重：曹魏大军会势如破竹地追剿蜀军，蜀国灭亡为期不远。于是，他不失时机地出现在八卦石阵中，为陆逊指明出路，并晓以利害，使其不再穷追刘备，回师防御，去抵抗魏军。这是事关蜀国生死存亡的大举动，非远谋者能够做出。现在来看黄承彦的《咏雪》："长空雪乱飘，改尽江山旧。仰面观太虚，疑是玉龙斗。纷纷鳞甲飞，顷刻遍宇宙。"诗中把漫天乱舞的雪花联想为玉龙争斗时落下的鳞甲，颇能见出此人的政治抱负，古人习惯用"龙争虎斗"来比喻英雄豪杰争夺天下，眼前这"改尽江山旧"的雪景与他心中的以武力结束军阀战争、恢复大汉王朝的政治蓝图正相吻合，于是便产生了这首气壮山河的佳作。

柳絮、梨花、大雁的羽毛、玉龙的鳞甲，在这些比喻里面，蕴含的是种种不同的情致。有人说，西方诗人是在与上帝对话，中国诗人是在与自然对话。此话很有道理。

唐宋诗人吟诗赞读书

书籍是人类智慧的结晶。读前人书是继往开来、创造人生业绩的必经之路。唐宋时期的诗人们深谙此道。总结起来，正是由于他们热心读书、潜心取精，才为创作两代不朽诗歌准备了必要的条件，使得两代诗歌双峰并峙于中国诗歌发展史上。

唐朝开国不久，就出现了《昭明文选》的学习热潮，高宗显庆年间出版了"李善注本"，玄宗开元年间又出版了"五臣注本"。《昭明文选》是南朝梁昭明太子萧统编辑的一部大型文学作品总集，选录自先秦至梁朝的诗文辞赋，千余年间文人的代表作品，尽行囊括，文采风流，皆现其中。唐代诗人把这部文学巨编奉为至宝，精心阅读。大诗人杜甫对《昭明文选》就非常熟悉，几乎达到篇篇能够背诵的程度。这是有据可证的，杜甫客居蜀地期间，就开始指导孩子们诵读这部巨著了，在《水阁朝霁奉简云安严明府》这首诗中，他说"续儿诵《文选》"，孩子们背诵《昭明文选》中的作品，有时前后句子衔接不上，杜甫就在一旁给予提示。这说明《昭明文选》已经烂熟于杜甫心中。他还告诫小儿子宗武，要"熟精《文选》理"（《宗武生日》），这也说明他对《昭明文选》中所蕴含的文学理论高度精通。

唐代知识分子普遍的生活模式是"读万卷书，行万里路"，手不释卷，脚不停步，这种生活模式既为他们提供了前人思想和艺术的营养，也使他们得以接触丰富的现实生活。在他们的诗歌作品中，反映读书生活的俯拾皆是。著名的边塞诗人高适说自己"常日好读书"（《答侯少府》），另一位著名边塞诗人岑参说"读书破万卷"（《北庭贻宗学士道别》），杜甫说"男儿须读五车书"（《题柏学士茅屋》）。白居易读书更刻苦："读书眼欲暗，秉笔手生胝。"(《悲哉行》)读书读到眼前发黑,写字写到手指生出茧子,这功夫用得大！李颀年轻时崇拜剑侠,后来折节读书,他作诗检讨说:"早知今日读书是,悔作从前任侠非。"(《缓歌行》)这说明,读书已经成为整个社会的主体意识。

　　唐代的文化政策是允许儒释道三家思想并行发展的。唐代诗人的阅读面是很广的,除了阅读《昭明文选》作品,对于经史子集、各家著述,无所不及。例如李白,他曾说自己:"五岁诵六甲,十岁观百家。"(《上安州裴长史书》)他对道家、道教的经典尤其倾心,这些著作成为他创作那些仙境仙人诗篇的灵感来源。可以这样说,如果李白没有阅读道家道教的经典,他就无法创作出那些神奇瑰丽的浪漫主义诗篇。同样,如果杜甫没有阅读儒家的经典,他也无法创作出那些悲天悯人的现实主义作品。如果王维没有阅读释家经典,他也无法创作出那些静谧安详的山水田园诗歌。

　　读书需要安静的环境,唐代诗人读书多选择远离红尘闹市的深山老林、阒寂无人之处,那里生活虽然清苦,但能专心致志。正如唐代诗人皇甫冉所说:"读书惟务静。"(《送薛秀才》)没有安静的环境是读不成书的。初唐诗人陈子昂,这位给唐诗奠定风骨兴寄特征的诗人,由于出身贵族,少年生活处于游乐状态,以至"年十八而不知书",后来幡然悔悟,发奋攻读,读书的地点选在金华山的道士观,三年之内遍览经史百家,其刻苦情形自不待言。杜甫晚年曾专程谒访金华山观,去参观陈子昂的读书堂,写诗称道:"陈公读书堂,石柱仄青苔。"(《冬到金华山观,因得故拾遗陈公学堂遗迹》)盛唐人张说,据传他少年时曾在河北满城县的抱阳山中穴居读书,至今那里还保留着遗迹,后来张说做到宰相。关于选择僻静之处作为读书之所,唐诗中不乏反映。例如,高适就说自己"读书嵩岑间"(《酬别薛三蔡大留简韩十四主簿》),储光羲《闲居》诗中说:"亲故不来往,中园时读书。"孟浩然《入峡寄弟》诗中说:"吾昔与尔辈,读书常闭门。"刘眘虚则以幽美的笔墨对他的读书堂作出描绘:"道由白云尽,春与青溪长。时有落花至,远随流水香。开门向溪路,深柳读书堂。幽映每白日,清辉照衣裳。"(《阙题》)这是一幅幽深静谧的图画,中心景物是读书堂,它处于白云尽处的远山凹里,门前一条青溪蜿蜒流过,落花随着流水把香气传向遥远。院内垂柳依依,掩映着屋檐窗牖,阳光穿过树叶间隙,洒落在读书人的衣服上……山静、水静、院静、人静，寂静中只有读书声时起时落。唐代人的读书环境是如此的宁静，其潜心攻读可想而知。

关于读书与精业的关系，唐代诗人也多有揭示。杜甫说："读书破万卷，下笔如有神。赋料扬雄敌，诗看子建亲。李邕求识面，王翰愿为邻。自谓颇挺出，立登要路津。"（《奉赠韦左丞丈二十二韵》）由于读过万卷书，写起诗文来便觉得似有神助。由此，自己的辞赋才得以匹敌扬雄，诗歌造诣才得以接近曹植。由此，大文豪李邕要求与自己见面，诗坛名流王翰愿意与自己做邻居。自认为文才出类拔萃，立马就可以身居要职了。这段文字的逻辑起点就是"读书破万卷"，之所以能够下笔有神，之所以诗赋匹敌前辈，以至名流对自己器重，仕途立等可取，就是由于读书广博，学识渊深。这个看法在王维诗中也有表露，他在《戏赠张五弟諲三首》中说："张弟五车书，读书仍隐居。染翰过草圣，赋诗轻子虚。"读了五车书之后，不但诗歌精进，超过前人之作，连书法也登峰造极了，因为文学艺术是彼此相通的。

到了宋朝，由于国家的大政方针是"偃武崇文"，人们的读书热情被极度地调动起来。宋朝继承唐朝的选官做法，实行科举取士制度，而每年录取的名额却相当于唐朝的十倍，一条通过读书而进身的大道向知识分子敞开了。适应这种崇文政策，宋朝开国伊始，统治者便积聚人力编撰四部大型书籍：《太平广记》《太平御览》《文苑英华》《册府元龟》。这四部大书是对前代诗文典籍的全面总汇，再加上活字印刷术的发明，书籍得以大量印行。宋代文人的读书量远远超过了唐代文人。宋代诗人用来与唐代诗人相抗衡的最主要的一手，就是诗歌中典籍的蕴含量。宋诗大量使用典故，诗中充满了书卷气，形成了有别于唐诗的独特风貌：唐诗是才子诗，宋诗是学者诗。关于宋代诗人刻苦读书的生动故事，限于本文篇幅，不能多叙，仅举大诗人陆游作为代表。陆游说："我生学语即耽书，万卷纵横眼欲枯。"（《解嘲》）从学说话的时候就开始读书了，启蒙很早。他又说："少小喜读书，终夜守短檠。"（《幽居记今昔事十首以诗书从宿好林园无俗情为韵》）檠是灯架，这里指的是灯。他还说："读书四更灯欲尽，胸中太华蟠千仞。"（《读书》）读书早，彻夜读，珍重年华，遍览群书，是宋代文人的共同之处。

"书山有路勤为径,学海无涯苦作舟",用这两句诗来概括唐宋诗人的读书热情,是十分恰当的。这两代诗人付出了读书的艰辛,也赢得了诗坛的光彩。中国古典诗歌的两座高峰在他们手中形成,岿然矗立在历史的烟云之中,使得前前后后的诗歌峰峦都相形见绌。

象外有象，弦外有音

苏轼由于反对王安石变法，被朝廷贬到黄州，虽有"黄州团练副使"的官职在身，却是有职无权，无事可做，过着"半是闲人半是罪人"的生活。好在他生性旷达，不为个人升沉荣辱所动，在逆境中依然保持着乐观的生活态度，创作了大量的诗词赋作品，黄州岁月竟成为他文学创作的高峰期。《定风波》这首词就是在这个时期创作的，从这首词可以认识他的个性特征和生活态度。而他的个性特征和生活态度的鲜明表达，又赖于词的艺术构思。词云：

莫听穿林打叶声，何妨吟啸且徐行。竹杖芒鞋轻胜马，谁怕？一蓑烟雨任平生。

料峭春风吹酒醒，微冷。山头斜照却相迎。回首向来萧瑟处，归去，也无风雨也无晴。

词前有个小序，说道："三月七日，沙湖道中遇雨。雨具先去，同行皆狼狈，余独不觉。已而遂晴。故作此词。"沙湖在黄州城的东南30里处，是个风景区。苏轼与他人前去游览，回来的路上遇到了风雨。"雨具先去"，是说雨具事先已被仆人拿走了，可见这是一场出乎意料的风雨。同行的人都因挨雨淋而神色沮丧；"余独不觉"，是说他自己并不觉得怎么样，挨淋就挨淋吧，何必神色慌张呢？过了一会儿天就晴了，于是有感而填了这首词。小序交代了写作的背景，已经透露出词的主旨。

上片先写雨境，写作者对风雨的态度。穿林声，指的是风声；打叶声，指的是雨声。"穿林打叶"写出了风雨的声势之猛。而强调风雨的声势，目的在于突现作者对风雨的态度，态度就是"莫听"，就是不予理睬，我行我素。如果说"莫听"还比较笼统,那么,"何妨吟啸且徐行"这句就把他蔑视风雨的神态很具体地写出来了。吟,是吟诗;啸,是撮口而发出来的长而清越的声音。苏轼说,不妨在风雨之中吟诗、长啸、缓步而行。苏轼当时吟诵的是什么诗呢?不可考知,大概是这样的吧:风啊,任你尽情地吹吧;雨啊,任你放肆地下;伙伴们啊,任你们狼狈地逃窜吧;苏轼我呦,迈的是从容的步伐(伴长啸音)。吟诗、长啸、徐行,这三个行为描写,生动地表现了他那悠闲自如、不为风雨所动容的神情,表现了他那鲜明的个性特征。接下来,通过描写他的服饰——手持竹杖、脚穿芒鞋(用芒草编制的鞋子),进一步展示他的乐观精神。他说,拄着竹杖、穿着草鞋在泥泞中行走,比骑马还要轻松愉快。"竹杖""芒鞋",本是草野之人的服饰,这显然是针对他在黄州"半是闲人半是罪人"的处境讲的,是对自己生活境况的概括。难得的是,他居然有"轻胜马"的感觉,而且直言不怕这种生活处境,这也鲜明地表现出他那随遇而安、超然物外的精神境界。词的上片,用"一蓑烟雨任平生"来结束,更是韵味深长。作者说,披一领蓑衣,肩漫天烟雨,任凭这样过一辈子也无所畏惧,完全可以泰然处之。这是由眼前的遭遇推开去写,"烟雨"一词语意双关,既是指自然界的风雨,又是指仕途上的遭际,"一蓑烟雨任平生"具有象外之象,弦外之音。

　　词的下片写天放晴,写作者对晴天的态度。"料峭春风吹酒醒,微冷",料峭,是形容春风的寒意,时当三月,雨后的春风还是寒冷的,何况浑身的衣服已被雨水淋透。虽说如此,作者却说料峭的春风也仅仅是帮助自己醒了酒而已,他也仅仅是感到有些轻微的冷意而已。"料峭"是写实,"微冷"是写感觉,二者之间有着明显的差距,这个差距表现了作者的乐观性格。"山头斜照却相迎",雨后天晴,斜阳在山,迎面送来暖意,这是否让作者欣喜了呢?不,一个"却"字写出斜阳送暖并非作者所期待,纯粹是不期然而然。这就表现了作者对天晴亦无动于衷。天晴之后,作者回过头去看刚才风吹雨打林木的地方——"回首向来萧瑟处"(萧瑟,指风雨吹打林木的声音),这个细节行为描写,生动地表现出他战胜风雨之后的自豪感,对艰难困苦的轻蔑之意。"归去,也无风雨也无晴",这不是在写天气,不是说回去的路上没有风雨但也不是晴天,而是在写他的心境,是说他的心境里没有风雨阴晴的差别，雨天和晴天对他的心态根本不起任何作用，晴天，他吟啸徐行；雨天，他依旧如此。他不因天晴而喜，不因雨天而悲。他怀的是一颗超然物外的心，按照自己预定的人生道路悠然前行。

这首词写的事很小，只不过是路途中遇雨的一桩小事，但表现的情志却很深长。这完全依赖于有个很好的艺术构思。作者当时处于被贬谪的环境中，要通过文学作品表现在逆境中的乐观、旷达，并非轻易的事，如果处理不好，很容易流于枯燥的理性说教。作者的艺术构思很巧妙，他采用以小及大、借题发挥的艺术手法，通过一个独特的艺术形象，把他的思想、性格完美地表现出来。这个艺术形象就是作者在风雨泥泞中悠然行走，把风雨阴晴完全置之度外。而风雨阴晴又语意双关，既是眼前自然界中的风雨阴晴，又是人生道路上的风雨阴晴。作品言在此而意在彼，具有象外之象、弦外之音，思想容量大，能够引发读者的丰富联想，进行艺术形象的再创造。从读者的艺术鉴赏心理来说，也只有引发他们对艺术形象的再创造，才能获得心理的满足。那种把话说尽，一览无余的东西，是难以获得审美感受的。

此外，这首词在逻辑上也十分畅通。上片写雨境，表达的是不怕阴雨，下片写晴境，表达的是不恋天晴，最后写心境，表达的是无风雨阴晴的差别。文思贯畅，一路写来，颇有行云流水之妙，与苏轼的散文风格相近似。

性格就是命运。苏轼性格正直、旷达，他一生直言敢谏，说了不少"不合时宜"的话，因此，政治上频受打击，屡遭贬谪。晚年，他回顾自己的一生经历，说道："问汝平生功业，黄州惠州儋州。"（《自题金山画像》）神宗时，他由于反对王安石新法，被贬谪到黄州（今属湖北）；高太后执政时，他由于为新法说了公道话，被贬谪到更远的惠州（今属广东）；哲宗时，他又被贬谪到儋州（今属海南）。把越贬越远的遭际，说成是一生的"功业"，其性格之旷达可见一斑。苏轼的家庭生活也是不幸的，前后三次丧妻，晚年独身而居。但是，苏轼的旷达性格成就了他文学的伟业，依靠这种性格，他保持了乐观的生活态度，在文学的园地里辛勤耕耘，诗、词、赋、散文、书法都取得了极高的成就，他的文学成就代表了北宋文学的最高成就，他是中国文学史上罕见的全能作家。

苏轼对后世的影响，并非仅限于文学，更为重要的是他那进退自如、荣辱不惊的处世态度，为后人提供了一种生活范式，为后人营造了一处精神家园。《定风波》这首词所展示的"一蓑烟雨任平生""也无风雨也无晴"的艺术形象，永远印记在后人的心目中，在这个艺术形象的背后，正有无数的追随者随其身影而行。

一首精雕细刻的小诗

有意莲叶间,瞥然下高树。
擘波得潜鱼,一点翠光去。

唐人钱起的这首小诗,只写翡翠鸟捕鱼的瞬间情状,虽无深远寄托,但描摹之精微,状物之传神,亦足以悦人情性。

四句诗依翠鸟捕鱼的顺序写来。首句写它在高树上俯视水面莲叶的间隙,留心观察那散碎水面上偶然出现的鱼影;次句写它发现目标之后,从高树上一闪而下,"瞥然",是形容瞬间闪过的样子,极写俯冲之迅疾;第三句写它破水而入,啄得潜鱼;结句写它得食以后,跃出水面,便一闪而逝了。

寥寥二十字,一个单纯的捕鱼过程,一组短暂的小镜头,然而翠鸟那锐利的目光和敏捷的动作,却给人留下强烈的印象。作者是如何把翠鸟这两个特征表现得如此突出的呢?

先说作者对翠鸟锐利目光的表现。作品从始至终没有一个正面的字去直说它的目光如何锐利,而是把笔墨用在了翠鸟与环境关系的设置上,通过对捕鱼环境的精心设置,间接地表现出翠鸟那犀利的目光。请看:翠鸟所俯视的水面,是被重重"莲叶"遮盖着的,水中的游鱼只有在游到莲叶间隙时,才能隐约露出一点踪影,这么低的能见度,若非目光十分锐利,如何能够发现目标?此其一。其二,翠鸟所在之处,并非贴近水面,作者强调它是在"高树"上的,从这么高的地方俯视水面,能将叶隙间的游鱼看个清楚,这又需要多么好的目力!其三,翠鸟所发现的目标,并非水面上的浮鱼,而是藏在水下的"潜鱼",这一笔,又把翠鸟的目力推进一层。"莲叶""高树""潜鱼",这些看来是纯客观的环境描写,却暗藏着作者的巧妙构思,作者避开了正面落笔的俗套,采用从旁点墨、以侧见正的手法,不动声色地达到了预期目的,可谓"不着一字,尽得风流"(司空图《诗品》)。

再看作品对翠鸟迅疾动作的表现。作者采用了三种手法:其一,仍是侧写,即通过翠鸟与环境关系的角度去表现,想那莲叶缝隙中的潜鱼是一晃即逝的,翠鸟从发现目标到由高树飞下、到破水而入、到伸嘴擒捉,必定是近乎闪电的速度,稍有迟滞,便会落空的。其二,采用正面描写,直接展示翠鸟的几个连续动作:"下""擘""去",三个动作的连续推出,简洁而有力地勾画出翠鸟由上而下、由空而水、由近而远的迅疾身影,给人一种急剧的、目不暇接的感受;它所展示的空间是如此阔大,而展示的时间却是如此短促,这种时空的逆差,更突出了翠鸟的飞动之速。其三,从观者的角度去写。作者写翠鸟从高树上俯冲下来,使用了"瞥然"这个词,说自己的眼睛无法追随那瞬间闪过的鸟影;写翠鸟得鱼后飞走,作者说只见"一点翠光"倏乎而逝。总之,在作者的视线中,翠鸟的形体不见了,见到的只是点、线、光,描写这些主观感受,便将翠鸟的疾飞之状刻画至极。

另外,这首诗在着色上也别具一格,景物色彩不杂,呈现为单一的绿色,翠鸟、莲叶、树木,以及被莲叶遮覆的水面,无一不是绿色的,整个画面被绿色充满,是一个绿的整体。绿色,是生命的象征,蕴含着蓬勃的生气,这种色调对于翠鸟的旺盛精神构成了有力的烘托。

钱起是中唐大历时期的诗人,是"大历十才子"之一,而且被公认为十才子之首。唐代科举的省试诗,只有两首为佳,一首是祖咏的《终南望余雪》,另一首就是钱起的《湘灵鼓瑟》,"曲终人不见,江上数峰青"所创造的深杳诗境,悠长的韵味,颇能超越历史时空而永存。他的诗工于写景白描,审美上具有追求精确表现清幽小境的写实倾向,善于从细微之处下笔,精到之处真能笔追造化。这首《衔鱼翠鸟》可见一斑。

在悖理中达情

感情与理性,是人区别于其他动物的质性特征。在平常的情况下,这二者是并存而且相互制约于个体生命之中的。然而,人又是感情充沛的动物,尤其是诗人,他们基本上是生活在感情世界里的,因此每每有感情压倒理性的现象;而诗歌又是感情激发的产物,所以在许多抒情诗中,经常出现违背理性的行为,在很大程度上,诗人的强烈情感,正是依靠这些悖理的行为而得以鲜明表达。

初唐诗人王勃,在长安城外送别他的友人,作诗言道:"城阙辅三秦,风烟望五津。"(《送杜少府之任蜀州》)友人还没有上路,就频频遥望他的去处——风烟弥漫的五津。五津代指蜀地,从长安到蜀地有千里之遥,何况中间还隔着耸入云天的秦岭山脉。如果从理性角度来看,王勃的此举是徒劳的,可笑的。但此时作者的心灵为离别之情所主宰,他的理性之光被掩埋了。这种无理的行为恰好能够表达他浓重的惜别之情。

初唐诗人张若虚的名篇《春江花月夜》,诗中有一段写闺中思妇的心情,也是从她悖理的行为上用笔的:"玉户帘中卷不去,捣衣砧上拂还来。"思妇被月光撩拨,难以入睡,她看到门帘上沾着月色,就把门帘卷起来,以为这样就可以避免月色的困扰了,结果是月光直射而入室;她又为丈夫捣制衣料,看到捣衣砧上铺着月色,就用手去擦,结果是擦了一层又来一层。思妇卷月光、擦月色,这些行为是违背事理的,但也正是通过这些行为表达出她浓烈的思夫之情。

宋人姜夔的《李陵台》诗更为典型,诗云:

李陵归不得,高筑望乡台。

> 长安一万里，鸿雁隔年回。
> 望望虽不见，时时一上来。

汉代大将李陵与匈奴作战，兵败被俘，留居匈奴，出于思念故乡，在所居之处修筑一座高高的望乡台。他能够望见故乡吗？不能，诗中写道，长安远隔万里，就连善于远飞的大雁也不能当年飞回来。他虽然多次登临没能望见故乡，然而仍旧时时登台一望。从理智上说，从旁观者的立场去看，李陵的举动是毫无意义的。但是，这种悖理的行为足以说明他的乡思之深。

以上几例，都属于行为上的违背事理。此外，还有属于心理活动方面违背事理的，也能起到强化情感的作用。请看以下诗例。

清人贺裳说："唐李益词曰：'嫁得瞿塘贾，朝朝误妾期。早知潮有信，嫁与弄潮儿。'子野《一丛花》末句云：'沉恨细思，不如桃杏，犹解嫁春风。'此皆无理而妙。"（《皱水轩词筌》）贺裳所说的第一首，是唐朝诗人李益的《江南曲》，是一首代言诗。商人无情，致使思妇生怨，后悔不如嫁给有信义的弄潮儿。这也许是思妇真实的心思。贺裳认为这话"无理"，是由于思想局限造成的。但他说"无理而妙"，却是看出了这首诗的妙处，即通过揭示思妇的悖理之思而强烈地表现出她的怨气。第二首是北宋人张先（字子野）的词《一丛花》的结韵。全词写一女子在其恋人离去之后，独处深闺的愁怨。结韵说，仔细想来，自己青春年华失落，还不如桃花杏花，桃花杏花尚且懂得及时嫁给春风呢。作者把桃杏之花随风而去，说成是嫁给春风。语虽无理，却很巧妙。更为巧妙的是，借助于这种联想，写出了闺中女子"人不如物"的慨叹。

今人刘永济先生选注的《唐人绝句精华》，选录了戴叔伦的《湘南即事》，诗云：

> 卢橘花开枫叶衰，出门何处望京师。
> 沅湘日夜东流去，不为愁人住少时。

此诗是戴叔伦在湖南写的，当时他在湖南为官。京都既难得望见，则仕途黯淡可想而知，于是生出浓重的故乡之思。作者是润州（今镇江市）

人，与所在的湖南呈东西关系，他看到沅湘东流而去，没有因为他的愁思而停留片刻，颇生怨情。这种抱怨自是无理，但写出了作者留滞他乡的孤独寂寞之感。永济先生赞道："此怀归不得而怨沅湘，语虽无理，情实有之，读来使人为之黯然。"寥寥数语，切中诗之妙处。

古人大凡心有芥蒂，每每责怪或抱怨自然之物的无情，虽说于理不合，却能强化情感。安史之乱爆发，长安沦陷，杜甫于春日来到昔日繁华的曲江岸边，但见宫殿冷落，一片萧条，而江边的草木依旧欣欣，不禁慨叹道："江头宫殿锁千门，细柳新蒲为谁绿？"这是抱怨草木不管人愁。晚唐诗人韦庄面对风雨飘摇的唐朝，写《金陵图》诗以借古叹今，诗云：

江雨霏霏江草齐，六朝如梦鸟空啼。
无情最是台城柳，依旧烟笼十里堤。

台城，就是金陵，金陵是东吴、东晋、宋、齐、梁、陈六朝的国都。在作者的笔下，金陵柳树不管国家的沦亡、人事的变迁，依旧枝繁叶茂，烟笼长堤。抱怨柳树的无情，虽非理性之语，却表达出作者沉重的世事沧桑之慨。

在悖理中达情，需要对"情"与"理"的范围作个限定。并非一切的"理"都可以悖，也非一切的"情"都可以达。就"情"来说，自然是指美好的感情。上文所举古人之诗例，无论是杜甫的国都沦陷之痛，李陵、戴叔伦的故乡之思，韦庄的世事沧桑之慨，以及那些闺中女子的思夫、思嫁之情，都是人性中的美好情感。那些人性中丑恶的情欲，自然不在审美范畴之列，这是不必多说的。主要说一说"理"的界定。这些可以违背的"理"，不包括伦理（否则就是张扬乱伦），也不包括义理（否则就是提倡逆节），总之，那些制约着丑恶情欲的"理"都不在违背之列。上文所引的诗例，其所违背的"理"，均为"心智"。王勃、李陵为离情所困，忘记了千万里之地实不可望的常识，是他们心智被感情所蒙的表现。杜甫、韦庄痛感国都沦丧或世事沧桑，把本无情感的草木加以抱怨，斥其"无情"，也是"心智"一时被蒙的表现。闺中女子不堪月光撩拨，做出卷月色、擦月色的举动，也是由于"心智"一时被蒙。人的某种情绪偶然被激发，一时间压倒心智，使智慧之光变得暗淡，而情感之光得以辉煌，上述诗歌就是这样创作出来的。

诗主情，而不主理。那些在任何情况下也打不出情感火花的理性主义者，那些四平八稳、言必循理的人，是与诗歌无缘的。诗歌是性情中人的专利品。

从郑板桥的一副对联说起

"删繁就简三秋树，领异标新二月花"，是清人郑板桥为其书斋题写的对联，说的是写文章的路数：行文要精简，立意要新鲜。这是写好文章两个最重要的方面。文章的立意关乎作者的精神境界，本文不谈这个；要谈的是表达方面，即删繁就简，乃写好文章的必备因素和必经过程。

文学是语言艺术，语言艺术所追求的就是语言的高度精练，能用一个字表达清楚的就决不用两个字，剔除芜杂，以彰显主干。欧阳修写《醉翁亭记》，初稿的第一段，把滁州周围的山势写了一通，定稿时把它删除了，仅以"环滁皆山也"五字带过。他为什么这样做？因为文章描写的对象是醉翁亭，而醉翁亭坐落在城西南的琅琊山中，与环绕滁州的群山无关。所以欧公删掉了那段文字，直奔"西南诸峰"中的"琅琊"写去。可见，美文的生成在于精心的删改，即便如欧阳修这样的散文大家，也是不废此道的。

可是，有些作者却每每不屑于此，文章写出来，似乎连自己也没有再看第二遍，用词重复，句子啰唆，难称美文。记得古人曾作诗嘲笑这类做法，写道："一个孤僧独自归，关门闭户掩柴扉。半夜三更子时分，杜鹃谢豹子规啼。"一个、孤、独之修饰"僧"，关、闭、掩之描写"门"，三更、半夜、子时，说的是同一个时辰，杜鹃、谢豹、子规，说的是同一只鸟。这28个字其实用12个字就可以说清楚了："僧独归，掩柴扉。半夜里，子规啼。"把12个字的内容硬拉长到28个字，如何不芜杂、不累赘？讽刺难免要夸张，唯其夸张才会引人关注，让人警醒。

近日读到《远山上的兄弟》一文，该文讲述的是作者当兵时期与战友、首长的友爱之事，论题材是很不错的。但是在表达上却存在问题，主要一点就是大量重复使用词语，文章中使用"我"字共计50处，而全文不过1000字，也就是每20个字里就有一个"我"字。不妨抄录其中一段，以见其密度之高："我一直想不通，为什么把我安排在这个地方。两个战士看我不高兴也乐不起来，整个哨所因我的到来而沉闷。因为我的消极，不久我便闯了祸。那一次是我值班，无聊的我又去爬山，可还没等我爬到半山腰，新兵便来叫我，说变压器烧了，我顿时冒出一身冷汗，变压器一烧，整个阵地给水就会中断，我飞快下了山。"一连用了12个"我"字，几乎句句有"我"，如此高密度的重复，让人感到厌烦。以第一人称的方式讲述故事，"我"字虽不可缺，却也不必如此强调。这段文字中的"我"有许多是应该删掉的，删掉之后并不影响内容的表达。笔者试为作者删改如下："我一直想不通，为什么被安排在这个地方。两个战士看我不高兴也乐不起来，整个哨所因此而沉闷。因为思想消极，不久便闯了祸。那一次是我值班，因无聊而又去爬山，可还没爬到半山腰，新兵便跑过来，说变压器烧了，我顿时冒出一身冷汗，变压器一烧，整个阵地给水就会中断，于是飞快下了山。"把原文的12个"我"字缩减为4个，只在关键之处使用它，其余则承上省略。

　　文章是改出来的，只要多读几遍就会发现问题，杜甫说"新诗改罢自长吟"，讲出了作诗之道：一个是"改"，一个是"吟"；在"吟"中发现问题，然后去"改"。写文章也应该如此。

为文切忌想当然

中国古代文献之浩繁，历代典章制度之复杂，虽穷尽毕生之力，亦难于通晓。这给我们的研究既带来方便，也带来难度。倘若掉以轻心，不事核查，往往出错。

近日读到陈鲁民先生的文章《爱叫官衔的古代文人》，该文对古代文人的称名现象作出解释，不无教益。但是该文对古代官职级别的述说多有失误。笔者学识浅陋，提出异议，与陈先生商讨。

陈文说："王羲之，书圣也，世人却喜欢叫他王右军，一个大约副科级官员的称谓。"按史书记载，王羲之曾作"右军将军"，但这个官职绝对不是"副科级"。右军将军这个官职，是西晋武帝泰始年间（265—274）设置的，与"前军""左军""后军"合称为"四军将军"，是禁军将领之一，职责是护卫皇帝宫廷的安全，官阶为四品。这个制度一直延续到东晋兴宁二年（364）才告止，而王羲之在三年前就去世了。晋代官阶分为九品，四品官阶已经相当高了。而今天的副科级只相当于晋代的九品。不知道陈先生依据什么说"右军将军"是"副科级"。

陈文说："杜甫，一代诗圣，只当过几天的检校工部员外郎，是个没什么实权的芝麻粒闲官。"说它是个没有实权的闲官，是正确的。但认为它是个"芝麻粒"大小的官就错了。唐朝的官阶也分九品，检校工部员外郎的官阶为五品，是穿红色官服的主。杜甫诗中也说："扶病垂朱绂。"（《春日江村五首》其四）朱绂就是红色的官服。唐代官服制度，三品以上服紫，四品五品服红，六品七品服绿，八品九品服青。说五品官是"芝麻粒"，言过其实了。

陈文说："阮籍，'竹林七贤'之一，虽博学多识，崇尚老庄，蔑视礼教，对'礼俗之士'常以'白眼'相视，却因为任过一个相当于排长的步兵校尉，故后世称'阮步兵'，实在是羞辱他了。"说"步兵校尉"相当于今天的"排长"，这话说得也太没边了。据史书，这个官职为西汉武帝始设，为北军八校尉之一，官俸二千石，位次列卿，职责是戍卫京都。到了阮籍所属的魏晋时期，这个官职的级别为四品，仍然是个重要的职务。它与今天仅带领几十个士兵的排长，差距十万八千里。

陈文又说："最可笑的是柳永，既然'奉旨填词'，那就好好去当你的白衣卿相，写你的《望海潮》《雨霖铃》《八声甘州》，可他不甘寂寞，居然也混了个不尴不尬、可有可无的小官屯田员外郎，后人因此叫他柳屯田，真不知是捧他还是损他。"说"屯田员外郎"是个"不尴不尬、可有可无的小官"，也不尽合于事实。唐宋时期的官制，尚书省的六部——吏部、户部、礼部、刑部、兵部、工部，各部长官为正三品，每个部下辖四个司，各司的长官称"郎中"，官阶从五品上，各司的副长官称"员外郎"，官阶从六品上。"屯田员外郎"就是工部管辖的屯田司的副长官，如果要与今天作比附，相当于副司级的干部，不能说这个官职是可有可无的。

以上论述所用的史料，见于吕宗力主编的《中国历代官制大辞典》（北京出版社，1994年出版）。

陈先生的文章还说，在普遍喜欢以官衔称名的人群中，"所幸还有那么几个例外"。他举出苏轼、陶渊明等人。文章说："苏轼虽然当过杭州通判、太守、黄州团练副使，却没有人叫他苏团练、苏太守什么的，要那样叫就实在是俗不可耐了。"苏轼确实没有被人称为"苏团练"，那是因为他做黄州团练副使是被皇帝下令"不得签办公事"的，也就是说是有职无权的，所以别人不好用这个官职来奚落他。至于称呼"苏太守"，那倒是屡见不鲜，不仅他自称过"太守"，例如《江城子·密州出猎》词中说"为报倾城随太守，亲射虎，看孙郎"，就是别人也每每以"苏太守"称呼他，例如，苏轼的好友参寥子，给苏轼寄诗，题目就是《梅花寄汝阴苏太守》；苏轼的门生晁补之写的《次韵鲁直谢李右丞送茶》，诗中说："大胜胶西苏太守，茶汤不美夸薄酒。"所谓"夸薄酒"，是指苏轼曾讲过的养生之道——不喝浓度高的酒。元代人钱惟喜写的《岘山分题送钱德谦之湖州学录》，诗中说："前瞻李别驾，后仰苏太守。文章世争传，风雨樽不朽。"

明代人汪广洋写的《岭南杂咏》诗中说:"何事眉山苏太守,只将双蟹较团尖。"可见,"苏太守"这称呼是历代不绝的。

陈文说:"因为不肯'为五斗米折腰',陶渊明只当了80多天的彭泽令,屁股还没坐热,便弃职而去,你若再叫陶县令,那还不是在骂他吗?"其实,从古至今,称呼陶渊明为"陶彭泽""陶令",是不绝于耳的。杜甫就多次称他为"陶彭泽",如:"优游谢康乐,放浪陶彭泽。"(《石柜阁》)"每恨陶彭泽,无钱对菊花。"(《复愁十二首》)仅在《全唐诗》中出现的"陶彭泽"就有13次,出现"陶令"则多达75次。因此,说没人以县令称呼陶渊明,这话是没有根据的想当然。

文章不必如其人

近日阅读唐人刘𫗧《隋唐嘉话》,其中有这样一段话:"齐吴均为文多慷慨军旅之意,梁武帝被围台城,朝廷问均外御之计,怯怛不知所答,启云:'愚计速降为上计。'"吴均是南朝梁诗人,检其所作诗歌,的确有许多表现慷慨情怀的军旅之作,如《胡无人行》写道:"剑头利如芒,恒持照眼光。铁骑追骁虏,金羁讨黠羌。高秋八九月,胡地早风霜。男儿不惜死,破胆与君尝。"声称自己不惜一死,为保卫君王可以肝脑涂地,写得血淋淋、火辣辣。又如《入关》所写:"羽檄起边庭,烽火乱如萤。是时张博望,夜赴交河城。马头要落日,剑尾掣流星。君恩未得报,何论身命倾。"表示自己要勇赴沙场,挥剑杀敌,以生命报答君王之恩。就是这样一位在诗文中"壮怀激烈"的斗士,在君王被敌军围困之际,却早已没了勇气,吓得魂飞胆丧,要求君王赶紧投降。看他的懦夫嘴脸,反观他的英雄诗篇,不禁令人哑然失笑,其诗其人相差何止十万八千里!

"文如其人"这个观点在学界很受认可,认为诗文能够反映作者的人品。由吴均的行事来看,这个观点受到了严峻的挑战。"文如其人"这话,最早见于宋人吴儆《竹洲集》附录中的《摩苍轩记》,这篇散文是讲述给他的友人静之先生房屋取名"摩苍轩"的用意,其中说道:"静之癯然山泽之儒,其志甚高,其行甚峻,其文如其人。"文如其人,这本是针对静之这个人来说的,是就事论事,并非具有普遍意义。后世之人把它推而广之,变成放之四海而皆准的真理,这就错了。

笔者认为,文章不必如其人,有如其人的,有不如其人的。原因是有真人,有伪人,有真诗,有伪诗。倘若一概以诗文来鉴定作者的人品,那难免要走入识人的歧途。晋代人潘岳写《闲居赋》,极力赞美守拙归隐的高尚情操，表示自己不再过问仕途。与此同时，他却投靠权臣贾谧，每当得知贾谧要出门，他就候在贾谧的门前屈身跪拜，贾谧的车子已经远去，他仍旧向扬起的尘土跪拜不起，以此来博得贾谧的欢心，以求仕途进取。其文品与人品实有云泥之差。难怪金代元好问在《论诗三十首》中慨叹道："心画心声总失真，文章宁复见为人。高情千古《闲居赋》，争信安仁拜路尘。"潘岳，字安仁。读过《闲居赋》的人，是难以相信作者会有如此下贱行为的，可是事实就是这样的冷酷。说一套，做一套，这样的人物不少，唐代大奸臣李林甫在诗中还说自己禀性孤直呢，他在《秋夜望月忆韩席等诸侍郎因以投赠》中说："揆予秉孤直，虚薄忝文昌。"孤直，意思是孤高耿直，而实际上他是阴险毒辣的家伙，残害了许多正直的人士，"口蜜腹剑"这个成语就是人们从他身上概括出来的。五代王仁裕《开元天宝遗事》说："李林甫为性狠狡，不得士心。"再比如唐代诗人王维，曾在诗中表示自己要弃官归隐，从事农业劳动，"方将与农圃，艺植老丘园"（《寄荆州张丞相》），说即将加入农民的行列，在故园种地，一直到老。他还写了不少田园诗。但如果由此认为他真的回乡种地去了，那就错了，他受不了农业劳动的辛苦。他拿着官俸不上班，那些田园诗是在他的山中别业中写的。

当然也有不少真诗人用诗歌表现真性情、真思想。不妨举出几个代表人物，陶潜、李白、杜甫、陆游、辛弃疾即是。这些诗人不做作，不装饰门面，或仰天大笑，或长歌当哭，笑得开心，哭得动情。从他们的诗歌中，不仅可以窥见各自的思想、性格、人品、情操，还能了解当时的社会状况。

定州崔湜是五律定型的大功臣

初唐诗人崔湜（671—713），河北定州人，出身于名门望族，20岁时进士及第，仕途通达，曾三度为相。本文要说的是他在唐代五言律诗定型上的不朽之功。

在中国古典诗歌发展史上，律诗是唐代诗苑里新生的诗歌体式。这种讲究声律、韵律、对仗的诗歌体式，虽说萌芽于南朝齐的"永明体"，但"永明体"在格律上并未完善，经过梁、陈、隋、唐初几代诗人的不断探索，终于在初唐后期完成了五言律诗、五言排律的定型。诚如学界所言，五言律诗、五言排律的定型是诗人群体共同努力的结果。但我认为，此中的贡献自有大小之分，而判断贡献的大与小，也只能从他们的创作实践，即由他们的作品去衡量。前些年，我曾指导陈菁怡同志写作硕士学位论文，专题研究五言律诗、五言排律的声律定型过程，对《全唐诗》存诗一卷以上的诗人的五言律诗、五言排律作品的声律"合律度"进行调查。调查结果显示："合律度"达到90%以上者只有两个人，一个是杜审言（杜甫的祖父），达到94%；另一个就是崔湜，达到91%。崔湜创作五言律诗共计15首，只有1首不合律；他创作五言排律共计8首，也仅有1首不合律。而此前被人们一致肯定的沈佺期、宋之问，其"合律度"仅分别为85%和83%。

这个数据说明，在初唐后期，为五言律诗、五言排律的声律定型的第一方阵人物是杜审言和崔湜。这实在是个了不起的大贡献。今天，接触律诗的人都知道，律诗的声律规则是不容易掌握的，它有三条硬性规定：一是在一个诗句中，平仄声调有规律地交替出现；二是在一联中，关键字位的平仄声调要对应相反；三是在相邻的两联中，下联的出句与上联的对句其平仄声调要相粘。今天的人们看到的是已经定型的声律规则，尚觉难于把握，何况是处于探索期的崔湜，他该需要付出何等的努力才能达到这91%的合律度？说崔湜是为五言律诗、五言排律的声律定型的大功臣，是公允的结论。

崔湜在五言律诗、五言排律的创作题材上也表现出开拓精神。唐代开国之初，以李世民为核心的诗人群体，其创作题材以宫廷生活为主要内容，范围比较狭窄。其后经过"初唐四杰"的努力，使诗歌题材由宫廷扩展到市井，由台阁走向关山大漠。崔湜继承并发扬了这种开拓精神，用五言律诗、五言排律写边塞生活和情感，展现出慷慨悲壮的风格。且看他的五言律诗《边愁》："九月蓬根断，三边草叶腓。风尘马变色，霜雪剑生衣。客思愁阴晚，边书驿骑归。殷勤凤楼上，还袂及春晖。"首联点出抒情时令——九月，地点——三边（即边关），以蓬根被风吹断、草叶经霜枯萎，来表现边塞的荒凉苦寒。这是为全诗的情感——"边愁"作景物的烘托。颔联抓住边塞的典型事物"马"和"剑"来写：昏暗的风尘铺天盖地，使战马为之变色；严酷的霜雪冻结在宝剑上，似为宝剑穿上了寒衣。奇特的想象，泼墨式的遣词，把边塞将士的艰苦生活笼入纸面，令人慨叹嘘唏。颈联写思归的心情，"客"是诗人自指，说自己在阴云惨淡的夜晚，愁思凝聚，写了一封家书，交给驿站。此联紧承上面两联，抒情自然，有水到渠成之妙。尾联是想象之辞，设想自己能在来年春天回到京都。全篇写景、抒情自然天成，不作矫饰，如实写来，一派真情实感流溢于字里行间。从格律角度审美，此诗声律、韵律、对仗，无一失误，合律而又无勉强的痕迹。再看他的五言排律《早春边城怀归》："大漠羽书飞，长城未解围。山川凌玉嶂，旌节下金微。路向南庭远，书因北雁稀。乡关摇别思，风雪散戎衣。岁尽仍为客，春还尚未归。明年征骑返，歌舞及芳菲。"这首诗的意旨与前首相同，前四句写边关战事之急迫，后八句写思归的心情。作为一首排律诗，它在格律上堪称完美，除按规定首联、尾联不用对仗以外，中间四联全用对仗，而且严守粘对规则，各联之间无一失粘。

崔湜的诗歌题材比较广博，除了边塞之作，还有应制诗、赠答诗、闺怨诗、述怀诗等。他的那首《婕妤怨》是一首非常成功的五言律诗，被历代唐诗选本所选录。诗云："不分君恩断，新妆视镜中。容华尚春日，娇爱已秋风。枕席临窗晓，帏屏向月空。年年后庭树，荣落在深宫。"这诗是咏叹汉代宫女班婕妤的不幸身世。班婕妤曾被汉成帝宠爱，时隔不久，成帝另寻新欢，移情于赵飞燕姐妹了，从此班婕妤身居冷宫。这段历史故事人皆能知，崔诗的妙处在于它以诗的语言表述之，作者用三组对比度很高的艺术形象，对班婕妤的不幸作出深刻的揭示。第一组对比：君恩已断而新妆犹在其身，这就呈现出愿望与现实的矛盾；第二组对比：她的容貌犹然美如春花，而恩宠却如秋风之扫落叶，这就呈现出主观与客观的冲突；第三组对比：昔日与成帝欢会的枕席犹在，而今日帏屏之间再无皇帝的踪影，这就呈现出今昔情景的反差。经过多重对比，深化了这一历史故事的悲剧性。使得它在同类题材诗歌中具有独特的艺术价值，这充分说明崔湜的诗歌艺术才能。

崔湜还有两个弟弟崔液、崔涤，也有诗名，崔氏三兄弟的诗名曾震动一代诗坛。

"春蚕""蜡炬"何以成为千古绝唱

晚唐诗人李商隐的爱情诗《无题》(相见时难别亦难),被后代诗家评为"千秋情语,无出其右",尤其是颔联"春蚕到死丝方尽,蜡炬成灰泪始干",更是赢得了千载赞评,称"绝"叫"妙"者不绝于耳。中国古代评论家对作品的评论方式,每每只下结论,不作分析。那么,这两句究竟好在哪里,为何能够引发千载之下的广泛赞许?

诚然,从感情内容来看,这两句诗把作者对恋人的情感诉说到生死难泯的地步,这对于生活在"执子之手,与子偕老"文化氛围中的国人来说,无疑是一束圣洁之花,引起共鸣是自然的。但是,仅仅从这个角度解释它成为"千古绝唱"的原因,显然不够,因为古典诗歌中表达这种生死恋情的作品为数不少,例如初唐诗人卢照邻《长安古意》中写道"得成比目何辞死,愿作鸳鸯不羡仙",白居易《长恨歌》中写道"在天愿作比翼鸟,在地愿为连理枝",都写得感情炽烈,要死要活。为什么李商隐的诗能够压倒群芳,独居其右呢?这应该还有艺术上的原因有待解说。笔者不辞浅薄,试从意象特征与性爱心理高度吻合的角度,略析个中之奥妙。

笔者认为,李商隐的成功是得力于他选择了两个最为准确、最为得体的意象:春蚕吐丝,蜡炬流泪。用这两个意象来抒写生死恋情可称是恰到好处。因为这两个意象的特征与国人的性爱心理审美取向呈现为高度吻合的状态。

先来分析这两个意象的特征。春蚕吐丝是什么状态?是默默地吐,不停地吐;蜡炬流泪,也是默默地流,不停地流。可以看出,这两个意象的共同特征就是具有品格的"内向"性,不事张扬,静默深沉,于平静中显示着力度。

再来认识国人的性爱心理审美取向。生活在华夏文化圈里的国人，其性爱心理审美是以"内向"为美的。国人的情感，因其内容不同，大体可以分为"外向型"和"内向型"两种。"外向型"的情感，是指那些可以诉诸于大庭广众之下的情感，比如报国之情、孝亲之情、友朋之情等，比如你即将开赴前线，就可以在誓师会上对众慷慨陈词；逢年过节，手提礼品去看望父母，路遇熟人，你可以向对方诉说思亲之情；至于友朋之情的抒发，古今作品比比皆是，不必多说。在我们的国度里，唯独两性之间的恋情是属于"内向型"的，这种感情是拒绝向大众表白的，是以守密、静默、追求平静中的力度为审美取向的。在中国文学史上，文人写给妻子的"赠内诗"少得可怜，这不是对妻子无情，而是羞于把这份情感向世人公布，故难以形诸文字。就拿被梁启超称为"情圣"的杜甫来说，他对妻子是绝对忠诚、专心不二的（杜甫没有纳过妾），虽然他在不少诗作中表达对妻子的感激之情，却没有一首涉及夫妻之间的燕婉私情。原因就是唯恐形诸文字之后流传众口，而一旦被他人得知，就会觉得这份美妙的情感被"偷窥"了。他们认为，夫妻私情只可对面交流，不可对众宣泄，这就是古人的性爱心理审美的"内向"特征。时至今日，这种审美取向还基本保留着，写情书，必在独处之时；约相会，选在僻静之地；交心曲，轻声细语；示爱意，委婉含蓄。有一首流行歌曲叫《冬天里的一把火》，是宣泄恋情的，曾经风靡一时。但是，可以断言，那些在大庭广众之下唱这首歌的，一定是在现实生活中还没有把那个"你就像那冬天里的一把火"的"你"字具体落实到人头上，是属于盲目的泛泛的宣泄。一旦他把恋人选定了，把"火"落实了，他就再也不会在大众面前这样歌唱了；假如有人在大庭广众之下对着恋人高唱"你就像那冬天里的一把火"，那么在众人的心目中他一定有了精神病。这就是华夏文化圈在性爱心理上以"内向"为美的审美约定。当今虽说西风东渐，恋情的表达有了"外向"的苗头，但这"苗头"的体现者主要还是文化层次较低的社会群体；凡是接受传统文化熏染的，或是没有受到西风吹拂的山民们，仍然继承着"内向"为美的恋情观念。

综上所述，笔者认为，李商隐选择了"春蚕吐丝""蜡炬流泪"这两个具有"内向"特征的意象，准确而得体地表达了华夏民族以"内向"为美的性爱心理特征,因而能够引发深广而永久的社会共鸣,人们乐于倾听这样的诉说:"我对你的思念啊,就像春蚕吐丝那样,默默地不停地吐着,吐着,直到生命的最后一次呼吸;我那痛苦的眼泪啊,在默默地不停地流着,流着,直到消灭了自己的身体。"这种声音唤起了国人的审美体验,获得了永恒的审美价值。

唐诗中的"太阳黑子"

人们把唐诗比喻为光焰万丈的太阳,凌照千古诗坛,这个比喻是恰当的。然而正如太阳也有黑子一样,唐人的诗歌也有难登大雅之堂的次品。唐代社会以作诗为荣,创作队伍异常庞杂,上自天子,下及庶民,百司官府,三教九流,人人都是诗歌作者。但是,写诗是需要才能的,而才能并非人人皆具,于是就有一些歪诗产生。这些东西在唐诗的选本中自然是见不到的,而《全唐诗》却每有收集。唐人的史料笔记之中,对这些歪诗的产生背景常有介绍。笔者从中搜检一些笑料,让读者窥见唐诗的全貌。

据唐人张鷟《朝野佥载》记载,有个叫权龙襄(《全唐诗》"襄"作"褒")的,秦州人,性格急躁,自矜能写诗歌。出任沧州刺史,下车伊始,便立赋一首,呈给本州属官,言道:"遥看沧州城,杨柳郁青青。中央一群汉,聚坐打杯觥。"远望沧州杨柳茂盛,走进城中看见一群汉子聚集喝酒。如此而已。很难说这样的东西是诗。众属官出于恭维新到的长官,连声称赞他有"逸才"。他本来不知道诗为何物,听到赞言,心中得意,口吐谦辞,说道:"不敢,趁韵而已。"趁韵,就是作诗硬凑韵脚,而不管内容是否合适。这话是表示谦虚的套语,并非他对所作真有认识。果然,过了些天,他又写了一首《秋日述怀》,言道:"檐前飞七百,雪白后园强。饱食房里侧,家粪集野螂。"众属官看罢,不解其意,请求解释。他说:"第一句是说我屋檐前面有鹞子飞过,因为鹞子每只七百文钱。第二句是说我把洗好的内衫挂在后园,晾干了以后像白雪一样。第三句是说我吃饱以后就在屋里侧卧睡大觉。第四句是说我拉出的大粪招来了野地的蜣螂。"此作传开,人人嗤之以鼻。后来皇太子举行宴会,他去参加,又赋诗一首,时值夏天,他却写出"严霜白浩浩,明月赤团团"这种不合时令的句子。太子看罢，哈哈大笑，拿起笔来作了批语："龙襄才子，秦州人士。明月昼耀，严霜夏起。如此诗章，趁韵而已。"

即便是有名气的诗人，他的作品也不是首首皆善，常常是良莠混杂。比如韩愈，他是中唐时期怪奇诗派的领袖，在诗歌题材和表现手法上力求出新，有时候写的诗就不是出新而是出格了，把诗写得不像诗了。比如《嗟哉董生行》：

> 淮水出桐柏山，东驰遥遥千里不能休。淝水出其侧，不能千里，百里入淮流。寿州属县有安丰，唐贞元年时，县人董生召南隐居行义于其中。刺史不能荐，天子不闻名声。爵禄不及门，门外惟有吏，日来征租更索钱。嗟哉董生。朝出耕，夜归读古人书，尽日不得息。或山于樵，或水而渔……

这样的文字很难让人觉得它是诗，不过是散文加上几个不稳定的韵脚罢了。我说它不是诗，不是因为它的句子长短不齐，而是由于它不具有诗的节奏和韵律。作者在行文时，只考虑到表达情意，完全不考虑诗的节奏韵律。在这种情况下，诗已无处存身了。韩愈是散文大家，有"文起八代之衰"的美誉，写惯了散文就难免用写散文的笔法写诗，在文学史上，文体兼擅的人确实罕见。

以上仅仅举出几个例子，唐诗中类似这样的"太阳黑子"还有不少。读者大可不必以为唐诗首首精良。当然也不必因为唐诗中存在这些次品，就降低它的价值。

春秋二季何以入诗多

平日读唐诗,印象中春秋两个季节入诗为多,许多名篇,如张若虚的《春江花月夜》,杜甫的《春望》,杜牧的《江南春》,王维的《山居秋暝》,刘禹锡的《秋词》,等等,多为其间之作。隐隐感觉到古代诗人对这两个季节特别留意。如今有了电脑软件,可以帮助人们检索词语,统计数字了。于是我用之对春、夏、秋、冬四个字,在唐诗中的出现次数作了调查。结果不出所料,却又好生吃惊。春、秋入诗之多,竟高于冬、夏十几倍!具体数字如下:春,11071次;夏,919次;秋,7910次;冬,551次。如果把春、秋两个数字加起来,与冬、夏之和相比,竟然是13∶1。我当然不会认为这四个字在诗中都是表示季节的意思,但可以说这四个字绝大多数是表示季节的。

这是个有趣的文学现象。对于这种现象应该如何解释?我不揣浅陋,进行了一些思考,写出几条不成熟的见解,以就教于同人。

笔者认为,一年之四个季节,其性质有所不同。春为生季,夏为长季,秋为收季,冬为藏季。它们对于前面的季节来说,有的属于量变,有的属于质变。夏之对于春,冬之对于秋,都是量变;而春之对于冬,秋之对于夏,则是质变。何以言之?春天万物萌生,它对于万物寂灭的冬天来说,是一种否定,是一种质变;秋天万物收敛,它对于万物隆盛的夏天来说,也是一种否定,一种质变。而夏天不过是把春生之物增大规模,冬天不过是把秋收之物减小规模而已,只是个量变的过程。从人的心理感受来说,量变远不如质变那样能够引发心灵的震撼。这正如社会的发展远不如社会的变革给予人心的刺激之大一样。所以,春、秋两季给人的感受是特别强烈的,这可以从人的心理、意识、精神等层面作出分析。

其一，就一般的人性来说，人皆喜生而悲灭，乐盛而恶衰（庄子闻妻死而鼓盆作歌的高士，实属罕见）。知邻人生子，虽与自己无关而犹然心喜；见路人送殡，则闻其哭声而心哀。更何况是于身于家？同时，这些生之"喜"、灭之"悲"、盛之"乐"、衰之"恶"，诸多情感，从心理学角度来说，是以初次蒙获为最的。人死之痛，最痛于初闻之际，等到过了一段时日，即便所失更甚，也不如初闻之痛深；获兔之乐，也是最乐于初得之时，至于其后美餐兔肉，也不如初得之乐浓。杜甫听到两河收复，喜得热泪满襟，那也是在初闻之时："初闻涕泪满衣裳。"（《闻官军收河南河北》）司空曙见到故人，悲从中来，也是在乍见之时："乍见翻疑梦，相悲各问年。"（《云阳馆与韩绅宿别》）当春风的脚步初破严冬的封锁，遭遇困厄的众生们便会萌发生的希望，刘方平就是用早春的第一声虫鸣传达出这种生的希望的："更深月色半人家，北斗阑干南斗斜。今夜偏知春气暖，虫声新透绿窗纱。"（《月夜》）这种由"虫声新透"而产生的惊喜，是花浓柳郁的夏季所难生发的。而当西风乍起，一叶惊秋，则有宋玉首兴悲秋之叹，历代诗人亦多有接声递响者：或由此而忧虑人命之短促，或由此而感慨家世之变迁，逐臣因之而感怀仕途之坎坷，忠臣因之而生发国衰之叹惋。杜甫《秋兴》等忧国之作，正是由于惊秋气而动愁思的："玉露凋伤枫树林，巫山巫峡气萧森。江间波浪兼天涌，塞上风云接地阴。"于萧条的秋景中蕴含了国家危亡的巨大忧思。而在更为严酷的冬季，诗人们反倒哑口，非不痛也，不如初痛之深也。可见，质变的季节对于诗人心灵的强烈震撼。既然如此，那么春、秋之多入于诗人视觉、心头和笔端，就是很自然的事。

其二，作为在农业文化环境中生存的古人来说，向来具有"安土重迁"的意识，远离家乡的游子对于季节的变换十分敏感，惊节气之变换，叹漂泊之未止，思乡忆故之情便油然而生。尤其是面临质变性的春、秋节令，更是如此。春季如春节、惊蛰、寒食、清明，秋季如立秋、白露、寒露、重阳，便是游子思乡的集中时期。宋之问在《新年作》中叹道："乡心新岁切，天畔独潸然。老至居人下，春归在客先。"这是由春节引发的怀乡之情。高适在《除夜作》中叹道："旅馆寒灯独不眠，客心何事转凄然。故乡今夜思千里，霜鬓明朝又一年。"也是由春节引发出怀乡之情。

杜审言在《和晋陵陆丞早春游望》诗中叹道:"独有宦游人,偏惊物候新。"作为宦游人的杜审言,对早春的物候大为震惊,深刻地表达了他对年华流逝、有家难回的苦闷心情。孟云卿在《寒食》诗中叹道:"二月江南花满枝,他乡寒食远堪悲。贫居往往无烟火,不独明朝为子推。"这是由寒食节引发的客中贫居之叹,思乡之情亦在其中。王勃在《蜀中九日》中叹道:"九月九日望乡台,他席他乡送客杯。人情已厌南中苦,鸿雁那从北地来。"重阳之节,见大雁南来,乡心则怅然北去。王维在《九月九日忆山东兄弟》诗中叹道:"独在异乡为异客,每逢佳节倍思亲。遥知兄弟登高处,遍插茱萸少一人。"也是由重阳节引发的怀乡之情。杜甫在《月夜忆舍弟》中说:"露从今夜白,月是故乡明。"身置白露节的夜晚,由遍地的冷露而陡然生发思乡忆弟之情。这些诗例说明,质变性的春、秋节令,风物之巨变,是最能引发客子的思乡之情的。

其三,对于政治思想激进者来说,春、秋二季所具有的否定前季的创新精神,往往与他们的改革图新思想形成共振,从而使他们触景生情,借时言志,创作诗篇。中国古代的政治改革家,多有这类以春、秋节令为题的诗作。王安石的《元日》诗云:"爆竹声中一岁除,春风送暖入屠苏。千门万户曈曈日,总把新桃换旧符。"元日里除旧布新的风物盛况,"新桃换旧符"的万家景象,与他的政治革新思想相吻合,于是借题发挥,表达他勇于推行新法的意志和乐观自信的精神。秋季更是社会革命家们歌咏的季节,秋风涤荡酷暑,具有摧枯拉朽之势,其精神与革命家们完全相通。刘禹锡是永贞革新的主要成员,斗争坚决,乐观豪迈,他多次在诗中盛赞秋季,如云:"自古逢秋悲寂寥,我言秋日胜春朝。晴空一鹤排云上,便引诗情到碧霄。"写得大气包举,洋洋洒洒,意气凌云!别人闻秋风而生悲,他闻秋风则生乐,在《始闻秋风》中,他这样描写秋天的物候:"马思边草拳毛动,雕眄青云睡眼开。"在他的心灵里,秋天原来是个英物一展雄姿的季节。还有唐末农民起义领袖黄巢,也是高歌秋色的人。他在《不第后赋菊》中写道:"待到秋来九月八,我花开后百花杀。冲天香阵透长安,满城尽带黄金甲。"秋天的物候——菊花,成了他英雄主义的象征,"冲天香阵"的赞词,表达出彻底摧毁没落王朝的战斗豪情。

写到这里,我不禁想起了毛泽东。他作为旧中国的改造者,也是一个酷爱秋天的人。他用"鹰击长空，鱼翔浅底，万类霜天竞自由"(《沁园春·长沙》)如此壮丽的词句赞美秋天，他还说"一年一度秋风劲，不似春光。胜似春光，寥廓江天万里霜"(《采桑子·重阳》)，又说"万木霜天红烂漫"(《渔家傲·反第一次大"围剿"》)，"六盘山上高峰，红旗漫卷西风"(《清平乐·六盘山》)，等等。看来，秋天的确可以成为社会革命家心境的外化。秋天的精神集中地体现了社会革命家否定前朝的精神。相比之下，夏、冬季节就较难与他们的精神顺利吻接。

当然，除了以上三条原因，还会有夏热冬寒不适合创作，春暖秋凉利于驰骋诗思，等等。这是常识，不必多说。

横下心，做一回女人
——昭君出塞之我见

王昭君，名嫱，秭归人。选入汉元帝宫中，多年未能见御。匈奴呼韩邪单于来汉朝求婚，她请求出嫁，获准，生儿育女，死在匈奴。如何认识这段"跨国婚姻"，历史上写这个题材的作品多达数百篇，表达的观点也不尽相同。笔者选择几种主要的观点，加以述评。

一个最主要的观点，认为王昭君远嫁异邦是个悲剧。持论者众多，可以杜甫为代表。杜甫在《咏怀古迹五首（其三）》写道：

群山万壑赴荆门，生长明妃尚有村。
一去紫台连朔漠，独留青冢向黄昏。
画图省识春风面，环佩空归月夜魂。
千载琵琶作胡语，分明怨恨曲中论。

诗中营造了浓重的悲剧气氛。紫台指汉宫，朔漠指匈奴，由紫台到大漠，居处环境严重恶化；而身死异邦，黄昏中孤零零的青冢，更显得惨淡凄凉。作者指出，王昭君的不幸遭遇，是由于画工没有准确画出她的美丽容貌，导致多年失宠。她远在匈奴，不得生还，只能在月夜里魂归故乡。她留下的琵琶乐曲，诉说着无穷的怨恨。诗境悲惨哀绝。杜甫一生以儒家学说为思想主导，儒家思想是"严华夷之辨"的，也就是要严格地把中华与夷狄等少数民族区分开来，认为少数民族是野蛮落后的，与这类人成婚当然是不幸的。由于两千年间的封建社会主要是以儒家思想作为统治思想，所以认为王昭君的婚姻是悲剧的人为数众多。这种以"严华夷之辨"的理念来判断王昭君婚姻的悲剧性质，是值得商榷的。它的缺陷在于忽视了当事人的特殊情况,包括她的生活处境、心情以及出嫁异邦的背景。

第二种观点认为,远嫁异邦固然是悲剧,留守汉宫同样是悲剧。这种观点以王安石为代表。王安石在《明妃曲二首(其一)》中写道:

> 明妃初出汉宫时,泪湿春风鬓角垂。
> 低徊顾影无颜色,尚得君王不自持。
> 归来却怪丹青手,入眼平生几曾有。
> 意态由来画不成,当时枉杀毛延寿。
> 一去心知更不归,可怜着尽汉宫衣。
> 寄声欲问塞南事,只有年年鸿雁飞。
> 家人万里传消息,好在毡城莫相忆。
> 君不见,咫尺长门闭阿娇,人生失意无南北!

诗中一方面把昭君出嫁写得凄凄惨惨:写她泪湿春风面,写她低徊顾影、容颜惨淡,写她留恋汉宫,写她思念家乡。另一方面则认为她留在汉宫也不得善终,因为"意态由来画不成",而皇帝却靠画工画像来识别宫女的容貌,这就已经种下了悲剧的种子;再者,皇帝哪里会钟情于一人?即便被一时宠幸,也可能被打入冷宫,即如那个陈阿娇,曾被武帝何等宠爱,不照样被闭锁在长门冷宫里吗?人生失意,是不论远嫁异邦还是身居汉宫的。应该说,王安石在挖掘王昭君悲剧的根源上,是比他人深刻的——是皇帝的昏庸造成的。但他仍然把王昭君远嫁异邦看成是悲剧,并没有跳出"严华夷之辨"这个思想大圈子。

第三种观点,是把王昭君的出嫁说成是她为了"搞民族之间的团结",这是现代某些人"古为今用"的思维模式。曹禺编写的五幕话剧《王昭君》可以作为代表。关于该剧的创作动因,曹禺在献辞中说,写王昭君历史剧,是用这个题材歌颂我国各民族的团结和民族之间的文化交流。有了这种指导思想,传统的悲剧气氛完全消失了,王昭君是为了促成民族团结而远嫁,她高瞻远瞩,驱奔大漠,使命庄严。剧本中王昭君说:"于今,汉、匈一家,情同兄弟,弟兄之间,不都要长命相知,天地长久吗?长相知,才能不相疑;不相疑,才能长相知。长相知,长不断,难道陛下和单于不想'长相知'吗?难道单于和陛下不要'长不断'吗?长相知啊!长相知! 这岂是区区的男女之情、碌碌的儿女之意哉!"

看到这一段关于民族团结的政治言论,人们不禁要问：王昭君一个普通宫女,她怎么会有如此这般的政治家头脑?她说"汉、匈一家",而当时汉匈是两个经常开战的敌国,到1000多年之后才形成了中华民族大家庭,她莫非具有先知先觉的特异功能?至于和亲做法并不能永保民族之间的团结,这已经被历史反复证明。诗人戎昱在《咏史》诗中感叹："汉家青史上,计拙是和亲。社稷依明主,安危托妇人。"对统治者的和亲做法进行严厉的批判和辛辣的讽刺。就以唐代而论,曾把文成公主、金城公主嫁给吐蕃,并没能抑制吐蕃的入侵。安史之乱中,唐肃宗把宁国公主嫁给回纥王,以换取援军,结果惹出了很大的麻烦,杜甫在《即事》诗中说："闻道花门破,和亲事却非。"古人对和亲做法已经有了清醒的认识,何以今人的认识水平反倒不如古人?

历史果然成了任人打扮的小姑娘了。历代人们对王昭君的扮相可谓各出心裁：以杜甫为代表的人给她打扮成一副悲戚的脸相,以王安石为代表的人给她打扮成一副无奈的脸相,以曹禺为代表的人给她打扮成一副欢愉的脸相。她无疑成了一个政治工具。

历史就是历史,历史拒绝任意更改。笔者认为,王昭君出嫁匈奴,既非悲剧,也不是为了"搞民族之间的团结",她自有她个人的心思。她出嫁匈奴是自己的选择,并非别人强迫,《后汉书·南匈奴传》记载："时呼韩邪来朝,帝敕以宫女五人赐之。昭君入宫数岁,不得见御,积悲怨,乃请掖庭令求行。"(《后汉书》第10册,第2941页,1965年版)这段话的两个要点值得注意：其一,汉元帝答应把五个宫女赐给单于,却并没有具体圈定是谁,他是让宫女们自己报名。这里面就有风险存在,报名者显然是出于对汉宫生活的不满,闹不好就会背上背弃皇帝的罪名,所以需要横下心来。其二,昭君是主动请求出嫁的,她找到管理后宫的官员,提出自己的要求。原因也说得很清楚：多年见不到皇帝的面,内心积悲积怨。笔者揣摩她的心思,应该是这样的：与其这样寂寞无聊老死在汉宫,不如借此机会出嫁匈奴,让自己真正做一回女人!笔者这个判断,抛开"华夷之辨"的思想干扰和"民族团结"的政治干预,是从一般人性的角度作出的,唯其如此,或许才更近于真实。

如此说来,昭君离开汉宫,其心情并非悲痛欲绝,然而永别故土,离情别绪自不可免;虽说去向是荒凉的大漠,人地两生,却是走上了一条真正人生路途,她的汉宫积怨,会渐渐消失在绿色的草原和白色的毡帐之中。